大家學標準
日本語

每日一句
——全集——

出口仁——著

檸檬樹

作者序

近幾年，資訊化社會更形發達，加上交通便利，國與國之間的距離，變得越來越近了。

以往，出國旅遊是件盛大的事，現在則是只要利用周末時間，也可以到日本短暫旅遊。不論觀光、商務、或是留學，大家有許多不同的原因會前往日本，台灣人有很多機會可以和日本人直接交流。為了娛樂、為了工作，甚至為了談戀愛而學習日語，我認為這樣的人應該不在少數。

這次的新書，把非常實用的日語會話──『大家學標準日本語【每日一句】系列』五冊，整編為『大家學標準日本語【每日一句】全集』。收錄「生活」、「商務」、「旅行」、「戀愛」、「吵架」等具體場面的722種實用會話。

並且，由我本人重新錄音會話句。MP3 的內容是「一句中文、一句日文」，不論通勤途中，或是做家事的時候，甚至是睡覺前，隨意聽著就能學習自然的日語表達。一般教科書不常教學的，日本人日常生活實際使用的表達用語，都在這本書裡。請大家務必體驗看看！

作者 出口仁 敬上

本書 MP3 下載方式

- 出口仁老師錄音：東京標準音 MP3
- 音軌：一句話一音軌
- 收錄：一句中文、一句日文

■【電腦版】MP3

- Step 1 連結至 https://goo.gl/GwxOCI
  　　　 填寫下載申請單
- Step 2 送出申請單→取得下載連結→進行下載

■【行動裝置版】MP3

※ iOS／Android OS 皆適用

- Step 1 掃描 填寫「下載申請單」
- Step 2 送出申請單→取得下載連結→進行下載
- Step 3 安裝「zip／rar 解壓縮」APP
- Step 4 使用「zip／rar 解壓縮」APP，開啟下載
  　　　 之 MP3 音檔。

本書特色

網路數百萬人次點閱人氣名師——出口仁
全方位日語會話大全集！

融合【大家學標準日本語：每日一句】全系列五冊
各類型「臨場溝通的表現文型&真實會話」；

軟皮裝幀隨身小開本，
作者親錄〔中日順讀〕MP3；

一次滿足「生活、商務、旅行、交友、聊天」
全方位日語會話需求！

■ **五大領域會話，涵蓋基本必學的文型文法運用：**

包含【生活實用篇】、【商務會話篇】、【旅行會話篇】、【談情說愛篇】、【生氣吐槽篇】，各種類型會話之「主題句、文型解析、用法」，完整涵蓋「日語基本必學的文型文法」，真實掌握「面臨實際會話場面，情緒反應如何結合文法規則，說出正確日語」。

Part 1【生活實用篇】：20 類會話、169 個單元
Part 2【商務會話篇】：23 類會話、141 個單元
Part 3【旅行會話篇】：12 類會話、141 個單元
Part 4【談情說愛篇】：20 類會話、135 個單元
Part 5【生氣吐槽篇】：15 類會話、136 個單元

■ 各句「逐字解說、提示文型」，
  不會籠統帶過「這是日語的習慣用法」：

全書 722 句實用會話均做「字詞拆解、逐字解說」，
詳述構成該句的「助詞、助動詞、動詞、連語、副
詞、補助動詞、接頭辭、名詞、い形容詞、な形容
詞、連體詞、文型、縮約表現」等。並圖示各字詞
對應的中文，理解中日文語感及語順差異，將必學
的文型文法落實於真實會話的具體教學。

■ 一句中文、一句日文，
  出口仁老師親錄【下載版 MP3】：

原【每日一句】五本書 MP3 由日籍播音員錄音，收
錄日文內容。「全集」由作者出口仁老師錄音，並
搭配中文播音員，採取「一句中文、一句日文」的
「不看書也能隨時聽&讀」的更便利做法。

■ 柔軟皮質書封小開本，可 180 度平攤翻閱：

本書尺寸雷同「智慧型手機」大小，可一手掌握。
採「柔軟皮質書封、精裝裝幀」設計，書體柔軟，
可 180 度平攤翻閱，或隨心所欲翻捲閱讀。皮質書
封點綴「精緻燙金字書名」獨具質感。在家學習輕
巧陪伴，出門在外臨時需要，便於「隨時查，隨時
記，隨時用」！

延伸推薦：行動學習APP

本書除了書籍之外，另有發行：行動學習 APP

將【每日一句】之「主題句、文型解析、使用文型、用法、會話練習、MP3」，規劃流暢的學習動線，透過 APP 友善的操作介面，整合設計為『標準日本語行動教室』。通勤、休息等零碎時間，都讓人想拿出手機滑一下，APP 是善用時間學習的好方法，隨手就能使用、搜尋與學習，讓消費者享受科技帶來的學習便利、流暢、與舒適。

■【行動學習APP】商品資訊：

可掃描右頁 QR code，或於「Apple Store」、「Google Play」，輸入 APP 名稱搜尋。

- 大家學標準日本語【每日一句】生活實用篇 APP

 iOS　　 Android OS

- 大家學標準日本語【每日一句】商務會話篇 APP

 iOS　　 Android OS

- 大家學標準日本語【每日一句】旅行會話篇 APP

 iOS　　 Android OS

- 大家學標準日本語【每日一句】談情說愛篇 APP

 iOS　　 Android OS

- 大家學標準日本語【每日一句】生氣吐槽篇 APP

 iOS　　 Android OS

■ **學習功能完備，可根據學習節奏進行個人化設定：**

【iOS/Android 手機＆平板】閱讀模式。 可離線使用

【一句一畫面】：操作簡潔，學習動線流暢。

【閱讀訓練】：中日對照，能訓練閱讀與理解能力。

【聽力訓練】：有「逐句語音」、「全課語音播放」功能。

【搜尋】：可輸入關鍵字，查找學習內容。

【書籤＆筆記】：可標記重要內容，可做筆記。

【字體】：可依需求調整字體大小。

目錄

生活實用篇 目錄

請求協助

邀約

抱怨

歉意＆婉拒

否定陳述

肯定陳述

感想

身體狀況

突發狀況

商務會話篇 目錄

旅行會話篇 目錄

交通

住宿

客房服務

預約

飲食

觀光 & 拍照

活動 & 購票

詢問

談情說愛篇 目錄

生氣吐槽篇 目錄

Part 1

生活實用篇

閒得要命。

暇すぎて死にそう。

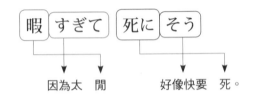

| 暇 | すぎて | 死に | そう |

因為太　閒　　　　好像快要　死。

* 暇すぎて…複合型態 (＝暇＋すぎて)
  * 暇…な形容詞：空閒
  * すぎて…後項動詞：過於、太～
    (すぎます⇒て形，表示原因)
* 死に…動詞：死 (死にます⇒ます形除去[ます])
* そう…助動詞：好像～、眼看就要～

用法

沒事做而覺得無聊時所說的話。身旁的人聽到了，或
許就會邀你出去玩了！

今天好倒楣喔…。

きょう
今日はついてないなあ。

今日 は 　ついて　[い]ない　 なあ 。

↓　　　　　　　　　　　　↓

今天　　　　　　　　不走運。

* 今日…名詞：今天
* は…助詞：表示主題
* ついて…動詞：走運（つきます⇒て形）
* [い]ない…補助動詞：（います⇒ない形）
　（口語時可省略い）
　* 動詞て形＋います：目前狀態
* なあ…助詞：表示感嘆

用法
遇上哪一天接連發生不好的事情時，就這麼說吧！

啊～，心都碎了…。　ああ、心が折れた…。

ああ　、　心　が　折れた…。

　↓　　　　　↓　　　　　↓
啊～，　　　心　　　折斷了。

＊ ああ…感嘆詞：啊～
＊ 心…名詞：心
＊ が…助詞：表示焦點
＊ 折れた…動詞：折斷（折れます⇒た形）

用法 一路努力至今，卻無法成功時，可以說這句話。

啊，沒事沒事。　あ、何でもない何でもない。

あ　、　何でもない　何でもない　。

↓　　　　　↓　　　　　　↓
啊，　　　沒什麼　　　沒什麼。

＊ あ…感嘆詞：啊
＊ 何でもない…連語：沒什麼、算不了什麼

用法 面對對方的詢問，覺得事情沒有重要到必須告訴對方時，可以這樣回應。不過既然對方想了解，除非不能說，否則還是據實以告比較好。

啊～，開始緊張起來了。　ああ、緊張^{きんちょう}してきた。

ああ 、 | 緊張して | きた 。

↓　　　　　　　　　↓

啊～，　　　　　緊張起來了。

* ああ…感嘆詞：啊～
* 緊張して…動詞：緊張（緊張します⇒て形）
* きた…補助動詞：（きます⇒た形）
  * 動詞て形＋きました（きた）：
    變化和時間（過去⇒現在的逐次變化）

用法 面試或考試等容易讓人緊張的場合所說的話。說出來，反而能夠稍微放鬆喔。

完了完了…。　やっべー…。

やっべー…。

↓

糟糕了…。

* やっべー…い形容詞：糟糕、不妙
  （やばい⇒口語變化）
* 此說法多為年輕人使用。

用法 遇上嚴重的情況或犯下大錯時的自言自語。

007 生活實用篇

MP3 1-007

怎麼辦才好…。　どうしようかなあ。

| どう | しよう | か | なあ。 |

　↓　　　↓　　　↓
怎麼樣　　做　　　呢？

* どう…副詞（疑問詞）：怎麼樣、如何
* しよう…動詞：做（します⇒意向形）
* か…助詞：表示疑問
* なあ…助詞：表示感嘆

用法 無法決定、感到猶豫迷惘時所說的話。可以在說的同時，一邊思考一下。

---

008 生活實用篇

MP3 1-008

我羞愧到無地自容了。　穴があったら入りたい。

| 穴 | が | あったら | ら | 入り | たい | 。 |

　　　如果　有　洞　（的話）　想要 進入（躲起來）。

* 穴…名詞：洞穴
* が…助詞：表示焦點
* あったら…動詞：有、在（あります⇒た形＋ら）
* 入り…動詞：進入（入ります⇒ます形除去[ます]）
* たい…助動詞：表示希望

用法 感到非常羞恥時的慣用表達。

46

呀，好噁喔！　うわっ、きもっ！

うわっ 、 きもっ ！

↓　　　　　　　　↓
呀，　　　　　　好噁喔！

＊ うわっ…感嘆詞：呀
＊ きもっ…略語：（＝気持ちが悪い）（＝きもい）

用法　看到讓人感覺不舒服的「事物」時所說的話。因為
　　　很失禮，所以不可以用於形容「人」。

呀～！我起雞皮疙瘩了。　うわあ、鳥肌立った。

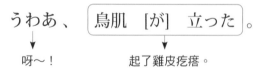

うわあ 、 鳥肌 [が] 立った 。

↓　　　　　　　　↓
呀～！　　　　　起了雞皮疙瘩。

＊ うわあ…感嘆詞：呀～
＊ 鳥肌[が]立った…慣用語：起了雞皮疙瘩
　　＊ 鳥肌…名詞：雞皮疙瘩
　　＊ が…助詞：表示主格（口語時可省略）
　　＊ 立った…動詞：冒出（立ちます⇒た形）

用法　看到可怕、或讓人感覺不舒服的事物時所說的話。
　　　最近在日本年輕人之間，覺得感動時，也會這樣說。

47

（面臨困難的狀況時）糟了！

まいったなあ。

まいった　なあ。

↓

糟了。

＊まいった…動詞：糟糕、受不了
　　　　　　（まいります⇒た形）
＊なあ…助詞：表示感嘆

用法

遭遇麻煩時所說的話。覺得欣喜萬分，卻又想掩飾難為情時，也可以使用。

該減肥了…。

ダイエットしなきゃ…。

ダイエットしなければ [ならない]…。

不減肥的話　　　　　　[不行]。

＊ ダイエットしなければ…動詞：減肥
　（ダイエットします
　⇒否定形[ダイエットしない]的條件形）
　＊ ダイエットしなきゃ…縮約表現：不減肥的話
　　（ダイエットしなければ⇒縮約表現）
　　（口語時常使用「縮約表現」）
＊ [ならない]…動詞：不行
　（なります⇒ない形）（口語時可省略）

用法

覺得是必須減肥的地步了，所說的話。

還好啦，我不會在意。

いいよ、いいよ、気^きにしてないから。

いい よ、 いい よ、 　気にして　 [い]ない　 から。

好　 啦，　好　 啦，　　（目前）不會 在意。

* いい…い形容詞：好、良好
* よ…助詞：表示感嘆
* 気にして…連語：在乎、在意
  （気にします⇒て形）
* [い]ない…補助動詞：（います⇒ない形）
  （口語時可省略い）
  ＊ 動詞て形＋います：目前狀態
* から…助詞：表示宣言

用法
對方來向自己道歉時，如果怒氣已消，可以這樣回應。

連續高溫讓人變得無精打采。

<ruby>夏<rt>なつ</rt></ruby>バテになっちゃった。

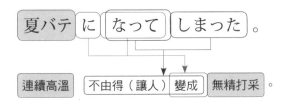

＊ 夏バテ…名詞：連續高溫讓人無精打采

＊ に…助詞：表示變化結果

＊ なって…動詞：變成（なります⇒て形）

＊ しまった…補助動詞：（しまいます⇒た形）

　＊ 動詞て形＋しまいます：無法抵抗、無法控制

　＊ なっちゃった…縮約表現：不由得變成

　　（なってしまった⇒縮約表現）

　　（口語時常使用「縮約表現」）

用法

因為夏季高溫，導致整個人無精打采或沒有食欲時，所說的話。

今天沒有想做任何事的心情耶。

今日は何もする気が起きないなあ。

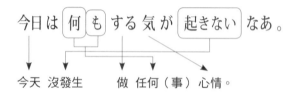

今日は 何 も する 気 が 起きない なあ。

今天 沒發生　　做 任何（事）心情。

＊今日…名詞：今天

＊は…助詞：表示對比（區別）

＊何…名詞（疑問詞）：什麼、任何

＊も…助詞：表示全否定

＊する…動詞：做（します⇒辭書形）

＊気…名詞：心情、精神、念頭

＊が…助詞：表示主格

＊起きない…動詞：起來、發生（起きます⇒ない形）

＊なあ…助詞：表示感嘆

用法

有時候，會一整天都沒幹勁。這時候，就這樣說吧。

他的過世真令人遺憾。

<ruby>惜<rt>お</rt></ruby>しい<ruby>人<rt>ひと</rt></ruby>を<ruby>亡<rt>な</rt></ruby>くしたね。

惜しい　人　を　亡くした　ね。

失去了　捨不得的　人。

＊惜しい…い形容詞：可惜、捨不得

＊人…名詞：人

＊を…助詞：表示動作作用對象

＊亡くした…動詞：失去（人）（亡くします⇒た形）

＊ね…助詞：要求同意

用法

重要人物或名人過世時所說的話。自己的親人過世時，並不適用。

53

隨著時間過去會沒事的。

時間が解決してくれるよ。

時間　が　解決して　くれる　よ。

時間　　　　　　　　（會）為你　解決。

* 時間…名詞：時間
* が…助詞：表示主格
* 解決して…動詞：解決（解決します⇒て形）
* くれる…補助動詞：（くれます⇒辭書形）
    * 動詞て形＋くれます：別人為我[做]～
    * 給建議的人是站在對方的立場說這句話，所以使用「動詞て形＋くれます」文型。
* よ…助詞：表示提醒

用法
失戀或其他原因深陷悲傷的人，可以用這句話安慰他。

你不用把它想得那麼嚴重。

そんなに 思^{おも}い 詰^つめないで。

* そんなに…副詞：那麼
* 思い詰めない…複合型態（＝思い＋詰めない）
  * 思い…動詞：思索、思量
    （思います⇒ます形除去[ます]）
  * 詰めない…後項動詞：不斷地、徹底
    （詰めます⇒ない形）
* で…助詞：表示樣態
* [ください]…補助動詞：請
  （くださいます⇒命令形[くださいませ]除去[ませ]）
  （口語時可省略）
  * 動詞ない形＋で＋ください：請不要[做]〜

用法

面對深陷苦惱的人，可以用這句話安慰他。

安啦，安啦，沒什麼啦。

へいき へいき
平気平気、どうってことないよ。

平気 平気、 どうって [いう] こと [は] ないよ。

↓　↓　↓　↓　　　↓　　↓　　　↓

沒事 沒事，所謂 怎麼樣　[的]　（事）　　沒有。

* 平気…な形容詞：沒事、平靜
* どう…副詞（疑問詞）：怎麼樣、如何
* って…助詞：提示內容
* [いう]…動詞：為了接名詞放的（いいます⇒辭書形）
　　　　　　（口語時可省略）
* こと…形式名詞：文法需要而存在的名詞
* [は]…助詞：表示對比（區別）（口語時可省略）
* ない…い形容詞：沒有（ない⇒普通形-現在肯定形）
　　　　動詞：有（あります⇒ない形）
　* ない…是「い形容詞」，也是動詞「あります」
　　的「ない形」
* よ…助詞：表示提醒

用法

感受到對方替自己擔心，想告訴對方自己一切沒問題
時，可以說這句話。

你想太多了啦。

いやいや、考^{かんが}えすぎだって。

いや	いや、	考え	すぎだ	って。
↓	↓	↓	↓	↓
不	不	（你）想	太多了	啦。

＊ いや…感嘆詞：不、不對

＊ 考えすぎだ…複合型態（＝考え＋すぎだ）

　＊ 考え…動詞：想（考えます⇒ます形除去[ます]）

　＊ すぎだ…後項動詞：過於、太～

　　　（すぎます⇒名詞化：すぎ）

　　　（すぎです⇒普通形-現在肯定形：すぎだ）

＊ って…助詞：表示不耐煩

　　　＝と言っているでしょう（我有說吧）

用法

讓對方知道「我覺得你想太多了」所使用的一句話。

不要在意啦。

気にすんなって。

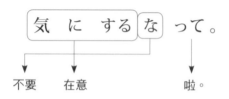

| 気 | に | する | な | って。 |

不要　　　在意　　　　　　　　啦。

* 気にする…連語：在乎、在意（気にします⇒辭書形）
* な…辭書形＋な⇒禁止形
  * 気にすんな…縮約表現：不要在意
    （気にするな⇒縮約表現）
    （口語時常使用「縮約表現」）
* って…助詞：表示不耐煩
    ＝と言っているでしょう（我有說吧）

用法

發覺對方心情低落、或因為某件事心裡過意不去時，
可以用這句話安慰他。

等一下。

ちょっとたんま。

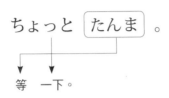

＊ちょっと…副詞：一下、有點、稍微

＊たんま…「たんま」的由來，有4種說法：

1 待った（等待）的發音從後面念過來：
「まった」⇒「たっま」⇒「たんま」

2 來自「タイムアウト（time out）」（暫停）：
「タイムアウト」⇒「タイマウ」⇒「たんま」

3 來自中文「等嗎？（ダンマ）」：
「ダンマ」⇒「たんま」

4 來自「炭酸マグネシウム」（碳酸鎂）：
運動中運動員要使用碳酸鎂止滑時會說：
ちょっと炭酸マグネシウム（を使うから、待って）。
（我要擦碳酸鎂，請等一下）。

ちょっとたんさんマグネシウム（を使うから、待って）。
精簡說出某些音⇒「ちょっとたんマ（ま）」。

用法

運動或遊戲進行中，希望暫停時，所說的一句話。

你來一下。

ちょっとこっち来て。

ちょっと こっち [へ] 来て [ください]。

[請] 來　這邊　一下。

* ちょっと…副詞：一下、有點、稍微
* こっち…名詞：這邊、這個
* [へ]…助詞：表示方向（口語時可省略）
* 来って…動詞：來（来ます⇒て形）
* [ください]…補助動詞：請
  （くださいます⇒命令形[くださいませ]除去[ませ]）
  （口語時可省略）
  * 「動詞て形＋ください」…文型：請[做]～
    是對某人所說的話，翻譯成中文時可以加上「你」。

用法

希望對方過來這邊時，所說的一句話。

你在這裡等著。

ちょっとここで待ってて。

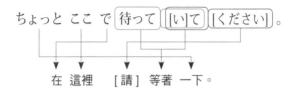

ちょっと ここ で 待って [いて] [ください]。

在 這裡 [請] 等著 一下。

* ちょっと…副詞：一下、有點、稍微
* ここ…名詞：這裡
* で…助詞：表示動作進行地點
* 待って…動詞：等待（待ちます⇒て形）
* [い]て…補助動詞：（います⇒て形）
  （口語時可省略い）
  * 動詞て形+います：目前狀態
* [ください]…補助動詞：請
  （くださいます⇒命令形[くださいませ]除去[ませ]）
  （口語時可省略）
  * 動詞て形+ください：請[做]～

用法

自己要暫時離開目前的地方，但希望對方留在原地等
候時，所說的一句話。

有點事想跟你說。

ちょっと話したいことがあるんだけど。

* ちょっと…副詞：一下、有點、稍微
* 話し…動詞：說話（話します⇒ます形除去[ます]）
* たい…助動詞：表示希望
* こと…名詞：事、事情
* が…助詞：表示焦點
* ある…動詞：有、在（あります⇒辭書形）
* んだ…連語：ん＋だ＝んです的普通體：表示強調
   * ん…形式名詞（の⇒縮約表現）
   * だ…助動詞：表示斷定（です⇒普通形-現在肯定形）
* けど…助詞：表示前言

用法
有重要的事，或是希望兩人單獨交談時，所說的一句話。

026 生活實用篇

希望&要求

別賣關子，快點說！

もったいぶらずに教えてよ。

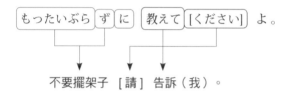

| もったいぶら | ず | に | 教えて | [ください] | よ。 |

不要擺架子　[請]　告訴（我）。

* もったいぶら…動詞：擺架子

　（もったいぶります⇒ない形除去[ない]）

* ず…助詞：文語否定形

* に…助詞：表示動作方式

* 教えて…動詞：告訴（教えます⇒て形）

* [ください]…補助動詞：請

　（くださいます⇒命令形[くださいませ]除去[ませ]）

　（口語時可省略）

　＊ 動詞て形＋ください：請[做]～

* よ…助詞：表示勸誘

用法

對方遲遲不切入話題核心，或遲遲不做回應，希望他趕快有話直說的說法。

能那樣的話就太好了。

そうしてくれると助かるよ。

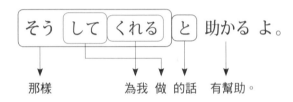

| そう | して | くれる | と | 助かる よ。 |

那樣　　　　　　　為我 做 的話　有幫助。

* そう…副詞：那樣、這樣
* して…動詞：做（します⇒て形）
* くれる…補助動詞：（くれます⇒辭書形）
    * 動詞て形＋くれます：別人為我[做]～
* と…助詞：表示條件
* 助かる…動詞：得救、有幫助（助かります⇒辭書形）
* よ…助詞：表示感嘆

用法

身陷麻煩時，如果有人幫忙解圍或伸出援手，可以用
這句話表達感謝。

可以坐過去一點嗎？

ちょっと席詰めてくれる？
（せきつ）

ちょっと 席 [を] 詰めて くれる ？

座位 稍微　　　　　　為我 擠緊 好嗎？

* ちょっと…副詞：一下、有點、稍微
* 席…名詞：位子、座位
* [を]…助詞：表示動作作用對象（口語時可省略）
* 詰めて…動詞：靠近、擠緊（詰めます⇒て形）
* くれる…補助動詞：（くれます⇒辭書形）
  * 動詞て形＋くれます：別人為我[做]～

用法

在電車或巴士上看到空位想坐下來，但發現座位空間太小，可以對旁邊的人這樣說。如果對方是陌生人，建議使用更客氣的說法『すみませんが、ちょっと席（せき）を詰（つ）めてもらえますか。』（不好意思，可以請你坐過去一點嗎？）

這個可以給我嗎？

これもらってもいい？

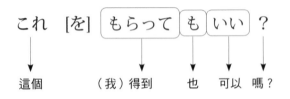

これ	[を]	もらって	も	いい	？
這個		（我）得到	也	可以	嗎？

＊ これ…名詞：這、這個

＊ [を]…助詞：表示動作作用對象（口語時可省略）

＊ もらって…動詞：得到、收到（もらいます⇒て形）

＊ も…助詞：表示逆接

＊ いい…い形容詞：好、良好

用法

想要某樣東西，詢問對方是否可以拿走的說法。

030 生活實用篇

要常常在 Facebook 上面 po 文喔。

フェースブック でもっといろいろ 発 表 してよ。
<ruby>発 表<rt>はっぴょう</rt></ruby>

フェースブック で もっと いろいろ 発表して くださいよ。

[請] 在 Facebook（要）更～ 各式各樣 po文章。

* フェースブック…名詞：Facebook
* で…助詞：表示動作進行地點
* もっと…副詞：更加、再～一點
* いろいろ…副詞：種種、各式各樣
* 発表して…動詞：發表、網路po文
　　　　　（発表します⇒て形）
* [ください]…補助動詞：請
　（くださいます⇒命令形[くださいませ] 除去[ませ]）
　（口語時可省略）
　　* 動詞て形＋ください：請[做]～
* よ…助詞：表示勸誘

用法

希望可以在 Facebook 經常看到對方 po 文的說法。

我會再跟你聯絡，請告訴我你的 e-mail 帳號。

あとで連絡（れんらく）するから、メアド教（おし）えて。

あと で 連絡する から、メアド [を] 教えて [ください]。

以後　　會連絡，[請] 告訴（我）（你的）電子郵件地址。

* あと…名詞：以後
* で…助詞：表示言及範圍
* 連絡する…動詞：連絡（連絡します⇒辭書形）
* から…助詞：表示宣言
* メアド…略語：（＝メールアドレス）
* [を]…助詞：表示動作作用對象（口語時可省略）
* 教えて…動詞：告訴（教えます⇒て形）
* [ください]…補助動詞：請
　（くださいます⇒命令形[くださいませ]除去[ませ]）
　（口語時可省略）
　* 動詞て形＋ください：請[做]～

用法
希望跟新朋友日後也能保持聯繫的說法。

幫我抓一下背。

ちょっと背中掻いて。

ちょっと　背中 [を] 掻いて [ください] 。

[請] 抓　背部　一下。

* ちょっと…副詞：一下、有點、稍微
* 背中…名詞：背部
* [を]…助詞：表示動作作用對象（口語時可省略）
* 掻いて…動詞：抓、掻（掻きます⇒て形）
* [ください]…補助動詞：請
　（くださいます⇒命令形[くださいませ]除去[ませ]）
　（口語時可省略）
　＊動詞て形＋ください：請[做]～

用法
背部癢，拜託別人幫忙抓癢時所說的話。

幫我按摩一下肩膀好嗎？

ちょっと肩揉んでくれる？

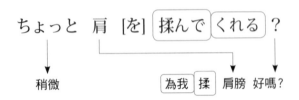

ちょっと　肩 [を] 揉んで くれる ？

稍微　　　　　　　為我 揉 肩膀 好嗎？

* ちょっと…副詞：一下、有點、稍微
* 肩…名詞：肩膀
* [を]…助詞：表示動作作用對象（口語時可省略）
* 揉んで…動詞：揉（揉みます⇒て形）
* くれる…補助動詞：（くれます⇒辭書形）
    * 動詞て形＋くれます：別人為我[做]～

用法

希望別人替自己按摩肩膀時所說的話。適用於關係親密的人。

幫我拿一下那個糖。

ちょっとそこの砂糖<ruby>砂糖<rt>さとう</rt></ruby>取って。

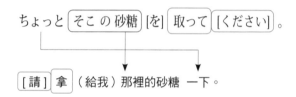

ちょっと そこ の砂糖 [を] 取って [ください]。

[請] 拿（給我）那裡的砂糖 一下。

* ちょっと…副詞：一下、有點、稍微
* そこ…名詞：那裡
* の…助詞：表示所在
* 砂糖…名詞：砂糖
* [を]…助詞：表示動作作用對象（口語時可省略）
* 取って…動詞：拿（取ります⇒て形）
* [ください]…補助動詞：請
  （くださいます⇒命令形[くださいませ]除去[ませ]）
  （口語時可省略）
  * 動詞て形＋くれます：別人為我[做]～

用法

請對方幫忙拿某個東西給自己時，所使用的一句話。
如果是自己能夠拿得到，就自己拿吧。

你有什麼可以寫的筆嗎？

何か書くもの持ってる？

何 か 書く もの [を] 持って [い]る？

攜帶著　　有什麼寫的東西　　　　　　　　　嗎？

* 何…名詞（疑問詞）：什麼、任何
* か…助詞：表示不特定
* 書く…動詞：寫（書きます⇒辭書形）
* もの…名詞：東西
* [を]…助詞：表示動作作用對象（口語時可省略）
* 持って…動詞：拿、帶（持ちます⇒て形）
* [い]る…補助動詞：（います⇒辭書形）

　（口語時可省略い）

　　* 動詞て形＋います：目前狀態

用法

想做筆記，詢問身旁的友人是否有帶筆時，所使用的一句話。

可以給我一杯水嗎？

みずいっぱい
水一杯もらえる？

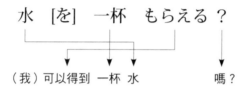

水　[を]　一杯　もらえる？

（我）可以得到　一杯　水　　　　　嗎？

* 水…名詞：水
* [を]…助詞：表示動作作用對象（口語時可省略）
* 一杯…數量詞：一杯
* もらえる…動詞：得到、收到

　（もらいます⇒可能形[もらえます]的辭書形）

用法

想喝水時，就這麼說。

幫我拿著一下。

ちょっとこれ持^もってて。

＊ ちょっと…副詞：一下、有點、稍微
＊ これ…名詞：這、這個
＊ [を]…助詞：表示動作作用對象（口語時可省略）
＊ 持って…動詞：拿、帶（持ちます⇒て形）
＊ [い]て…補助動詞：（います⇒て形）
　（口語時可省略い）
　　＊ 動詞て形＋います：目前狀態
＊ [ください]…補助動詞：請
　（くださいます⇒命令形[くださいませ] 除去[ませ]）
　（口語時可省略）
　　＊ 動詞て形＋ください：請[做]～

用法
希望別人暫時幫自己拿著東西時，所使用的一句話。

你來台灣，我會帶你去玩。

いちどたいわん　あそ　き　あんない
一度台湾に遊びに来て。案内するから。

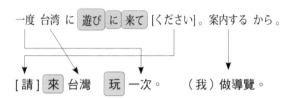

一度 台湾 に 遊び に 来て [ください]。案内する から 。

[請] 來 台灣 玩 一次。　　（我）做導覽。

＊ 一度…數量詞：一次
＊ 台湾…名詞：台灣
＊ に…助詞：表示目的地
＊ 遊び…動詞：玩（遊びます⇒ます形除去[ます]）
＊ に…助詞：表示目的
＊ 来て…動詞：來（来ます⇒て形）
＊ [ください]…補助動詞：請
　（くださいます⇒命令形[くださいませ]除去[ませ]）
　（口語時可省略）
　＊ 動詞て形＋ください：請[做]〜
＊ 案内する…動詞：導覽（案内します⇒辭書形）
＊ から…助詞：表示決意

用法

邀請對方來台灣，並承諾自己會充當導遊的說法。

75

喂喂，要不要去哪裡玩呢？

ねえねえ、どっか遊<small>あそ</small>びに行<small>い</small>かない？

* ねえ…感嘆詞：喂
* どっか…名詞（疑問詞）：哪裡
* [へ]…助詞：表示方向（口語時可省略）
* 遊び…動詞：玩（遊びます⇒ます形除去[ます]）
* に…助詞：表示目的
* 行かない…動詞：去（行きます⇒ない形）

用法

提議出遊時所使用的一句話。「ねえ」（喂）適用於關係親密的人。

周末你有要做什麼嗎？

しゅうまつなに　　よてい
週末何か予定ある？

| 週末 | 何　か　予定 [が] ある | ？ |

周末　　　　是否有任何預定計畫　　　　呢？

* 週末…名詞：周末
* 何…名詞（疑問詞）：什麼、任何
* か…助詞：表示不特定
* 予定…名詞：預定
* [が]…助詞：表示焦點（口語時可省略）
* ある…動詞：有、在（あります⇒辭書形）

用法

詢問對方周末是否有任何安排的說法。如果對方沒有任何計畫，就邀約一起出遊吧。

下次我們一起去喝吧。

今度飲みに行こうよ。

今度 飲み に 行こう よ。

↓　　　　　↓
下次　　　去喝吧。

* 今度…名詞：下次、這次
* 飲み…動詞：喝（飲みます⇒ます形除去[ます]）
* に…助詞：表示目的
* 行こう…動詞：去（行きます⇒意向形）
* よ…助詞：表示勸誘

用法

邀約對方喝酒的說法。日本人是經常喝酒的。

下次有空的話，要不要一起吃飯？

<ruby>今度<rt>こんど</rt></ruby>、<ruby>時間<rt>じかん</rt></ruby>があれば <ruby>食事<rt>しょくじ</rt></ruby>でも <ruby>一緒<rt>いっしょ</rt></ruby>にどう？

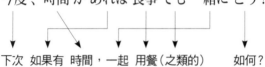

今度、時間 が あれば 食事 でも 一緒 に どう？

下次　如果有　時間，一起　用餐（之類的）　　如何？

* 今度…名詞：下次、這次

* 時間…名詞：時間

* が…助詞：表示焦點

* あれば…動詞：有（あります⇒條件形）

* 食事…名詞：餐、飯、食物

* でも…助詞：表示舉例

* 一緒に…副詞：一起～

* どう…副詞（疑問詞）：怎麼樣、如何

用法

邀約對方吃飯的說法。如果對異性提出，等於是詢問對方「願不願意跟自己約會」的意思。

再來玩喔。

また遊^{あそ}びに来^きてね。

* また…副詞：再、另外
* 遊び…動詞：玩（遊びます⇒ます形除去[ます]）
* に…助詞：表示目的
* 来て…動詞：來（来ます⇒て形）
* [ください]…補助動詞：請
    （くださいます⇒命令形[くださいませ]除去[ませ]）
    （口語時可省略）
    * 動詞て形＋ください：請[做]〜
* ね…助詞：要求同意

用法

邀請對方再來玩的說法。也可以作為一種社交辭令。

你快點說嘛。

はや　い
早く言ってよ。

早く　言って　[ください]　よ。

[請]　快點　說　喔。

* 早く…い形容詞：早、迅速（早い⇒副詞用法）
* 言って…動詞：說、講（言います⇒て形）
* [ください]…補助動詞：請
  （くださいます⇒命令形[くださいませ]除去[ませ]）
  （口語時可省略）
  * 動詞て形＋ください：請[做]～
* よ…助詞：表示感嘆

用法
當對方一直吞吞吐吐，不肯直說時，適合使用的一句
話。

那時候跟我說，不就好了嗎？

言ってくれればよかったのに。

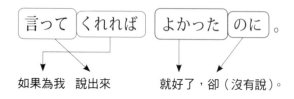

| 言って | くれれば | よかった | のに | 。 |

如果為我　說出來　　就好了，卻（沒有說）。

* 言って…動詞：說、講（言います⇒て形）
* くれれば…補助動詞：（くれます⇒條件形）
   * 動詞て形＋くれます：別人為我[做]～
* よかった…い形容詞：好、良好（よい⇒た形）
* のに…助詞：表示逆接

用法

「如果早一點跟我說，不就一切都沒問題了，可是你卻…」。表達這樣的情緒時所使用的話。

你可不可以等我一下啊…奇怪耶你！

ちょっと待ってってば…。何なのよ。

* ちょっと…副詞：一下、有點、稍微
* 待って…動詞：等待（待ちます⇒て形）
* [ください]…補助動詞：請
  （くださいます⇒命令形[くださいませ]除去[ませ]）
  （口語時可省略）
  ＊動詞て形＋ください：請[做]～
* ってば…助詞：表示著急
* 何な…名詞（疑問詞）：什麼、任何
  （何⇒形式名詞接續用法）
* の…形式名詞：んですか⇒普通形現在疑問表現
* よ…助詞：表示感嘆

用法
對方什麼都沒說，只是往前走，希望他停下來好好說
清楚的說法。

不好意思，讓你久等了。

待たせちゃって、ごめんね。

| 待たせて | しまって | 、 | ごめん | ね 。 |

讓你等待，　　　　　對不起。

* 待たせて…副詞：等待
  （待ちます⇒使役形[待たせます]的て形）
* しまって…補助動詞：（しまいます⇒て形）
  （て形表示原因）
  * 動詞て形＋しまいます：（無法挽回的）遺憾
  * 待たせちゃって…縮約表現：不小心讓別人等待了
    （待たせてしまって⇒縮約表現）
    （口語時常使用「縮約表現」）
* ごめん…招呼用語：對不起
* ね…助詞：表示留住注意

用法

相約見面卻讓對方久等時，用這句話來表達歉意。

不好意思，我睡過頭了…。

ごめん、寝坊<ruby>寝<rt>ね</rt></ruby><ruby>坊<rt>ぼう</rt></ruby>しちゃって…。

ごめん、 [寝坊して][しまって] …。

↓

對不起　　　　　　　睡過頭了…。

* ごめん…招呼用語：對不起
* 寝坊して…動詞：睡過頭（寝坊します⇒て形）
* しまって…補助動詞：（しまいます⇒て形）
  （て形表示原因）
  * 動詞て形＋しまいます：（無法挽回的）遺憾
  * 寝坊しちゃって…縮約表現：不小心睡過頭了
    （寝坊してしまって⇒縮約表現）
    （口語時常使用「縮約表現」）

用法
如果因為睡過頭而遲到，可以用這句話表示歉意。

不好意思，因為收訊不好聽不清楚。

ごめん、電波が悪くてよく聞こえないんだけど。

ごめん、　電波 が 悪くて よく 聞こえない んだ けど。

對不起　　訊號　因為不好，（所以）　無法 好好地 聽清楚 。

* ごめん…招呼用語：對不起
* 電波…名詞：信號、訊號
* が…助詞：表示焦點
* 悪くて…い形容詞：不好、壞
  （悪い⇒て形）（て形表示原因）
* よく…い形容詞：好、好好地（いい⇒副詞用法）
* 聞こえない…動詞：聽見、聽到
  （聞こえます⇒ない形）
* んだ…連語：ん＋だ＝んです的普通體：表示強調
  * ん…形式名詞（の⇒縮約表現）
  * だ…助動詞：表示斷定(です⇒普通形-現在肯定形)
* けど…助詞：表示輕微主張

用法
用手機交談時如果聽不清楚對方的聲音，可以這樣說。

還是不要好了。

やっぱやめとくわ。

やっぱ[り]　やめて　おく　わ　。

　↓

還是　　　　（採取）放棄（的措施）。

* やっぱ[り]…副詞：還是（口語時可省略り）
* やめて…動詞：放棄、取消（やめます⇒て形）
* おく…補助動詞：（おきます⇒辭書形）
　* 動詞て形＋おきます：善後措施（為了以後方便）
　* やめとく…縮約表現：採取放棄的措施
　　（やめておいて⇒縮約表現）
　　（口語時常使用「縮約表現」）
* わ…助詞：表示主張

用法

改變原本的想法，決定要放棄或取消時的說法。要注意，輕易改變已經約定的事，容易失去別人的信賴。

不好意思，我突然不能去了。

ごめん、急（きゅう）に行（い）けなくなっちゃった。

ごめん、急に | 行けなく | なって | しまった |。

↓　　　　↓　　　　　　　 | 很遺憾 | 變成 | 不能去 |。

對不起　　突然

* ごめん…招呼用語：對不起
* 急に…副詞：忽然、突然
* 行けなく…動詞：去
　（行きます⇒可能形[行けます]的ない形除去[い]加く）
* なって…動詞：變成（なります⇒て形）
* しまった…補助動詞：（しまいます⇒た形）
　* 動詞て形＋しまいます：（無法挽回的）遺憾
　* 行けなくなっちゃった…縮約表現：很遺憾變成不能去
　　（行けなくなってしまった⇒縮約表現）
　　（口語時常使用「縮約表現」）

用法

已經約定好，卻突然無法成行時，用這句話表達歉意。

052 生活實用篇

對不起，我人不太舒服，下次再說好了。

ごめん、 調子悪くて、また今度にして。

ごめん、調子 [が] 悪くて、また 今度 に して [ください]。

對不起	狀況	因為不好	[請] 決定成	下次	再（做原本預定的事）。

* ごめん…招呼用語：對不起
* 調子…名詞：情況、狀況
* [が]…助詞：表示焦點（口語時可省略）
* 悪くて…い形容詞：不好、壞
  （悪い⇒て形）（て形表示原因）
* また…副詞：再、另外
* 今度…名詞：下次、這次
* に…助詞：表示決定結果
* して…動詞：做、決定（します⇒て形）
* [ください]…補助動詞：請
  （くださいます⇒命令形[くださいませ] 除去[ませ]）
  （口語時可省略）
  * 動詞て形＋ください：請[做]～

用法
因為身體不舒服而想要婉拒邀約或要求時的說法。

要不要帶傘出門？

かさ も　　　　　　　　ほう
傘持ってった方がいいんじゃないの？

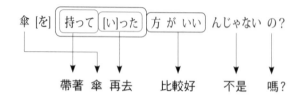

傘 [を]	持って	[い]った	方 が いい	んじゃない	の？

帶著　傘　再去　　比較好　　　不是　　嗎？

* 傘…名詞：傘
* [を]…助詞：表示動作作用對象（口語時可省略）
* 持って…動詞：帶（持ちます⇒て形）
* [い]った…補助動詞：（いきます⇒た形）
  （口語時可省略い）
  ＊ 動詞て形＋いきます：動作和移動（做～，再去）
* 方…名詞：方向、（選擇的）那一方
* が…助詞：表示焦點
* いい…い形容詞：好、良好
* んじゃない…連語：ん＋じゃない
  ＊ ん…形式名詞：（の⇒縮約表現）
  ＊ じゃない…です⇒普通形-現在否定形
* の…形式名詞：んですか⇒普通形現在疑問表現
  ＊ ～んですか：關心好奇、期待回答

用法

發現對方沒有打算帶傘出門，建議他最好帶著的說法。

值得一試喔。

やってみて。損^{そん}はないから。

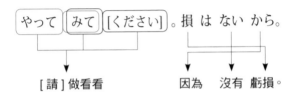

[請] 做看看　　　　因為　沒有　虧損

* やって…動詞：做、弄（やります⇒て形）
* みて…補助動詞：（みます⇒て形）
  * 動詞て形＋みます：[做]〜看看
* [ください]…補助動詞：請（口語時可省略）
  （くださいます⇒命令形[くださいませ] 除去[ませ]）
  * 動詞て形＋ください：請[做]〜
* 損…名詞：虧損、虧本
* は…助詞：表示對比（區別）
* ない…い形容詞：沒有（ない⇒普通形-現在肯定形）
  　　　動詞：有（あります⇒ない形）
  * 「ない」是「い形容詞」，也是動詞「あります」
    的「ない形」
* から…助詞：表示原因

用法

建議對方採取行動，對方卻猶豫不決時，可以用這句
話強力勸說。

姑且一試吧。

だめもとでやってみようよ。

だめもと　で　やって　みよう　よ。

不行是當然的　　　　　　　　做看看吧。

* だめもと…略語：（＝だめで、もともと）
* で…助詞：表示樣態
* やって…動詞：做、弄（やります⇒て形）
* みよう…補助動詞：（みます⇒意向形）
   * 動詞て形＋みます：[做]～看看
* よ…助詞：表示勸誘

用法

雖然成功的可能性很低，但還是建議對方「無論如何試試看吧」的說法。

056 生活實用篇

不做看看怎麼會曉得呢？

やってみないと分^わかんないでしょ。

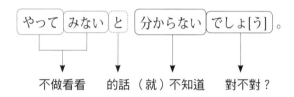

| やって | みない | と | 分からない | でしょ[う] | 。 |

不做看看　　的話（就）不知道　　對不對？

* やって…動詞：做、弄（やります⇒て形）
* みない…補助動詞：（みます⇒ない形）
  * 動詞て形＋みます：[做]～看看
* と…助詞：表示條件
* 分からない…動詞：知道（分かります⇒ない形）
  * 分かんない…縮約表現：不知道
    （分からない⇒縮約表現）
    （口語時常使用「縮約表現」）
* でしょ[う]…助動詞：表示斷定（です⇒意向形）
  （口語時可省略う）

用法

雖然周遭的人都抱持消極的態度，但自己仍想要試試看時，可以這樣說。

別那麼早放棄嘛。

<ruby>諦<rt>あきら</rt></ruby>めるのはまだ<ruby>早<rt>はや</rt></ruby>いよ。

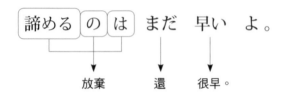

| 諦める | の | は | まだ | 早い | よ。 |

放棄　　　　　　還　　很早。

* 諦める…動詞：放棄（諦めます⇒辭書形）
* の…形式名詞：文法需要而存在的名詞
* は…助詞：表示主題
* まだ…副詞：還、未
* 早い…い形容詞：早
* よ…助詞：表示提醒

用法

鼓勵對方再堅持、再努力一下，別這麼快放棄的說法。

94

058 生活實用篇 提醒&建議

總會有辦法的吧。 まあ、何^{なん}とかなるでしょ。

まあ 、 何とかなる でしょ[う] 。

總會　　　　 應該 有些辦法 吧 。

＊ まあ…副詞：還算、總會
＊ 何とかなる…連語：會有些辦法
＊ でしょ[う]…助動詞：表示斷定（です⇒意向形）
　　　　　　　　（口語時可省略う）

用法 樂觀地認為應該沒有問題，也適用來激勵對方。

---

059 生活實用篇 提醒&建議

要不要休息一下？ 一息^{ひといき}入^いれようか。

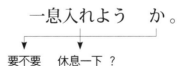

一息入れよう　か 。

要不要　 休息一下 ？

＊ 一息入れよう…連語：休息一下、喘口氣
　　　　　　　　（一息入れます⇒意向形）
＊ か…助詞：表示疑問

用法 提議暫時停止作業、稍作休息的說法。

要不要找個地方躲雨啊？

どこかで雨宿りしようよ。

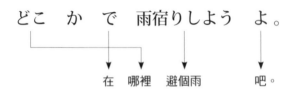

どこ	か	で	雨宿りしよう	よ。
在	哪裡	避個雨		吧。

* どこ…名詞（疑問詞）：哪裡
* か…助詞：表示不特定
* で…助詞：表示動作進行地點
* 雨宿りしよう…動詞：避雨（雨宿りします⇒意向形）
* よ…助詞：表示提醒

用法

突然下起雨來，建議找個地方躲雨等雨停的說法。

你要不要喝個咖啡什麼的？

コーヒーか<ruby>何<rt>なん</rt></ruby>か<ruby>飲<rt>の</rt></ruby>む？

コーヒー	か	何か	飲む	？
咖啡	或	什麼的	要喝	嗎？

＊ コーヒー…名詞：咖啡

＊ か…助詞：表示 A 或 B

＊ 何か…連語：什麼的

＊ 飲む…動詞：喝（飲みます⇒辭書形）

用法

建議某人要不要喝些飲料時，所使用的一句話。

現在不是做那個的時候。

今それどころじゃないんだ。

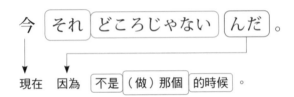

今 　それ 　どころじゃない 　んだ 。

↓　　　　↓

現在　因為　不是 　（做）那個 　的時候 。

* 今…名詞：現在
* それ…名詞：那、那個
* どころじゃない…連語：不是～的時候
　　（どころ⇒普通形-現在否定形[どころではない]
　　⇒口語說法）
* んだ…連語：ん＋だ＝んです的普通體：表示理由
　　* ん…形式名詞（の⇒縮約表現）
　　* だ…助動詞：表示斷定（です⇒普通形-現在肯定形）

用法

受到邀請，但是因為時間、金錢、或精神上無法配合時，表示拒絕的一句話。

你的石門水庫（拉鍊）沒拉喔。

しゃかい　まど
社会の窓があいてるよ。

社会の窓　が　あいて　[い]る　よ。

↓　　　　　　　　　↓
褲子的拉鍊　　　　開著的狀態。

* 社会の窓…連語：褲子的拉鍊
* が…助詞：表示主格
* あいて…動詞：開（あきます⇒て形）
* [い]る…補助動詞：（います⇒辭書形）
　（口語時可省略い）
　 * 動詞て形＋います：目前狀態
* よ…助詞：表示提醒

用法

提醒對方「褲子的拉鍊沒拉上」的有趣說法。「社会
の窓」也可以替換成「チャック」（拉鍊）。

現在半價耶。　今_{いま}なら半額_{はんがく}だって。

今なら　半額だ　って。

聽說　現在的話　是半價。

* 今なら…名詞：現在（今⇒條件形）
* 半額だ…名詞：半價（半額⇒普通形-現在肯定形）
* って…助詞：提示傳聞內容

用法　將商品因為限時特賣活動所以半價優待的好消息通
　　　知別人的說法。

那麼，大家均攤吧。　じゃ、割_わり勘_{かん}で。

那麼，　　　　大家均攤。

* じゃ…接續詞：那麼
* 割り勘…名詞：大家均攤
* で…助詞：表示手段、方法

用法　結帳時以總金額除以人數、大家均攤金額的作法。
　　　如果是各自負擔則說「じゃ、別々（べつべつ）
　　　で。」（各付各的）。

抽太多菸對身體不好喔。

<ruby>吸<rt>す</rt></ruby>いすぎは <ruby>体<rt>からだ</rt></ruby> に <ruby>良<rt>よ</rt></ruby>くないよ。

| 吸い | すぎ | は 体 に 良くない よ。 |

抽（菸）太多　對於 身體　　不好。

＊ 吸いすぎ…複合型態（＝吸い＋すぎ）

　＊ 吸い…動詞：吸、抽（吸います⇒ます形除去[ます]）

　＊ すぎ…動詞：過於、太〜

　　（すぎます⇒名詞化：すぎ）

＊ は…助詞：表示主題

＊ 体…名詞：身體

＊ に…助詞：表示方面

＊ 良くない…い形容詞：好、良好（いい⇒ない形）

＊ よ…助詞：表示提醒

用法

委婉提醒有抽菸習慣的人不要抽菸過量的說法。

你看你看，那個。

ほらほら、あれ見て。

* ほら…感嘆詞：喂、瞧
* あれ…名詞：那、那個
* [を]…助詞：表示動作作用對象（口語時可省略）
* 見て…動詞：看（見ます⇒て形）
* [ください]…補助動詞：請
  （くださいます⇒命令形[くださいませ] 除去[ませ]）
  （口語時可省略）
  * 動詞て形＋ください：請[做]～

用法

自己看見的東西，希望對方也能看見時，可以這樣說。

你好像有掉東西喔。

あ、何か落ちたよ。

あ	、	何　か	落ちた	よ。
↓		↓	↓	
啊		好像有什麼	掉了。	

* あ…感嘆詞：啊
* 何…名詞（疑問詞）：什麼、任何
* か…助詞：表示不特定
* 落ちた…動詞：掉下、掉落（落ちます⇒た形）
* よ…助詞：表示提醒

用法

提醒對方「好像有東西掉了」的說法。

你不要太勉強囉。

あまり無理しないでね。

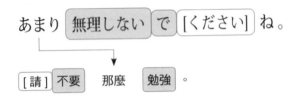

あまり　無理しない　で　[ください]　ね。

[請] 不要　那麼　勉強 。

＊ あまり…副詞：（接否定）不要那麼～、沒有那麼～

＊ 無理しない…動詞：勉強（無理します⇒ない形）

＊ で…助詞：表示樣態

＊ [ください]…補助動詞：請

　（くださいます⇒命令形[くださいませ]除去[ませ]）

　（口語時可省略）

　＊ 動詞ない形＋で＋ください：請不要[做]～

＊ ね…助詞：要求同意

用法

提醒過於努力的人「要注意健康、不要傷了身體」。

104

小心車子喔。

くるま　き
車 に気をつけてね。

車 に [気をつけて] [ください] ね 。

[請] 小心　　　車子。

* 車…名詞：車子
* に…助詞：表示方面
* 気をつけて…連語：小心、注意
　（気をつけます⇒て形）
* [ください]…補助動詞：請
　（くださいます⇒命令形[くださいませ]除去[ませ]）
　（口語時可省略）
　＊動詞て形＋ください：請[做]～
* ね…助詞：要求同意

用法

朋友或家人要外出時，提醒對方一切小心，以免發生意外的說法

105

不需要那麼急吧。

そんな焦らなくたって大丈夫だよ。

* そんな…連體詞：那麼、那樣的
* 焦らなく…動詞：焦躁、急躁
  （焦ります⇒ない形除去[い]加く）
* たって…表示逆接假定條件
* 大丈夫だ…な形容詞：沒問題
  （大丈夫⇒普通形-現在肯定形）
* よ…助詞：表示提醒

用法
面對焦躁不安的人，安撫、提醒他冷靜一點。

106

不要再刺激他了啦。

そっとしといてあげようよ。

| そっとして | おいて | あげよう | よ。 |

| 為他 | 採取 | 不刺激（他）的 | 善後措施 |。

* そっとして…動詞：不要刺激
　（そっとします⇒て形）
* おいて…補助動詞：（おきます⇒て形）
　* 動詞て形＋おきます：善後措施（為了以後方便）
　* そっとしといて…縮約表現：採取不要刺激的措施
　　（そっとしておいて⇒縮約表現）
　　（口語時常使用「縮約表現」）
* あげよう…補助動詞：（あげます⇒意向形）
　* 動詞て形＋あげます：為別人[做]～
* よ…助詞：表示提醒

用法

面對身陷悲傷的人，建議旁人不要再刺激他的說法。

我覺得這個比較適合你耶。

こっちの方が似合うと思うけど。

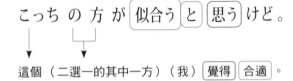

こっち の 方 が 似合う と 思う けど。

這個 （二選一的其中一方） （我） 覺得 合適 。

* こっち…名詞：這個、這裡
* の…助詞：表示所屬
* 方…名詞：方向、(選擇的)那一方
* が…助語：表示焦點
* 似合う…動詞：合適（似合います⇒辭書形）
* と…助詞：提示內容
* 思う…動詞：覺得、認為（思います⇒辭書形）
* けど…助詞：表示輕微主張

用法

朋友正要做選擇，建議他哪一個比較適合時所說的話。

へ？我有這樣說嗎？

え？　そんなこと言ったっけ？

え？　そんなこと [を] 言った　っけ？

へ？ （我）是不是說了 那樣的 事情 來著？

* え…感嘆詞：啊、欸
* そんな…連體詞：那麼、那樣的
* こと…名詞：事、事情
* [を]…助詞：表示動作作用對象（口語時可省略）
* 言った…動詞：說、講（言います⇒た形）
* っけ…助詞：表示再確認

用法

對於自己過去的發言已經沒有印象時所說的話。此外，明明說過，卻想裝傻時也適用。

ㄟ？那個是放在哪裡？

あれ？ どこ置いたっけ？

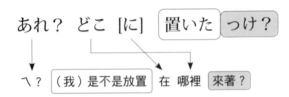

* あれ…感嘆詞：呀、哎呀
* どこ…名詞（疑問詞）：哪裡
* [に]…助詞：表示動作進行位置（口語時可省略）
* 置いた…動詞：放置（置きます⇒た形）
* っけ…助詞：表示再確認

用法

忘記某個東西放在哪裡時的說法。旁邊聽到的人如果知道，就會告訴你了。

へ？明天放假不是嗎？

え？ 明日休みじゃないの？
　　　あした やす

え？ 明日 [は] 休みじゃない の？

↓　　↓　　　　　↓　　　　↓

へ？　　明天　　　不是放假日　　嗎？

* え…感嘆詞：啊、欸
* 明日…名詞：明天
* [は]…助詞：表示主題（口語時可省略）
* 休みじゃない…名詞：放假天、休息天
　（休み⇒普通形-現在否定形）
* の…形式名詞：んですか⇒普通形現在疑問表現
　* 〜んですか：關心好奇、期待回答

用法
要確認自己所想的（明天放假）是否有誤，或是發覺自己誤解（誤以為明天放假）的時候，都可以說這句話。

111

へ？你是不是瘦了？

あれ？ちょっと瘦せた？

あれ？	ちょっと	瘦せた	？
へ？	有點	瘦了	嗎？

* あれ…感嘆詞：呀、哎呀
* ちょっと…副詞：一下、有點、稍微
* 瘦せた…動詞：瘦（瘦せます⇒た形）

用法

面對好久不見的朋友或熟人，可以使用這句話。也可以當成好聽的應酬話使用。

へ，你已經結婚了？看不出來耶。

え、もう結婚（けっこん）してるの？　見（み）えないねえ。

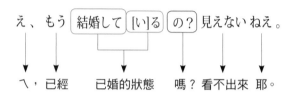

* え…感嘆詞：啊、欸
* もう…副詞：已經
* 結婚して…動詞：結婚（結婚します⇒て形）
* [い]る…補助動詞：（います⇒辭書形）
  （口語時可省略い）
  ＊ 動詞て形＋います：目前狀態
* の…形式名詞：んですか⇒普通形現在疑問表現
* 見えない…動詞：看來、看得出（見えます⇒ない形）
* ねえ…助詞：表示感嘆

用法
覺得對方看起來很年輕，不像已婚的人的說法。不過要小心，可能讓對方誤以為你覺得他不夠穩重。

你的時間還OK嗎？

まだ時間だいじょうぶ？

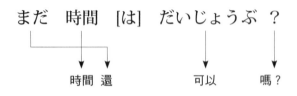

まだ	時間	[は]	だいじょうぶ	？
	時間 還		可以	嗎？

＊まだ…副詞：還、未

＊時間…名詞：時間

＊[は]…助詞：表示對比（區別）

　　　　（口語時可省略）

＊だいじょうぶ…な形容詞：沒問題、沒事

用法

詢問對方「時間上有沒有問題」的說法。

那個，在哪裡有賣？

それどこで売<ruby>う</ruby>ってるの？

それ	[は]	どこ	で	売って	[い]る	の？
那個	在	哪裡		販賣著		呢？

* それ…名詞：那、那個
* [は]…助詞：表示主題（口語時可省略）
* どこ…名詞（疑問詞）：哪裡
* で…助詞：表示動作進行地點
* 売って…動詞：賣（売ります⇒て形）
* [い]る…補助動詞：（います⇒辭書形）
　（口語時可省略い）
　＊ 動詞て形＋います：目前狀態
* の…形式名詞：んですか⇒普通形現在疑問表現
　＊ ～んですか：關心好奇、期待回答

用法

對於對方擁有的東西感興趣，想知道哪裡有販售時，
可以使用這句話詢問。

115

那個是可以吃的嗎？

それって食べえるの？

それ　　って　　食ええる　　の？

↓　　　　　　　　　↓　　　　↓

那個　　　　　可以吃　　嗎？

* それ…名詞：那、那個
* って…助詞：表示主題（＝は）
* 食える…動詞：吃
  （食います⇒可能形[食えます]的辭書形）
* の…形式名詞：んですか⇒普通形現在疑問表現
  * ～んですか：關心好奇、期待回答

用法

不確定那個東西是不是可以吃的，先這樣詢問一下。

什麼？我沒聽清楚。

え？今<ruby>何<rt>いまなん</rt></ruby>つった？

え？　今　何　と　言った　？

↓　　↓

へ？　現在　說了　什麼　？

* え…感嘆詞：啊、欸
* 今…名詞：現在
* 何…名詞（疑問詞）：什麼、任何
* と…助詞：提示內容
* 言った…動詞：說、講（言います⇒た形）
    * 何つった…縮約表現：說了什麼（語氣有點粗魯，要小心使用）
    * （何と言った⇒縮約表現）
    * （口語時常使用「縮約表現」）

用法

沒聽清楚對方說什麼，或是聽到令人不悅的話時，都可以這樣回應。

那，現在是怎樣？

で、今は？

* [それ]で…接續詞：後來、然後
　（口語時可省略それ）
* 今…名詞：現在
* は…助詞：表示對比（區別）

用法

詢問目前的狀況如何時，所使用的一句話。

這個用日文要怎麼說？

これ日本語で何て言うの？

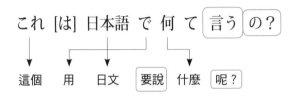

| これ [は] | 日本語 | で | 何 | て | 言う | の？ |

| 這個 | 用 | 日文 | 要說 | 什麼 | 呢？ |

* これ…名詞：這、這個
* [は]…助詞：表示主題（口語時可省略）
* 日本語…名詞：日文
* で…助詞：表示手段
* 何…名詞（疑問詞）：什麼、任何
* て…助詞：提示內容（＝と）
* 言う…動詞：說、講（言います⇒辭書形）
* の…形式名詞：んですか⇒普通形現在疑問表現
  * 〜んですか：關心好奇、期待回答

用法

想知道「用日文該怎麼說」的問法，是很方便的一句話。

好像有什麼怪味道。

なん　へん　にお
何か変な匂いしない？

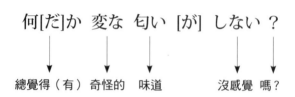

何[だ]か	変な	匂い	[が]	しない	？
總覺得（有）	奇怪的	味道		沒感覺	嗎？

＊ 何[だ]か…副詞：總覺得、不知道為什麼
　（口語時可省略だ）

＊ 変な…な形容詞：奇怪（名詞接續用法）

＊ 匂い…名詞：味道

＊ [が]…助詞：表示主格（口語時可省略）

＊ しない…動詞：有（感覺）（します⇒ない形）

用法

似乎聞到怪味道，可以這樣子問問其他人，做個確認。

那件事，好像在哪裡聽說過！

その 話、どっかで 聞いたことがある！

その 話、どっか で [聞いた] [こと] [が] [ある]！

那個　話題，　　　在　哪裡　[曾經有聽過] ！

＊その…連體詞：那個

＊話…名詞：話題

＊どっか…名詞（疑問詞）：哪裡

＊で…助詞：表示動作進行地點

＊聞いた…動詞：聽、問（聞きます⇒た形）

＊こと…形式名詞：文法需要而存在的名詞

＊が…助詞：表示焦點

＊ある…動詞：有、在（あります⇒辭書形）

用法

表示「對方所說的，之前已經聽過了」。如果當下對
方正說得眉飛色舞，或許別說出這句話比較好。

121

你剛剛有打電話給我嗎？　さっき電話してくれた？

さっき	電話して	くれた	？
剛才	給我 打電話嗎？		嗎？

＊ さっき…副詞：剛才
＊ 電話して…動詞：打電話（電話します⇒て形）
＊ くれた…補助動詞：（くれます⇒た形）
　＊ 動詞て形＋くれます：別人為我[做]～

用法 手機發現未接來電，詢問來電者有什麼事的說法。

像這樣可以嗎？　こんな感じでいい？

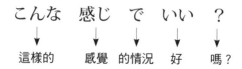

こんな	感じ	で	いい	？
這樣的	感覺	的情況	好	嗎？

＊ こんな…連體詞：這樣的
＊ 感じ…名詞：感覺
＊ で…助詞：表示樣態
＊ いい…い形容詞：好、良好

用法 呈現進行中的成果，並詢問覺得「好」或「壞」的說法。

我有說錯話嗎？　何か間違ったこと言った？

何 か ｜間違った｜ こと ｜[を]｜ 言った ｜？

｜(我) 說了｜任何 搞錯的事情　　　　　　嗎？

＊ 何…名詞（疑問詞）：什麼、任何
＊ か…助詞：表示不特定
＊ 間違った…動詞：弄錯、搞錯（間違います⇒た形）
＊ こと…名詞：事、事情
＊ [を]…助詞：表示動作作用對象（口語時可省略）
＊ 言った…動詞：說、講（言います⇒た形）

用法 發言惹怒對方，自己卻不明緣由時所說的話。

真的沒辦法嗎？　何とかならない？

何とか　ならない　？

不會變成（能夠）設法　　嗎？

＊ 何とか…副詞：設法～、想辦法～
＊ ならない…動詞：變成（なります⇒ない形）

用法 對方曾拒絕，或是拜託對方處理棘手難題的說法。

喂，你知道嗎？　ねえ、知ってた？

ねえ　、　知って　[い]た　？

↓　　　　　↓　　　↓

喂，　　（你）目前知道了　　嗎？

＊ ねえ…感嘆詞：喂
＊ 知って…動詞：知道、認識（知ります⇒て形）
＊ [い]た…補助動詞：（います⇒た形）
　（口語時可省略い）
　＊ 動詞て形＋います：目前狀態

用法　告訴對方有趣的情報時，通常以這句話作為開場白。

怎麼可能會有這種事！　あり得ない！

あり　得ない　！

↓

不可能　有！

＊ あり得ない…複合型態（＝あり＋得ない）
　＊ あり…動詞：有（あります⇒ます形除去[ます]）
　＊ 得ない…後項動詞：可能、能夠（得ます⇒ない形）

用法　不想接受，或是不相信眼前事實的說法。相關說法還有
　　　「まさかそんなこと。」（怎麼可能？）和「そんな馬鹿
　　　（ばか）な…。」（怎麼可能會有那種事…。）。

124

沒想到竟然會變成這樣⋯。

まさかこんなことになるとは…。

怎麼會 變成 這樣的 事情⋯。

* まさか⋯副詞：難道、怎麼會
* こんな⋯連體詞：這麼、這樣的
* こと⋯名詞：事、事情
* に⋯助詞：表示變化結果
* なる⋯動詞：變成（なります⇒辭書形）
* とは⋯助詞：表示驚訝

用法

事情發展成完全沒有預料到的惡劣結果時，所說的話。

哎～，你幫了一個大忙，真是謝謝。

いやあ、助^{たす}かったよ。ありがとう。

いやあ、 助かった よ 。 ありがとう。

↓ 　　　　↓ 　　　　　　↓

哎～，　　得救了，　　　　　謝謝。

* いやあ…感嘆詞：哎～
* 助かった…動詞：得救、有幫助
  （助かります⇒た形）
* よ…助詞：表示感嘆
* ありがとう…招呼用語：謝謝

用法

在危急或身陷麻煩時獲得幫助，可以用這句話表達感謝。

嗯～，獲益良多。

いやあ、いい勉強になったよ。

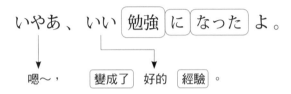

いやあ、　いい　勉強　に　なった　よ。

嗯～，　　變成了　好的　經驗。

* いやあ…感嘆詞：嗯～
* いい…い形容詞：好、良好
* 勉強になった…連語：見識、經驗
  （勉強になります⇒た形）
* よ…助詞：表示感嘆

用法

從朋友那裡學到很棒的知識，或是獲得寶貴的經驗時，可以這樣說。

那這樣就麻煩你了。

じゃ、それでお願_{ねが}い。

じゃ、　それ　で　お　願い　[します]　。

那麼　　那個　情況　　拜託您　。

* じゃ…接續詞：那麼

* それ…名詞：那個

* で…助詞：表示樣態

* お…接頭辭：表示美化、鄭重

* 願い…動詞：拜託、祈願

　　（願います⇒ます形除去[ます]）

* [します]…動詞：做（口語時可省略）

　* お願いします…謙讓表現：拜託您

　　（願います⇒謙讓表現）

用法

同意對方所提的內容，並請求對方幫忙的說法。

你有什麼需要幫忙的，請隨時告訴我。

困<ruby>こま</ruby>ったことがあったら、いつでも言<ruby>い</ruby>ってね。

困った ことが あった ら 、 いつでも 言って [ください] ね 。

如果 有 困難的 事情 的話 什麼時候 都 [請] 說 。

* 困った…動詞：困難（困ります⇒た形）
* こと…名詞：事、事情
* が…助詞：表示焦點
* あったら…動詞：有、在（あります⇒た形＋ら）
* いつ…名詞（疑問詞）：什麼時候、隨時
* でも…助詞：表示全肯定
* 言って…動詞：說、講（言います⇒て形）
* [ください]…補助動詞：請
　（くださいます⇒命令形[くださいませ]除去[ませ]）
　（口語時可省略）
　＊ 動詞て形＋ください：請[做]～
* ね…助詞：要求同意

用法
表示「有任何需要我隨時願意助你一臂之力」的說法。

要不要去接你？

むか　い
迎えに行こうか？

要不要 去 迎接 ？

＊迎え…動詞：迎接（迎えます⇒ます形除去[ます]）

＊に…助詞：表示目的

＊行こう…動詞：去（行きます⇒意向形）

＊か…助詞：表示疑問

用法

朋友或認識的人要來訪，詢問對方需不需要去接他的說法。

是出了什麼事嗎？

え？どうかしたの？

え ？ どう か した の？

ㄟ？ 怎麼樣（的事） 做了 嗎？

* え…感嘆詞：啊、欸
* どう…副詞（疑問詞）：怎麼樣、如何
* か…助詞：表示不特定
* した…動詞：做（します⇒た形）
* の…形式名詞：んですか⇒普通形現在疑問表現

　　* 〜んですか：關心好奇、期待回答

用法

對方似乎因為某事而煩惱，或是有任何異狀時，可以用這句話表示關心。

へ？你換髮型了哦？

あれ？ 髪型変えた？

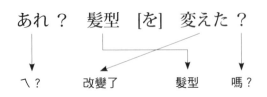

* あれ…感嘆詞：呀、哎呀
* 髪型…名詞：髮型
* [を]…助詞：表示動作作用對象（口語時可省略）
* 変えた…動詞：改變（変えます⇒た形）

用法

遇見朋友時如果發現對方換了髮型，可以這樣說。對方一定會很開心你注意到了他的改變。

好久不見～，你好嗎？

久しぶり～、元気してた？

久しぶり～、	元気[に] して [い]た？
↓	↓　　　　　↓　　　↓
好久不見，	健康地　過著的狀態　嗎？

* 久しぶり…名詞：（隔了）好久、好久不見
* 元気[に]…な形容詞：有精神、健康（副詞用法）
  （口語時可省略に）
* して…動詞：做、過、弄（します⇒て形）
* [い]た…補助動詞：（います⇒た形）
  （口語時可省略い）
  * 動詞て形＋います：目前狀態

用法
面對好久不見的熟人或朋友，打招呼的一句話。

133

讓你久等了，你等很久了嗎？

お待_またせ。待_まった？

* お…接頭辭：表示美化、鄭重

* 待たせ…動詞：等待

（待ちます⇒使役形[待たせます] 除去[ます]）

* [しました]…動詞：做（します⇒過去肯定形）

（口語時可省略）

　* お＋動詞ます形除去[ます]＋します：謙讓表現

* 待った…動詞：等待（待ちます⇒た形）

用法

相約碰面卻讓對方等候時，所說的一句話。

你還沒睡哦？

まだ起きてるの？

| まだ | 起きて [い]る | の？ |

↓　　　　　↓　　　　　↓

還　　處於醒著的狀態　　嗎？

＊まだ…副詞：還、未

＊起きて…動詞：醒著、起床（起きます⇒て形）

＊[い]る…補助動詞：（います⇒辭書形）

　（口語時可省略い）

　＊動詞て形＋います：目前狀態

＊の…形式名詞：んですか⇒普通形現在疑問表現

　＊～んですか：關心好奇、期待回答

用法

時間已經很晚，發現對方卻還沒睡，可以用這句話表示關心。網路聊天時經常使用。

為了避免感冒，多加件衣服喔。

風邪引かないように厚着してね。
（かぜひ　　　　　　　あつぎ）

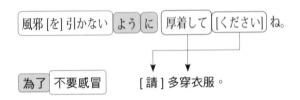

風邪 [を] 引かない　よう　に　厚着して　[ください]　ね。

為了　不要感冒　　　　　[請] 多穿衣服。

＊ 風邪[を]引かない…連語：感冒
　（風邪を引きます⇒ない形）（口語時可省略を）
＊ よう…形式名詞：文法需要而存在的名詞
＊ に…助詞：表示目的
＊ 厚着して…動詞：多穿（厚着します⇒て形）
＊ [ください]…補助動詞：請
　（くださいます⇒命令形[くださいませ] 除去[ませ]）
　（口語時可省略）
　＊ 動詞て形＋ください：請[做]〜
＊ ね…助詞：要求同意

用法

因為天氣寒冷，提醒對方多穿衣服，以免感冒。

今天你要不要早點休息？

<ruby>今日<rt>きょう</rt></ruby>は<ruby>早<rt>はや</rt></ruby>めに<ruby>休<rt>やす</rt></ruby>んだら？

今日 は 早めに 休んだ ら [どうです] [か]？

今天 [如果] 提早 休息 的話　怎麼樣　呢？

* 今日…名詞：今天

* は…助詞：表示對比（區別）

* 早めに…副詞：提前、提早

* 休んだら…動詞：休息（休みます⇒た形＋ら）

* [どうです]…副詞：どう＋です

　* どう…副詞（疑問詞）：如何、怎麼樣

　* です…助動詞：表示斷定（現在肯定形）

　　（口語時可省略どうです）

* [か]…助詞：表示疑問（口語時可省略）

用法

表示關心，建議對方今天早點睡覺的說法。

那副眼鏡很適合你。

その眼鏡似合ってるね。

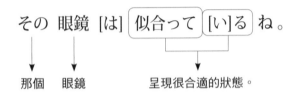

その　眼鏡　[は]　似合って　[い]る　ね。

那個　　眼鏡　　　　　呈現很合適的狀態。

* その…連體詞：那個

* 眼鏡…名詞：眼鏡

* [は]…助詞：表示主題（口語時可省略）

* 似合って…動詞：合適（似合います⇒て形）

* [い]る…補助動詞：（います⇒辭書形）

　（口語時可省略い）

　　* 動詞て形+います：目前狀態

* ね…助詞：表示同意

用法

覺得對方所戴的眼鏡很適合他，使用這句話讚美。

呀～，我不曉得耶。

さあ、僕にはわかんないなあ。

さあ、│ 僕 │ に は │ わからない なあ 。

呀～，　對我而言的話　　　不曉得。

＊ さあ…感嘆詞：呀

＊ 僕…名詞：我（適用於男性）

＊ に…助詞：表示方面

＊ は…助詞：表示對比（區別）

＊ わからない…動詞：懂（わかります⇒ない形）

　＊ わかんない…縮約表現：不曉得、不知道

　　（わからない⇒縮約表現）

　　（口語時常使用「縮約表現」）

＊ なあ…助詞：表示感嘆

用法

對方提問，如果是自己不懂的問題，可以這樣回應。

我總覺得無法理解。

どうも納得<ruby>納得<rt>なっとく</rt></ruby>できないなあ。

どうも	納得できない	なあ。
↓	↓	
怎麼也	無法理解。	

* どうも…副詞：怎麼也
* 納得できない…動詞：理解、信服
  （納得します⇒可能形［納得できます］的ない形）
* なあ…助詞：表示感嘆

用法

聽了對方的說明，仍然無法理解時，可以這樣回應。

早知道我就不做了…。

やめときゃよかった…。

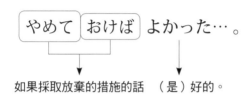

| やめて | おけば | よかった…。

如果採取放棄的措施的話　（是）好的。

* やめて…動詞：放棄、取消（やめます⇒て形）
* おけば…補助動詞：（おきます⇒條件形）
    * 動詞て形＋おきます：善後措施（為了以後方便）
    * やめときゃ…縮約表現：如果採取放棄的措施的話
        （やめておけば⇒縮約表現）
        （口語時常使用「縮約表現」）
* よかった…い形容詞：好
    （いい⇒普通形-過去肯定形）

用法
做了之後覺得後悔時，所說的一句話。

並沒有那樣的打算。

そういうつもりじゃないんだけどね。

| そう | いう | つもりじゃない | んだ けど ね。 |

| 不是 | 那樣的 | 打算 | 。

* そう…副詞：那樣、這樣
* いう…動詞：為了接名詞放的（いいます⇒辭書形）
* つもりじゃない…名詞：打算
　　（つもり⇒普通形-現在否定形）
* んだ…連語：ん＋だ＝んです的普通體：表示強調
　　* ん…形式名詞（の⇒縮約表現）
　　* だ…助動詞：表示斷定（です⇒普通形-現在肯定形）
* けど…助詞：表示輕微主張
* ね…助詞：表示感嘆

用法
說明「自己並沒有像對方所想的那種打算」。

我的意思不是那樣啦。

そんなつもりで言ったんじゃないよ。

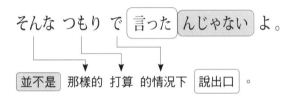

そんな つもり で 言った んじゃない よ。

並不是 那樣的 打算 的情況下 說出口 。

* そんな…連體詞：那麼、那樣的
* つもり…名詞：打算
* で…助詞：表示樣態
* 言った…動詞：說、講（言います⇒た形）
* んじゃない…連語：ん＋じゃない
　* ん…形式名詞（の⇒縮約表現）
　* じゃない…（です⇒普通形-現在否定形）
* よ…助詞：表示提醒

用法
自己說的話遭到別人誤解時，使用這句話辯解。

啊！那個我知道！

あ、それ知ってる！

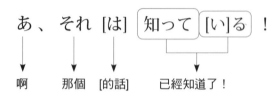

あ、　それ　[は]　知って　[い]る　！

↓　　　↓　　　↓　　　　　　　↓

啊　　那個　[的話]　　　已經知道了！

* あ…感嘆詞：啊
* それ…名詞：那、那個
* [は]…助詞：表示（區別）（口語時可省略）
* 知って…動詞：知道、認識（知ります⇒て形）
* [い]る…補助動詞：（います⇒辭書形）
  （口語時可省略い）
  * 動詞て形＋います：目前狀態

用法

如果對方所說的是自己已經知道的事，可以這樣回應。

唬你的啦。

なんちゃって。

なんて　言って　しまって　。

　　　↓　　　　　　　　　↓

之類的　　　　　　說出去了。

* なんて…助詞：表示舉例
* 言って…動詞：說、講（言います⇒て形）
* しまって…補助動詞：（しまいます⇒て形）
  （て形：表示後面還會繼續講話的語感）
  * 動詞て形＋しまいます：動作乾脆進行
  * なんちゃって…縮約表現：唬你的啦
    （なんて言ってしまって⇒縮約表現）
    （口語時常使用「縮約表現」）
    （口語時「なんちゃって」也常說成
    「な〜んちゃって」）

用法

開玩笑之後說這句話，讓對方知道剛才說的只是玩笑。

145

嗯～，老樣子。

ん～、相変わらずだね。

* ん…感嘆詞：嗯～

* 相変わらず…副詞：照舊、往常一樣

* だ…助動詞：表示斷定

　（です⇒普通形-現在肯定形）

* ね…助詞：表示主張

用法

被問到近況時，表示「一如從前」的說法。

我現在在忙，等一下回電給你。

ちょっと取^とり込^こみ 中^{ちゅう} だから、こっちから
かけ直^{なお}すね。

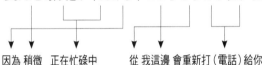

ちょっと 取り込み 中だ から、こっちから かけ直す ね。

因為 稍微　正在忙碌中　從 我這邊　會重新打（電話）給你。

* ちょっと…副詞：一下、有點、稍微
* 取り込み…名詞：忙碌
* 中だ…中＋だ：正在～中
    * 中…接尾辭
    * だ…助動詞：表示斷定（です⇒普通形-現在肯定形）
* から…助詞：表示原因
* こっち…名詞：這邊、我方
* から…助詞：表示起點
* かけ直す…複合型態（＝かけ＋直す）
    * かけ…動詞：打（電話）（かけます⇒ます形除去[ます]）
    * 直す…後項動詞：重新（直します⇒辭書形）
* ね…助詞：表示主張

用法

現在正在忙，無法和對方好好講電話時，可以這樣回應。

e-mail亂碼沒辦法看。

メール<ruby>文字化<rt>もじば</rt></ruby>けしてて<ruby>読<rt>よ</rt></ruby>めないんだけど。

電子郵件　因為處於亂碼的狀態　沒辦法閱讀。

* メール…名詞：電子郵件
* [が]…助詞：表示焦點（口語時可省略）
* 文字化けして…動詞：變亂碼
  （文字化けします⇒て形）
* [い]て…補助動詞：（います⇒て形）
  （て形表示原因）（口語時可省略い）
  * 動詞て形＋います：目前狀態
* 読めない…動詞：閱讀
  （読みます⇒可能形[読めます]的ない形）
* んだ…連語：ん＋だ＝んです的普通體：表示強調
  * ん…形式名詞（の⇒縮約表現）
  * だ…助動詞：表示斷定（です⇒普通形-現在肯定形）
* けど…助詞：表示輕微主張

用法

所收到的電子郵件是亂碼無法閱讀時，可以這樣說。

117 生活實用篇

那，猜拳決定吧。

じゃあ、じゃんけんで決^きめよう。

じゃあ 、 じゃんけん で 決めよう 。

那麼， 猜拳 的方式 決定吧。

＊じゃあ…接續詞：那麼

＊じゃんけん…名詞：猜拳

＊で…助詞：手段、方法

＊決めよう…動詞：決定（決めます⇒意向形）

用法

彼此互不相讓時，建議用猜拳決定的說法。

149

把過去的都付諸流水，…

これまでのことは水に流して、…

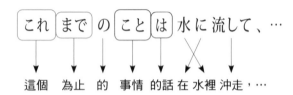

これ	まで	の	こと	は	水に	流して、…
這個	為止	的	事情	的話	在 水裡	沖走，…

* これ…名詞：這、這個
* まで…助詞：表示界限
* の…助詞：表示所屬
* こと…名詞：事、事情
* は…助詞：表示對比（區別）
* 水…名詞：水
* に…助詞：表示動作歸著點
* 流して…動詞：沖走（流します⇒て形）

（て形：表示後面還會繼續講話的語感）

用法

表示「要忘掉過去種種不愉快，轉換心情樂觀向前」。

啊～，我就是在找這個。

ああ、これこれ、探_{さが}してたんだよ。

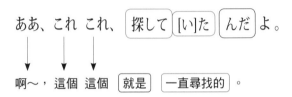

啊～，這個　這個　就是　一直尋找的　。

---

* ああ…感嘆詞：啊～
* これ…名詞：這個
* 探して…動詞：尋找（探します⇒て形）
* [い]た…補助動詞：（います⇒た形）
   （口語時可省略い）
    * 動詞て形＋います：目前狀態
* んだ…連語：ん＋だ＝んです的普通體：表示強調
    * ん…形式名詞（の⇒縮約表現）
    * だ…助動詞：表示斷定（です⇒普通形-現在肯定形）
* よ…助詞：表示感嘆

用法
終於找到找了許久的東西時，所說的話。

是錯覺吧。　気のせい気のせい。

気のせい　　　気　の　せい 。

因為心情的緣故　　因為　心情　的　緣故 。

* 気のせい…連語：因為心情的緣故
　* 気…名詞：心情、精神、念頭
　* の…助詞：表示所屬
　* せい…名詞：原因

用法 表示「那是錯覺，是對方想太多」的說法。

終於做到了！　ついにやったぞ！

ついに　やった　ぞ！

終於　　　做到了！

* ついに…副詞：終於
* やった…動詞：做到了（やります⇒た形）
* ぞ…助詞：表示強調

用法 達成目標時，表達喜悅之情的一句話。

122 生活實用篇

我就是在等這一刻！ 待<ruby>待<rt>ま</rt></ruby>ってました！

一直在等待著。

＊待って…動詞：等待（待ちます⇒て形）
＊[い]ました…補助動詞：（います⇒過去肯定形）
　（口語時可省略い）
　＊動詞て形＋います：目前狀態

用法 一直期盼著的事情終於實現時所說的話。

123 生活實用篇

就是啊。 ですよねえ。

[そう]です　よ　ねえ。

↓

是那樣。

＊[そう]です…そう＋です：是那樣、是這樣
　＊そう…副詞：那樣、這樣（口語時可省略そう）
　＊です…助動詞：表示斷定（現在肯定形）
＊よ…助詞：表示感嘆
＊ね…助詞：表示同意

用法 表示「一如對方所言，深表贊同」的回應方式。

希望是如此。

そうだといいんだけどね～。

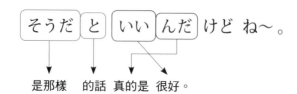

| そうだ | と | いい | んだ | けど | ね～。 |

是那樣　的話　真的是　很好。

＊そうだ…そう＋だ：是那樣、是這樣
　＊そう…副詞：那樣、這樣
　＊だ…助動詞：表示斷定
　　（です⇒普通形-現在肯定形）
＊と…助詞：表示條件
＊いい…い形容詞：好、良好
＊んだ…連語：ん＋だ＝んです的普通體：表示強調
　＊ん…形式名詞（の⇒縮約表現）
　＊だ…助動詞：表示斷定（です⇒普通形-現在肯定形）
＊けど…助詞：表示輕微主張
＊ね…助詞：表示感嘆

用法

自己也覺得「是那樣的話就好了」時，可以這樣說。

果然不出我所料。

だろうと思ったよ。

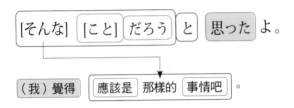

* [そんな]…連體詞：那麼、那樣的（口語時可省略）

* [こと] だろう…こと＋だろう：應該是～事情吧

　　* こと…名詞：事情

　　* だろう…助動詞：表示斷定（です⇒普通形意向形）

　　　（口語時可省略こと）

* と…助詞：表示提示內容

* 思った…動詞：覺得、認為（思います⇒た形）

* よ…助詞：表示感嘆

用法
事情的結果，和自己所想的一樣時，可以這樣說。

啊～，快樂的時光總是一下子就過了。

ああ、楽しい時間はあっという間だね。

ああ、 楽しい 時間 は あっという間 だ ね。

啊～， 快樂的 時間   是 一下子。

* ああ…感嘆詞：啊～
* 楽しい…い形容詞：快樂
* 時間…名詞：時間
* は…助詞：表示主題
* あっという間だ…あっという間+だ
    * あっという間…名詞：一下子
    * だ…助動詞：表示斷定（です⇒普通形現在肯定形）
* ね…助詞：要求同意

用法

歡樂的時光流逝，覺得時間過得很快的說法。

你這麼一說，我也這麼覺得。

そう言_いわれると、そんな気_きもする。

そう　言われる　と　、そんな　気もする。

那樣　被你一說　的話，　　（我）也覺得　那樣。

* そう…副詞：那樣、這樣
* 言われる…動詞：說、講（言います⇒受身形）
* と…助詞：表示條件
* そんな…連體詞：那麼、那樣的
* 気もする…連語：也感覺、也覺得
　（気もします⇒辭書形）

用法

對方指出某種現象，自己也覺得或許確實如此時，可以這樣說。

嗯～，我覺得還好耶。(比原本期待的不好)

うーん、いまいち…。

うーん、 → 嗯～，

いまいち…。 → 還差一點。

* うーん…感嘆詞：嗯～
* いまいち…副詞：還差一點

用法

被詢問感想時，覺得和原本的期待有落差，不是給予很高的評價時，可以這樣說。

呀〜，真的很難說耶。

さあ、<ruby>何<rt>なん</rt></ruby>とも<ruby>言<rt>い</rt></ruby>えないね。

さあ、　何　と　も　言えない　ね。

呀〜，　什麼都　　　無法說　。

* さあ…感嘆詞：呀〜
* 何…名詞（疑問詞）：什麼、任何
* と…助詞：提示內容
* も…助詞：表示全否定
* 言えない…動詞：說、講
　（言います⇒可能形[言えます]的ない形）
* ね…助詞：表示主張

用法

被問到自己無法回答，或是不方便回答的問題時，可以這樣回應。

說來話長。

話<ruby>話<rt>はな</rt></ruby>せば長<ruby>長<rt>なが</rt></ruby>くなるんだけど…。

話せば　長く　なる　んだ　けど…。

如果要說的話　會變成（說）很久。

* 話せば…動詞：說話（話します⇒條件形）
* 長く…い形容詞：長（長い⇒副詞用法）
* なる…動詞：變成（なります⇒辭書形）
* んだ…連語：ん＋だ＝んです的普通體：表示強調
    * ん…形式名詞（の⇒縮約表現）
    * だ…助動詞：表示斷定（です⇒普通形-現在肯定形）
* けど…助詞：表示輕微主張

用法

被問到某件事，想告訴對方「因為太過複雜，得花很長的時間才能說明全貌」的說法。

我有在想什麼時候要跟你說…。

いつか言<ruby>い<rt></rt></ruby>おうと思<ruby>おも<rt></rt></ruby>ってたんだけどさ…。

いつか 言おう と 思って [い]た んだけど さ…。

↓

有一天 一直有 打算 要（跟你）說 。

* いつか…副詞：有一天
* 言おう…動詞：說、講（言います⇒意向形）
* と…助詞：表示提示內容
* 思って…動詞：覺得、認為（思います⇒て形）
* [い]た…補助動詞：（います⇒た形）
  （口語時可省略い）
  * 動詞て形＋います：目前狀態
* んだ…連語：ん＋だ＝んです的普通體：表示強調
  * ん…形式名詞（の⇒縮約表現）
  * だ…助動詞：表示斷定（です⇒普通形-現在肯定形）
* けど…助詞：表示輕微主張
* さ…助詞：表示留住注意

用法

目前為止都忍著不說，但再也無法忍耐打算說出來
時，可以這樣說。

這件事，我死也不能說…。

このことは、口が裂けても言えない…。

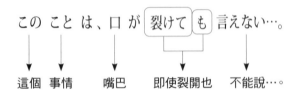

この　こと　は、口　が　裂けて　も　言えない…。

↓　　　↓　　　　　↓　　　　↓　　　　　↓

這個　事情　　　嘴巴　　即使裂開也　不能說…。

* この…連體詞：這個
* こと…名詞：事、事情
* は…助詞：表示主題
* 口…名詞：嘴巴
* が…助詞：表示主格
* 裂けて…動詞：裂開（裂けます⇒て形）
* も…助詞：表示逆接
* 言えない…動詞：說、講

　（言います⇒可能形[言えます]的ない形）

用法

表示「因為事情重大，絕不能向他人透露」。

我剛剛講的話，你就當作沒聽到好了。

今の 話 聞かなかったことにして。

今 の 話 [は] 聞かなかったこと に して [ください] 。

剛才 的 說話（的話）[請] 當成 沒有聽到（的事）。

* 今…名詞：剛才
* の…助詞：表示所屬
* 話…名詞：說話、話題
* [は]…助詞：表示對比（區別）（口語時可省略）
* 聞かなかった…動詞：聽、問
　（聞きます⇒なかった形）
* こと…形式名詞：文法需要而存在的名詞
* に…助詞：表示決定結果
* して…動詞：做（します⇒て形）
* [ください]…補助動詞：請
　（くださいます⇒命令形[くださいませ]除去[ませ]）
　（口語時可省略）
　　* 動詞て形＋ください：請[做]～

用法

話說完了，卻希望自己宛如沒說過一樣時，可以這樣說。

那個和這個是不同件事。

それとこれとはまた別の話だから。

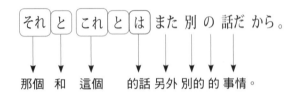

| それ | と | これ | と | は | また | 別 | の | 話だ | から。 |

那個　和　這個　　　的話　另外　別的　的　事情。

* それ…名詞：那、那個
* と…助詞：表示並列
* これ…名詞：這、這個
* と…助詞：表示並列
* は…助詞：表示對比（區別）
* また…副詞：另外、又
* 別…名詞：別的
* の…助詞：表示所屬
* 話だ…名詞：事情（話⇒普通形-現在肯定）
* から…助詞：表示決意

用法

不希望其他事和現在所談的混為一談時，可以這樣說。

所以我不是說了嗎？

だから言った<ruby>言<rt>い</rt></ruby>ったじゃん。

だから　　言った　　じゃない

所以　　　已經說了　　不是嗎？

* だから…接續詞：所以
* 言った…動詞：說、講（言います⇒た形）
* じゃない…助動詞：表示斷定
　（です⇒普通形-現在否定形）
　* じゃん…縮約表現：不是嗎
　　（じゃない⇒縮約表現）
　　（口語時常使用「縮約表現」）

用法

對之前已經給予提醒，最後卻仍引發問題的人所說的話。

看我的。

まあ、見^みてなって。

* まあ…副詞：先、總之
* 見て…動詞：看（見ます⇒て形）
* [い]…補助動詞：
  （います⇒ます形除去[ます]）（口語時可省略い）
  * 動詞て形＋います：目前狀態
* な[さい] …補助動詞「なさい」（表示命令）
  省略[さい]
* って…助詞：表示不耐煩
  ＝と言っているでしょう（我說了吧）

用法
希望對方不要擔心，一切包在自己身上時，說這句話
讓對方放心。

只有拼了吧！

やるっきゃないっしょ！

| やる | しか | ない | でしょう！ |

只有　　做　　　　　　對不對？

* やる…動詞：做（やります⇒辭書形）
* しか…助詞：表示限定
  * やるっきゃ…縮約表現：只有做
    （やるしか⇒縮約表現）
    （口語時常使用「縮約表現」）
* ない…い形容詞：沒有（ない⇒普通形-現在肯定形）
    　　　　動詞：有（あります⇒ない形）
* でしょう…助動詞：表示斷定（です⇒意向形）
  * っしょ…縮約表現：～對不對？
    （でしょう⇒縮約表現）
    （口語時常使用「縮約表現」）

用法

因為「做」或「不做」而迷惘，最後終於決定要放手
一搏的說法。

來，一決勝負吧！　よし、勝負だ！

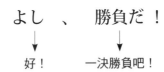

よし　、　勝負だ！

↓　　　　　↓

好！　　一決勝負吧！

＊よし…感嘆詞：好！（よし⇒強調）
＊勝負だ…名詞：（爭）勝負（勝負⇒普通形-現在肯定形）

用法　進行有勝負之分的遊戲或比賽時的開場白。

明天起，我一定要開始認真了！
明日から本気出す！

明日　から　本気 [を] 出す ！

↓　　　↓

明天　開始　要拿出　認真的精神 。

＊明日…名詞：明天
＊から…助詞：表示起點
＊本気…名詞：認真
＊[を]…助詞：表示動作作用對象（口語時可省略）
＊出す…動詞：拿出、取出（出します⇒辭書形）

用法　之前漫不經心，轉念決心要開始努力的說法。

包在我身上。

まか
任せといて。

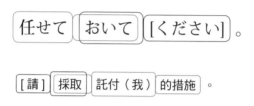

任せて　おいて　[ください]。

[請] 採取　託付（我）　的措施 。

* 任せて…動詞：託付、交給（任せます⇒て形）
* おいて…補助動詞：（おきます⇒て形）
  * 動詞て形+おきます：善後措施（為了以後方便）
  * 任せといて…縮約表現：採取託付措施
    （任せておいて⇒縮約表現）
    （口語時常使用「縮約表現」）
* [ください]…補助動詞：請
  （くださいます⇒命令形[くださいませ]除去[ませ]）
  （口語時可省略）
  * 動詞て形+ください：請[做]～

用法

受他人之託、或者代替別人做事時，為了讓對方放心，可以這樣說。

我等一下會過去，你先去好了。

<ruby>後<rt>あと</rt></ruby>から<ruby>行<rt>い</rt></ruby>くから<ruby>先<rt>さき</rt></ruby>に<ruby>行<rt>い</rt></ruby>ってて。

後 から 行く から 先に 行って [い]て [ください]。

之後 起（我）會過去， [請]（比我）先 現在就 過去。

* 後…名詞：以後
* から…助詞：表示起點
* 行く…動詞：去（行きます⇒辭書形）
* から…助詞：表示宣言
* 先に…副詞：先
* 行って…動詞：去（行きます⇒て形）
* [い]って…補助動詞：（いきます⇒て形）
  （口語時可省略い）
  * 動詞て形＋います：目前狀態
* [ください]…補助動詞：請
  （くださいます⇒命令形[くださいませ]除去[ませ]）
  （口語時可省略）
  * 動詞て形＋ください：請[做]～

用法

自己還要做準備，無法和對方一起去，希望對方先過去的說法。

170

已經這麼晚了喔，不回去不行了…。

もうこんな時間か、帰んなきゃ…。

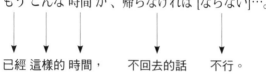

もう こんな 時間 か 、 帰らなければ [ならない]…。

已經 這樣的 時間， 不回去的話 不行。

* もう…副詞：已經
* こんな…連體詞：這麼、這樣的
* 時間…名詞：時間
* か…助詞：表示感嘆
* 帰らなければ…動詞：回去
  （帰ります⇒否定形[帰らない]的條件形）
  * 帰んなきゃ…縮約表現：不回去的話
    （帰らなければ⇒縮約表現）
    （口語時常使用「縮約表現」）
  * ～んなきゃ…「ら行」的「第 I 類動詞」，例如
    「売ります、しゃべります」等，將「ら」縮約成
    「ん」的表現方式。帰らなきゃ⇒帰んなきゃ。
* [ならない]…動詞：不行（なります⇒ない形）
  （口語時可省略）

用法

告訴對方時間已晚，自己差不多該回家了的說法。

171

那，我先走了。　じゃ、お先に〜。

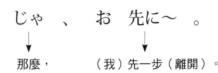

じゃ　、　お　先に〜　。

那麼，　　　（我）先一步（離開）。

＊ じゃ…接續詞：那麼
＊ お…接頭辭：表示美化、鄭重
＊ 先に…副詞：先

用法　工作或打工結束，跟同事打聲招呼再離開的說法。

可以的話我會去。（有點敷衍）　行けたら行くよ。

行けた　ら　行く　よ。

如果　可以去　的話　要去。

＊ 行けたら…動詞：去（行きます⇒可能形：行けます）
　　　　　　　（行けます⇒た形＋ら）
＊ 行く…動詞：去（行きます⇒辭書形）
＊ よ…助詞：表示通知

用法　受邀參加聚餐或派對，不明確回答「去」或「不去」
　　　的曖昧說法。

肚子好餓，有沒有什麼可以吃的？

お腹すいたあ、<ruby>何<rt>なん</rt></ruby>か<ruby>食<rt>た</rt></ruby>べるもんない？

お腹 [が] すいたあ、何か 食べる もの [は] ない？

肚子　　　餓了，　任何 吃（的）東西 的話 沒有嗎？

* お腹…名詞：肚子
* [が]…助詞：表示焦點（口語時可省略）
* すいた…動詞：空、餓（すきます⇒た形）
* あ…是會話中拉長音的表現方式
* 何…名詞（疑問詞）：什麼、任何
* か…助詞：表示不特定
* 食べる…動詞：吃（食べます⇒辭書形）
* もの…名詞：東西
  * もん…「もの」的「縮約表現」
    （口語時常使用「縮約表現」）
* [は]…助詞：表示主題
* ない…い形容詞：沒有（ない⇒普通形-現在肯定形）
    動詞：有（あります⇒ない形）

用法

肚子餓想吃東西時，可以這樣說。

173

不要客氣，儘量吃。

遠慮(えんりょ)しないでどんどん食(た)べてね。

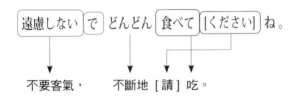

| 遠慮しない | で | どんどん | 食べて | [ください] | ね。 |

不要客氣，　　　不斷地 [請] 吃。

* 遠慮しない…動詞：客氣、謝絕
  （遠慮します⇒ない形）
* で…助詞：表示樣態
* どんどん…副詞：連續不斷、旺盛
* 食べて…動詞：吃（食べます⇒て形）
* [ください]…補助動詞：請
  （くださいます⇒命令形[くださいませ] 除去[ませ]）
  （口語時可省略）
  ＊ 動詞て形＋ください：請[做]～
* ね…助詞：要求同意

用法
請客時，希望對方不要客氣，儘量多吃一點的說法。

今天我們要吃什麼呢？

きょう　なに　た
今日は何食べよっか？

今日	は	何 [を] 食べよう	か ？
↓	↓	↓	↓
今天	的話	要吃什麼	呢？

* 今日…名詞：今天
* は…助詞：表示對比（區別）
* 何…名詞（疑問詞）：什麼、任何
* [を]…助詞：表示動作作用對象（口語時可省略）
* 食べよう…動詞：吃（食べます⇒意向形）
* か…助詞：表示疑問
  * 食べよっか…「食べようか」的「縮約表現」。
    （口語時常使用「縮約表現」）

用法

想和家人或朋友討論要吃什麼東西時，可以這樣說。

今天我請客，儘量點。

今日は僕のおごりだから、遠慮なく 注
文して。

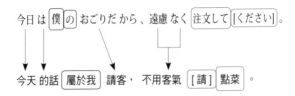

今天 的話 [屬於我] 請客， 不用客氣 [請] [點菜] 。

* 今日…名詞：今天
* は…助詞：表示對比（區別）
* 僕…名詞：我
* の…助詞：表示所有
* おごりだ…名詞：請客（おごり⇒普通形-現在肯定形）
* から…助詞：表示宣言
* 遠慮…名詞：客氣、謝絕
* なく…い形容詞：沒有（ない⇒副詞用法）
* 注文して…動詞：訂（注文します⇒て形）
* [ください]…補助動詞：請
　（くださいます⇒命令形[くださいませ]除去[ませ]）
　（口語時可省略）
　　* 動詞て形＋ください：請[做]～

用法

在餐廳請客，希望對方不要客氣，儘量點菜的說法。

今天我們盡情地喝吧。

今日<ruby>きょう</ruby>は、パァッと飲<ruby>の</ruby>もう。

今日　は　、　パァッと　飲もう。

今天　的話　　　痛快地　　　喝吧。

* 今日…名詞：今天
* は…助詞：表示對比（區別）
* パァッと…副詞：～得痛快
* 飲もう…動詞：喝（飲みます⇒意向形）

用法

想要開心盡興地喝酒時，所說的一句話。

想吃點什麼熱的東西。

<ruby>何<rt>なん</rt></ruby>か <ruby>温<rt>あたた</rt></ruby>かいものが<ruby>食<rt>た</rt></ruby>べたい。

何 か 温かい もの が 食べ たい 。

（我）想要 吃 什麼 熱的 東西。

* 何…名詞（疑問詞）：什麼、任何

* か…助詞：表示不特定

* 温かい…い形容詞：熱的

* もの…名詞：東西

* が…助詞：表示焦點

* 食べ…動詞：吃（食べます⇒ます形除去[ます]）

* たい…助動詞：表示希望

　　* 動詞ます形除去[ます]＋たい：想要[做]～

用法

被問到想吃什麼時，如果想吃點熱的食物，可以這樣
說。

想不到會那麼好吃耶。　案外おいしいね、これ。

案外 おいしい ね 、 これ [は] 。

這個東西　意想不到的　好吃。

* 案外…副詞：意外、意想不到
* おいしい…い形容詞：好吃
* ね…助詞：表示同意
* これ…名詞：這、這個
* [は]…助詞：表示主題（口語時可省略）

用法 在無預期下嚐了一口，沒想到這麼好吃的說法。

哇～，看起來好好吃。　わあ、うまそう。

わあ 、 　うま　そう 。

哇～，　　　　　看起來好像　好吃。

* わあ…感嘆詞：哇～
* うま…い形容詞：好吃、巧妙（うまい⇒除去[い]）
* そう…助動詞：好像～、眼看就要～

用法 看到好像很美味的食物時所說的話，屬於男性用語。
女性要使用「おいしい」（好吃）這個字，說法為
「わあ、おいしそう。」（哇～，看起來好好吃）。

我可以把這個吃掉嗎？

これ食べ<ruby>た</ruby>ちゃってもいい？

* これ…名詞：這、這個
* [を]…助詞：表示動作作用對象（口語時可省略）
* 食べて…動詞：吃（食べます⇒て形）
* しまって…補助動詞：（しまいます⇒て形）
    * 動詞て形＋しまいます：動作乾脆進行
    * 食べちゃって…「食べてしまって」的「縮約表現」
      （口語時常使用「縮約表現」）
* も…助詞：表示逆接
* いい…い形容詞：好、良好

用法

想吃掉剩下的最後一個食物時，可以這樣說。

這個沒有壞掉嗎？有怪味道耶。

これ腐（くさ）ってない？ 変（へん）な味（あじ）がするよ。

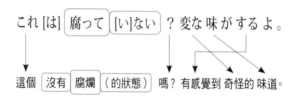

これ [は] 腐って [い]ない ？ 変な 味 が する よ。

這個 沒有 腐爛 （的狀態） 嗎？ 有感覺到 奇怪的 味道。

* これ…名詞：這、這個
* [は]…助詞：表示主題（口語時可省略）
* 腐って…動詞：腐爛、腐敗（腐ります⇒て形）
* [い]ない…補助動詞：（います⇒ない形）
  （口語時可省略い）
  * 動詞て形＋います：目前狀態
* 変な…な形容詞：奇怪（名詞接續用法）
* 味…名詞：味道
* が…助詞：表示焦點
* する…動詞：有（感覺）（します⇒辭書形）
* よ…助詞：表示提醒

用法

食物或飲料有怪味道，想向他人確認時，可以這樣說。

呀！這個已經過期了耶。

うわっ、これ 賞味期限過ぎてるよ。
　　　　　　しょうみ きげんす

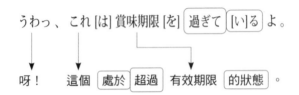

うわっ、 これ [は] 賞味期限 [を] 過ぎて [い]る よ。

呀！　 這個 處於 超過 有效期限 的狀態 。

* うわっ…感嘆詞：呀
* これ…名詞：這、這個
* [は]…助詞：表示主題（口語時可省略）
* 賞味期限…名詞：有效日期
* [を]…助詞：表示經過點
* 過ぎて…動詞：過、經過（過ぎます⇒て形）
* [い]る…補助動詞：（います⇒辭書形）
  （口語時可省略い）
  ＊動詞て形＋います：目前狀態
* よ…助詞：表示提醒

用法
一看保存期限，發現已經過期時，可以這樣說。

182

156 生活實用篇

身體狀況

啊～，肩膀好酸喔。　ああ、肩が凝るなあ。

ああ　、　肩　が　凝る　なあ。

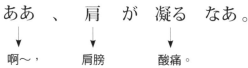

啊～，　　　肩膀　　　酸痛。

* ああ…感嘆詞：啊～
* 肩…名詞：肩膀
* が…助詞：表示焦點
* 凝る…動詞：凝固、酸痛（凝ります⇒辭書形）
* なあ…助詞：表示感嘆

用法 肩膀酸痛時說的話。朋友聽到或許會幫你按摩喔。

157 生活實用篇

身體狀況

我頭暈暈的。　頭がくらくらする。

頭　が　くらくらする　。

頭　　　　　暈暈的

* 頭…名詞：頭
* が…助詞：表示焦點
* くらくらする…動詞（擬態語）：頭暈
  （くらくらします⇒辭書形）

用法 因為感冒或喝酒而喪失平衡感時，可以這樣說。

好像感冒了。

風邪<ruby>風邪<rt>かぜ</rt></ruby>ひいちゃったみたい。

好像 不小心 感染了 感冒。

* 風邪…名詞：感冒
* [を]…助詞：表示動作作用對象（口語時可省略）
* ひいて…動詞：得（感冒）（ひきます⇒て形）
* しまった…補助動詞：（しまいます⇒た形）
  * 動詞て形＋しまいます：（無法挽回的）遺憾
  * ひいちゃった…「ひいてしまった」的「縮約表現」
    （口語時常使用「縮約表現」）
* みたい…助動詞：好像～

用法

身體不舒服，開始出現輕微發燒、流鼻水等感冒初期
症狀時所說的話。

啊～，沒力。啊～，好酸。　ああ、だるい。

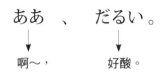

ああ　　、　　だるい。
　↓　　　　　　　↓
啊～，　　　　好酸。

＊ ああ…感嘆詞：啊～　＊ だるい…い形容詞：發倦、酸痛

用法　感冒或激烈運動隔天覺得身體沉重、肌肉酸痛所說的話。

笑到肚子好痛。　笑いすぎてお腹痛い。

笑い　すぎて　お腹　[が]　痛い。

因為 笑 太多　　肚子　　　　好痛。

＊ 笑いすぎて…複合型態（＝笑い＋すぎて）
　＊ 笑い…動詞：笑（笑います⇒ます形除去[ます]）
　＊ すぎて…後項動詞：過於、太～
　　（すぎます⇒て形）（て形表示原因）
＊ お腹…名詞：肚子　＊ [が]…助詞：表示焦點（口語時可省略）
＊ 痛い…い形容詞：痛

用法　因為有趣的事笑到肚子痛時，可以這樣說。

185

啊〜，鞋子會磨腳，好痛。

ああ、靴擦れして痛い。

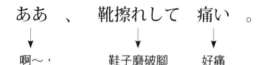

ああ 、	靴擦れして	痛い 。
↓	↓	↓
啊〜，	鞋子磨破腳	好痛

* ああ…感嘆詞：啊〜
* 靴擦れして…動詞：鞋子磨破腳（靴擦れします⇒て形）
* 痛い…い形容詞：痛

用法 穿新鞋、或走很多路造成鞋子磨腳疼痛時說的話。

啊！地震！　あ、地震だ！

あ 、	地震だ ！
↓	↓
啊！	地震！

* あ…感嘆詞：啊
* 地震だ…名詞：地震（地震⇒普通形-現在肯定形）

用法 一感覺地震，通常就會脫口說出這句話。萬一發生火災，則說「あ、火事（かじ）だ！」（啊！火災！）。

186

腳抽筋了！　足つった！

足　[が]　つった！

↓　　　　　　↓
腳　　　　　抽筋了！

* 足…名詞：腳
* [が]…助詞：表示主格（口語時可省略）
* つった…動詞：抽筋（つります⇒た形）

用法 腳突然感到劇痛，出現抽筋現象時的說法。

完了，我想大便。　やばい、うんこしたい…。

やばい、　うんこし　たい　…。

↓　　　　　　　　　　↓　　　　↓
不妙，　　　　（我）想要　大便。

* やばい…い形容詞：不妙
* うんこし…動詞：大便
  （うんこします⇒ます形除去[ます]）
* たい…助動詞：表示希望

用法 有便意，卻驚覺附近沒有洗手間時的反應。

我去尿個尿。

ちょっと、おしっこしてくる。

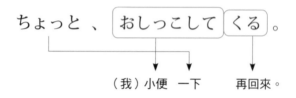

（我）小便　一下　　　再回來。

* ちょっと…副詞：一下、有點、稍微
* おしっこして…動詞：小便
　（おしっこします⇒て形）
* くる…補助動詞：（きます⇒辭書形）
　* 動詞て形＋きます：動作和移動（做～再回來）

用法

要去小便必須暫時離開時說的話。僅適合對關係親近的人使用，即使丁寧體「おしっこしてきます」也是如此。

啊，我忘了帶。

あ、持ってくんの忘れた。

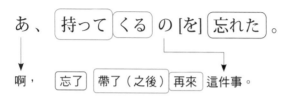

あ、 持って くる の [を] 忘れた 。

啊， 忘了 帶了（之後） 再來 這件事。

* あ…感嘆詞：啊
* 持って…動詞：拿、帶（持ちます⇒て形）
* くる…補助動詞：（きます⇒辭書形）
  * 動詞て形＋きます：動作和移動（做〜再回來）
  * 持ってくん…縮約表現：帶了（之後）再來
    （持ってくる⇒縮約表現）
    （口語時常使用「縮約表現」）
* の…形式名詞：文法需要而存在的名詞
* [を]…助詞：表示動作作用對象（口語時可省略）
* 忘れた…動詞：忘記（忘れます⇒た形）

用法

忘記帶必須帶的東西時所說的話。

啊，快沒電了。

あ、もう電池なくなっちゃう。

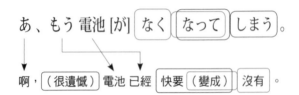

あ、もう電池 [が] なく なって しまう 。

啊，（很遺憾）電池 已經 快要（變成） 沒有 。

* あ…感嘆詞：啊
* もう…副詞：已經
* 電池…名詞：電池
* [が]…助詞：表示焦點（口語時可省略）
* なく…い形容詞：無、沒有（ない⇒副詞形）
* なって…動詞：變成（なります⇒て形）
* しまう…補助動詞：（しまいます⇒辭書形）
  * 動詞て形＋しまいます：（無法挽回的）遺憾
  * なっちゃう…縮約表現：很遺憾要變成～了
    （なってしまう⇒縮約表現）
    （口語時常使用「縮約表現」）

用法

事前充飽電的手機或筆記型電腦等，電力快要耗盡時的說法。

我現在沒帶錢。

今持ち合わせがないんだ。

今　持ち合わせ　が　ない　んだ　。

現在　　　　　　　　　　　沒有 帶在身上的錢。

＊ 今…名詞：現在

＊ 持ち合わせ…帶在身上的錢

＊ が…助詞：表示焦點

＊ ない…い形容詞：沒有（ない⇒普通形-現在肯定形）

　　　　　動詞：有（あります⇒ない形）

＊ んだ…連語：ん＋だ＝んです的普通體：表示強調

　　＊ ん…形式名詞（の⇒縮約表現）

　　＊ だ…助動詞：表示斷定（です⇒普通形-現在肯定形）

用法

想買東西，但是身上卻沒帶錢的說法。如果金額不大，朋友聽到了，也許願意借給你。

完了，我快吐了…。

やばい、吐^はきそう…。

やばい　、　吐き　そう　…。

↓　　　　　　　　　↓　　↓

不妙，　　　　　　　好像快要 吐…。

* やばい…い形容詞：不妙

* 吐き…動詞：嘔吐（吐きます⇒ます形除去[ます]）

* そう…助動詞：好像〜、眼看就要〜

用法

暈車或是喝酒過多，覺得好像快要嘔吐時的反應。

Part 2

商務會話篇

我是今天剛進入公司的山田太郎。

ほんじつにゅうしゃ　　　　　　　　　やまだ たろう　　もう
本 日 入 社 いたしました 山田太郎 と 申します。

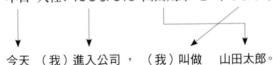

今天　（我）進入公司，　（我）叫做　　山田太郎。

* 本日…名詞：今天

* 入社いたしました…動詞：進入公司

　（入社いたします⇒過去肯定形）

　（入社します的謙讓語）

* 山田太郎…人名：山田太郎

　（使用時可替換為其他姓名）

* と…助詞：表示提示內容

* 申します…動詞：說、叫做（言います的謙讓語）

用法

第一天上班報到時，向公司同事寒暄、自我介紹的開頭用語。

筆記頁

空白一頁，讓你記錄學習心得，
也讓下一個單元能以跨頁呈現，方便於對照閱讀。

....

....

....

....

....

....

....

今後可能會給各位帶來麻煩，也請各位盡量指導我。

今後（こんご）、何（なに）かとご迷惑（めいわく）をおかけすると思（おも）
いますが、ご指導（しどう）のほどよろしくお願（ねが）い
申（もう）し上（あ）げます。

今後 、 何 か と

→　　　↓

今後　　任何（方面）

ご 迷惑 を お かけ する と 思います が、

（我）覺得　　會給您添　麻煩

ご指導 のほどよろしく お 願い 申し上げます 。

↓　　　　　　　↓

指導方面　　　　　　請您多多指教。

196

* 今後…名詞：今後
* 何…名詞（疑問詞）：什麼、任何
* か…助詞：表示不特定
* と…助詞：表示提示內容
* ご…接頭辭：表示美化、鄭重
* 迷惑…名詞：麻煩
* を…助詞：動作作用對象
* お…接頭辭：表示美化、鄭重
* かけ…動詞：添（麻煩）
  （かけます⇒ます形除去[ます]）
* する…動詞：做（します⇒辭書形）
* と…助詞：表示提示內容
* 思います…動詞：覺得
* が…助詞：表示前言
* ご…接頭辭：表示美化、鄭重
* 指導…名詞：指導
* の…助詞：表示單純接續
* ほど…形式名詞：表示緩折
* よろしく…い形容詞：好（よろしい⇒副詞用法）
* お…接頭辭：表示美化、鄭重
* 願い…動詞：拜託、祈願
  （願います⇒ます形除去[ます]）
* 申し上げます…動詞：做（します的謙讓語）

用法

新進人員向前輩請求指導的說法。

我會為了武藏貿易公司而努力。

武蔵 商 社のため、努 力 して参ります。
<ruby>武蔵<rt>む さ し</rt></ruby> <ruby>商 社<rt>しょうしゃ</rt></ruby>のため、<ruby>努 力<rt>ど りょく</rt></ruby> して<ruby>参<rt>まい</rt></ruby>ります。

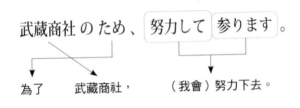

武蔵商社 の ため、 努力して 参ります。

為了　　武藏商社，　　（我會）努力下去。

* 武蔵商社…名詞：武藏商社
  （使用時可替換為其他公司）
* の…助詞：表示所屬（屬於文型上的用法）
* ため…形式名詞：為了～
* 努力して…動詞：努力（努力します⇒て形）
* 参ります…補助動詞：（いきます的謙讓語）
  * 動詞て形＋いきます：動作和時間（現在⇒未來
    的動作繼續）

用法
第一天上班報到時，對公司同事的寒暄、招呼用語。

筆記頁

空白一頁，讓你記錄學習心得，
也讓下一個單元能以跨頁呈現，方便於對照閱讀。

....

....

....

....

....

....

....

我會拼命工作，力求對公司有所貢獻。

<ruby>一生懸命<rt>いっしょうけんめい</rt></ruby><ruby>仕事<rt>しごと</rt></ruby>に<ruby>取<rt>と</rt></ruby>り<ruby>組<rt>く</rt></ruby>んで、<ruby>会社<rt>かいしゃ</rt></ruby>に
<ruby>貢献<rt>こうけん</rt></ruby>できるよう<ruby>頑張<rt>がんば</rt></ruby>ります。

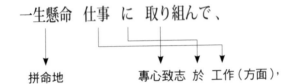

* 一生懸命…副詞：拼命地
* 仕事…名詞：工作
* に…助詞：表示方面
* 取り組んで…動詞：專心致志
  （取り組みます⇒て形）（て形表示附帶狀況）
* 会社…名詞：公司
* に…助詞：表示方面
* 貢献できる…動詞：貢獻
  （貢献します⇒可能形[貢献できます]的辭書形）
* よう[に]…連語：為了～、希望～而～（可省略に）
* 頑張ります…動詞：加油

用法

第一天上班報到向公司同事寒暄、自我介紹時，可以使用這句話作為總結。

能給我一張您的名片嗎？

名刺を 頂 戴できますか。

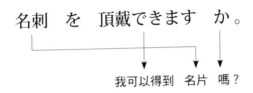

名刺　を　頂戴できます　か。

我可以得到　名片　嗎？

* 名刺…名詞：名片
* を…助詞：動作作用對象
* 頂戴できます…動詞：領受、得到
　（頂戴します⇒可能形）
* か…助詞：表示疑問

用法
想跟對方索取名片時，可以這樣說。

真不好意思，名片剛好用完了…。

<ruby>申<rt>もう</rt></ruby>し<ruby>訳<rt>わけ</rt></ruby>ございません。

ただ<ruby>今<rt>いま</rt></ruby>、<ruby>名刺<rt>めいし</rt></ruby>を<ruby>切<rt>き</rt></ruby>らしておりまして…。

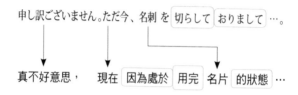

真不好意思，　　現在 因為處於 用完 名片 的狀態 …

* 申し訳ございません…招呼用語：對不起、不好意思
* ただ今…名詞：現在
* 名刺…名詞：名片
* を…助詞：動作作用對象
* 切らして…動詞：用盡、用光（切らします⇒て形）
* おりまして…補助動詞：（います的謙讓語）

（おります⇒ます形的て形）（て形表示原因）

（～まして屬於鄭重的表現方式）

　* 動詞て形＋おります：目前狀態（謙讓表現）

用法

忘記帶名片時，可以用這句話當作藉口。但是最好避免發生。

抱歉，不曉得您的名字應該怎麼唸？

しつれい　　　　　なん　　　よ
失礼ですが、何とお読みするのでしょうか。

失礼　です　が、

↓

抱歉，

何　と　お　読み　する　のでしょう　か。

（您的姓名）　我要唸成　什麼　呢？

* 失礼…な形容詞：失禮
* です…助動詞：表示斷定（現在肯定形）
* が…助詞：表示前言
* 何…名詞（疑問詞）：什麼、任何
* と…助詞：表示提示內容
* お…接頭辭：表示美化、鄭重
* 読み…動詞：讀（読みます⇒ます形除去[ます]）
* する…動詞：做（します⇒辭書形）
    * お＋動詞ます形除去[ます]＋します…謙讓表現：
      （動作涉及對方的）[做]〜
* のでしょうか…んですか（關心好奇、期待回答）
  的鄭重問法

用法

不知道對方的姓名該怎麼唸時，可以這樣詢問。

您的大名我從近藤先生那裡聽說過，非常久仰您的大名。

お名前は、近藤さんから聞いておりましたので、よく存じ上げております。

お名前 は、近藤 さんから ｜聞いて｜ ｜おりました｜ ｜ので｜、

｜因為｜ 您的大名 (是) 從 近藤 先生 ｜已經｜ ｜聽過｜ ｜的狀態｜，

よく ｜存じ上げて｜ ｜おります｜。

非常 ｜處於｜ ｜知道｜ ｜的狀態｜。

* お…接頭辭：表示美化、鄭重
* 名前…名詞：姓名
* は…助詞：表示對比（區別）
* 近藤…日本人的姓氏（使用時可替換為其他姓氏）
* さん…接尾辭：～先生、～小姐
* から…助詞：表示動作的對方（授方）
* 聞いて…動詞：聽、問（聞きます⇒て形）
* おりました…補助動詞：（います的謙讓語）
　　（おります⇒過去肯定形）
　　　＊ 動詞て形＋おります：目前狀態（謙讓表現）
* ので…助詞：表示原因理由
* よく…副詞：好好地
* 存じ上げて…動詞：知道（存じ上げます⇒て形）
* おります…補助動詞：（います的謙讓語）
　　（おります⇒過去肯定形）
　　　＊ 動詞て形＋おります：目前狀態（謙讓表現）

用法

初次見面時，如果想要刻意抬舉對方，可以這樣說。

我回來了。　ただ今、戻りました。

ただ今 、　戻りました 。

↓　　　　　　↓

現在剛好　　回來了。

* ただ今…名詞：現在
* 戻りました…動詞：返回（戻ります⇒過去肯定形）

用法 讓其他人知道自己已經外出回來了的說法。

我先告辭了。　お先に失礼させていただきます。

お先に　失礼させて　いただきます 。

請您　讓我　先　告辭 。

* お…接頭辭：表示美化、鄭重
* 先に…副詞：先
* 失礼させて…動詞：告辭
  （失礼します⇒使役形[失礼させます]的て形）
* いただきます…補助動詞：
  * 使役て形+いただきます…謙讓表現：請您讓我[做]〜

用法 比同事或上司先下班時，用這句話打聲招呼再離開。

好久不見。

ご無沙汰しております。

　　　ご無沙汰して ｜ おります 。

　　処於 ｜ 久未問候 ｜ 的狀態 。

＊ ご無沙汰して…動詞：久未問候

　（ご無沙汰します⇒て形）

＊ おります…補助動詞：（います的謙讓語）

　＊ 動詞て形＋おります：目前狀態（謙讓表現）

用法

「お久（ひさ）しぶりです。」（好久沒看到你）的
另一種說法。

今天在您這麼忙碌的時候打擾您了，真不好意思。

本日はお忙しいところをお邪魔いたしました。

本日は　お　忙しい　ところ　を　お　邪魔　いたしました　。

今天　　正值　忙碌　的時候　　我打擾您了。

* 本日…名詞：今天
* は…助詞：表示對比（區別）
* お…接頭辭：表示美化、鄭重
* 忙しい…い形容詞：忙碌
* ところ…形式名詞：表示狀況
* を…助詞：表示動作作用對象
* お…接頭辭：表示美化、鄭重
* 邪魔…動作性名詞：打擾
* いたしました…動詞：做
　（いたします⇒過去肯定形）（します的謙讓語）

用法

因為業務或會議需到對方公司拜訪後，離開時的寒暄用語。

210

承蒙您的照顧。

お世話になっております。
　せ　わ

お　│ 世話になって │　│ おります │ 。

│ 處於 │ 受您照顧 │ 的狀態 │ 。

* お…接頭辭：表示美化、鄭重
* 世話になって…連語：受照顧
　（世話になります⇒て形）
* おります…補助動詞：（います的謙讓語）
　＊動詞て形＋おります：目前狀態（謙讓表現）

用法
與業務往來的對象，寒暄招呼的一句話。

承蒙您的關照，我是島津產業的李某某。

いつもお世話になっております。島津産業 の李です。

いつも お 世話になって おります 。島津産業 の 李 です。

總是 處於 受您照顧 的狀態 我 是 島津產業 的 李某某。

* いつも…副詞：總是
* お…接頭辭：表示美化、鄭重
* 世話になって…連語：受照顧
　（世話になります⇒て形）
* おります…補助動詞：（います的謙讓語）
　＊ 動詞て形＋おります：目前狀態（謙讓表現）
* 島津產業…島津產業（使用時可替換為其他公司）
* の…助詞：表示所屬
* 李…李某某（使用時可替換為其他姓氏）
* です…助動詞：表示斷定（現在肯定形）

用法

之前已和對方初次聯絡，第二次開始的聯絡，可以用
這句話作為開頭的寒暄語。

祝您新年快樂。

よいお年をお迎えください。

よい　お　年　を　お　迎え　ください　。

請您迎接　好的　一年。

* よい…い形容詞：好
* お…接頭辭：表示美化、鄭重
* 年…名詞：一年、年
* を…助詞：表示動作作用對象
* お…接頭辭：表示美化、鄭重
* 迎え…動詞：迎接（迎えます⇒ます形除去[ます]）
* ください…補助動詞：請
  （くださいます⇒命令形[くださいませ]除去[ませ]）
  * お＋動詞ます形除去[ます]＋ください…尊敬表
    現：請您[做]～

用法

在年末的十二月底左右，互相道別時的寒暄用語。

（客人來店時）歡迎光臨。
（客人離店時）謝謝惠顧。

（客が来店した時）いらっしゃいませ。

（客が出て行く時）ありがとうございました。

いらっしゃいませ。ありがとうございました。

歡迎光臨　　　　　　　　謝謝惠顧

＊ いらっしゃいませ…招呼用語：歡迎光臨
　（客人來店時商家的招呼語）

＊ ありがとうございました…招呼用語：謝謝惠顧
　（客人離店時商家的招呼語）

用法
便利商店或一般商店招呼客人的基本用語。

017 商務會話篇　

課長，企劃書做好了，請您過目。

か ちょう　　き かくしょ
課長、企画書ができましたので、
め　　とお
目を通していただけますか。

課長、企画書が できました ので 、 目を通して いただけます か。

課長，因為 企劃書 做好了， 可以請您為我 過目 嗎？

* 課長…名詞：課長（使用時可替換為其他職稱）
* 企画書…名詞：企劃書
* が…助詞：表示焦點
* できました…動詞：完成（できます⇒過去肯定形）
* ので…助詞：表示原因理由
* 目を通して…動詞：看一看、過目
　（目を通します⇒て形）
* いただけます…補助動詞：（いただきます⇒可能形）
　　* 動詞て形＋いただきます…謙讓表現：請您（為我）[做]～
* か…助詞：表示疑問

用法

請上司確認自己完成的文件所說的話。

能不能請您有空時，幫我過目一下？

お手すきの時に、お目通しいただけますか。

お｜手すきの｜時｜に、｜お｜目通し｜いただけます｜か。

在 有空的 時候　能請您為我 過目　嗎？

* お…接頭辭：表示美化、鄭重
* 手すき…名詞：有空
* の…助詞：表示所屬
* 時…名詞：時候
* に…助詞：表示動作進行時點
* お…接頭辭：表示美化、鄭重
* 目通し…名詞：看一看、過目
* いただけます…補助動詞：(いただきます⇒可能形)
  * 動詞て形＋いただきます…謙讓表現：請您 (為我) [做]～
* か…助詞：表示疑問

用法

拜託對方有空時幫忙過目一下的說法。

其實，是有事要和您商量…。

<ruby>実<rt>じつ</rt></ruby>は<ruby>折<rt>お</rt></ruby>り<ruby>入<rt>い</rt></ruby>ってご<ruby>相談<rt>そうだん</rt></ruby>したいことがあるのですが。

実は 折り入って ご 相談 し たい ことが ある のです が。

其實　特別　想要　和您商量　(的)事情 有。

* 実は…副詞：其實
* 折り入って…副詞：特別
* ご…接頭辭：表示美化、鄭重
* 相談…名詞：商量
* し…動詞：做（します⇒ます形除去[ます]）
* たい…助動詞：表示希望
* こと…名詞：事情
* が…助詞：表示焦點
* ある…動詞：有（あります⇒辭書形）
* のです…連語：の＋です＝んです：表示強調
    * の…形式名詞
    * です…助動詞：表示斷定（現在肯定形）
* が…助詞：表示前言

用法

想要和對方商量重要事情的說法。

我想您還是稍微休息一下比較好。

少しお休みになられた方がいいかと思います。

少し 　稍微

您休息一下　比較好

方がいい　か　吧？

と　思います。

（我）覺得。

* 說明：

（1）此文型屬於「二重敬語」（同時使用了兩種敬語）：

【敬語1】尊敬表現：お[ます形除去ます]になります

【敬語2】尊敬形：なられます

有些人主張「敬語表現不應該重複使用」，但事實上日本人在生活中還是會使用某些「二重敬語」。所以學習時還是有必要了解「二重敬語」的用法。

（2）當然，使用「少しお休みになった方がいいか」或「少し休まれた方がいいか」也可以表現出敬意。

＊ 少し…副詞：一點點

＊ お…接頭辭：表示美化、鄭重

＊ 休み…動詞：休息（休みます⇒ます形除去[ます]）

＊ に…助詞：表示變化結果（屬於文型上的用法）

＊ なられた…動詞：尊敬表現

　（なります⇒尊敬形[なられます]的た形）

＊ 方…名詞：～那一方

＊ が…助詞：表示焦點

＊ いい…い形容詞：好、良好

＊ か…助詞：表示疑問

＊ と…助詞：表示提示內容

＊ 思います…動詞：覺得

用法

建議上司或長輩稍作休息的說法。

為了滿足課長的期待，我會努力工作。

課　長 のご期待に添えるよう頑張ります。

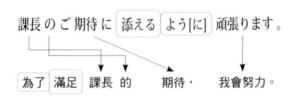

課長 の ご 期待 に 添える よう[に] 頑張ります。

為了 滿足 課長 的 期待， 我會努力。

* 課長…名詞：課長（使用時可替換為其他職稱）
* の…助詞：表示所屬
* ご…接頭辭：表示美化、鄭重
* 期待…名詞：期待
* に…助詞：表示方面
* 添える…動詞：滿足

　（添います⇒可能形[添えます]的辭書形）
* よう[に]…連語：為了～、希望～而～（可省略に）
* 頑張ります…動詞：加油

用法

表示自己會好好努力，不會辜負對方期待的說法。

我會盡全力完成的。

私 なりに 全 力 を 尽くします。

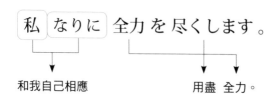

和我自己相應　　　　　　　用盡 全力。

* 私…名詞：我
* なりに…連語：～相應的
* 全力…名詞：全力、全部力量
* を…助詞：表示動作作用對象
* 尽くします…動詞：盡力

用法

宣示自己會拼命努力的說法。

這次的工作請務必讓我來負責，好嗎？

今回の仕事ですが、ぜひ、私に担当
させていただけませんか。

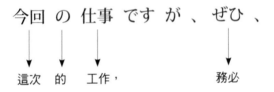

今回　の　仕事　です　が　、　ぜひ、

這次　的　工作，　　　　　務必

私に　担当させて　いただけません　か。

不可以請您　讓　我　擔任　　嗎？

* 今回…名詞：這次

* の…助詞：表示所屬

* 仕事…名詞：工作

* です…助動詞：表示斷定（現在肯定形）

* が…助詞：表示前言

* ぜひ…副詞：務必

* 私…名詞：我

* に…助詞：表示動作的對方

* 担当させて…動詞：擔任

  （担当します⇒使役形[担当させます]的て形）

* いただけません…補助動詞：

  （いただきます⇒可能形[いただけます]的現在否定形）

  ＊ 使役て形＋いただきます…謙讓表現：請您讓我[做]～）

* か…助詞：表示疑問

用法

向對方提出，希望把工作交給自己負責的說法。

那麼重要的工作，我能勝任嗎？

そんな大役、私に務まるでしょうか…。

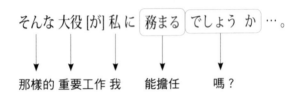

そんな 大役 [が] 私に 務まる でしょう か …。

那樣的	重要工作	我	能擔任		嗎？

* そんな…連體詞：那樣的
* 大役…名詞：重要工作
* [が]…助詞：表示焦點（可省略）
* 私…名詞：我
* に…助詞：表示方面
* 務まる…動詞：能擔任（務まります⇒辭書形）
* でしょう…助動詞：表示斷定（です⇒意向形）
* か…助詞：表示疑問
　* ～でしょうか…表示鄭重問法

用法

擔心自己能否勝任時，可以用這句話坦率地表達不安。

筆記頁

空白一頁，讓你記錄學習心得，
也讓下一個單元能以跨頁呈現，方便於對照閱讀。

....

....

....

....

....

....

....

不好意思，請問人事部的田中先生在嗎？

恐(おそ)れ入(い)りますが、人事部(じんじぶ)の田中様(たなかさま)は
いらっしゃいますか。

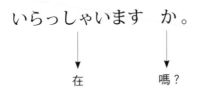

恐れ入りますが、人事部の田中様は

　　　　↓　　　　↓　↓　↓　↓
　不好意思，　　　人事部　的　田中　先生

いらっしゃいます　か。

　　　↓　　　　　　↓
　　　在　　　　　　嗎？

＊恐れ入ります…動詞：不好意思

＊が…助詞：表示前言

＊人事部…名詞：人事部（使用時可替換為其他部門）

＊の…助詞：表示所屬

＊田中…（姓氏）田中（使用時可替換為其他姓氏）

＊樣…接尾辭：先生、女士

＊は…助詞：表示主題

＊いらっしゃいます…動詞：在（います的尊敬語）

＊か…助詞：表示疑問

用法

打電話到對方公司，表達要找某人的說法。

能不能請您稍等一下，不要掛斷電話。

でん わ   き   ま
電話を切らずにお待ちいただけますか。

電話を 切ら ずに お 待ち いただけます か。

不要切斷　電話　可以請您為我　等待　嗎？

* 電話…名詞：電話

* を…助詞：表示動作作用對象

* 切ら…動詞：掛斷（切ります⇒ない形除去[ない]）

* ず…助詞：文語否定形

* に…助詞：表示動作方式

* お…接頭辭：表示美化、鄭重

* 待ち…動詞：等待（待ちます⇒ます形除去[ます]）

* いただけます…補助動詞：（いただきます⇒可能形）

　　* お＋動詞ます形除去[ます]＋いただきます…
　　　謙讓表現：請您（為我）[做]～）

* か…助詞：表示疑問

用法

希望對方保持通話狀態不要掛斷的說法。

陳小姐現在電話中，請您不要掛斷稍等一下。

陳はただ今電話中ですので、このまま
しばらくお待ちいただけますか。

陳 は ただ今 電話 中 です ので、

陳小姐 因為 現在 正在 電話 中，

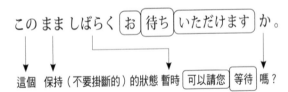

このまま しばらく お 待ち いただけます か。

這個 保持(不要掛斷的)的狀態 暫時 可以請您 等待 嗎？

* 陳…（姓氏）陳（使用時可替換為其他姓氏）

* は…助詞：表示主題

* ただ今…名詞：現在

* 電話…名詞：電話

* 中…接頭辭：正在〜中

* です…助動詞：表示斷定（現在肯定形）

* ので…助詞：表示原因理由

* この…連體詞：這個

* まま…名詞（特殊）：保持某種狀態

* しばらく…副詞：暫時

* お…接頭辭：表示美化、鄭重

* 待ち…動詞：等待（待ちます⇒ます形除去[ます]）

* いただけます…補助動詞：（いただきます⇒可能形）

　* お＋動詞ます形除去[ます]＋いただきます…
　　謙讓表現：請您（為我）[做]〜）

* か…助詞：表示疑問

用法

對方要找的人電話中，希望對方不要掛斷電話，稍等
一下的說法。

請稍等，我現在幫您轉接。

少々（しょうしょう）お待（ま）ちください。
ただいま電話（でんわ）をお繋（つな）ぎします。

少々 → 稍微

お 待ち ください → 請您等候，

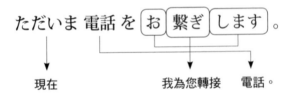

ただいま → 現在

お 繋ぎ します → 我為您轉接　電話。

電話 を → 電話。

232

* 少々…副詞：稍微

* お…接頭辭：表示美化、鄭重

* 待ち…動詞：等待（待ちます⇒ます形除去[ます]）

* ください…補助動詞：請

  （くださいます⇒命令形[くださいませ]除去[ませ]）

  ＊ お＋動詞ます形除去[ます]＋ください…

    尊敬表現：請您[做]～

* ただいま…名詞：現在

* 電話…名詞：電話

* を…助詞：表示動作作用對象

* お…接頭辭：表示美化、鄭重

* 繋ぎ…動詞：連接、轉接

  （繋ぎます⇒ます形除去[ます]）

* します…動詞：做

  ＊ お＋動詞ます形除去[ます]＋します…

    謙讓表現：（動作涉及對方的）[做]～

用法

要將電話轉接給對方要找的人，告知並請對方稍候的
說法。

233

（接起轉接過來的電話時）
電話換人接聽了，我是半澤…。

（他人の取った電話に出る）
お電話かわりました。半沢です。

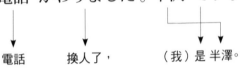

お　電話　かわりました。半沢　です。

電話	換人了，	（我）是 半澤。	

* お…接頭辭：表示美化、鄭重
* 電話…名詞：電話
* かわりました…動詞：換
  （かわります⇒過去肯定形）
* 半沢…（姓氏）半澤（使用時可替換為其他姓氏）
* です…助動詞：表示斷定（現在肯定形）

用法
接起轉接過來的電話時先說這句話，讓對方知道電話已經換人接聽。

鈴木今天請假。

鈴木は本日休みを取っております。
すず き　ほんじつやす　　　　と

鈴木は 本日 休みを ┃取って┃ ┃おります┃。

鈴木　　今天　┃處於┃取得┃ 休假 ┃的狀態┃。

* 鈴木…（姓氏）鈴木（使用時可替換為其他姓氏）
* は…助詞：表示動作主
* 本日…名詞：今天
* 休み…名詞：請假、放假（動詞[休みます]的名詞化）
* を…助詞：表示動作作用對象
* 取って…動詞：取得（取ります⇒て形）
* おります…補助動詞：（います的謙讓語）
    * 動詞て形＋おります：目前狀態（謙讓表現）

用法

告訴對方自己的某位同事今天請假的說法。

等東田回來之後，我會立刻請他回電給您。

東田が戻りましたら、折り返し電話
するように伝えておきます。

東田 が ｜戻りました｜ ら ｜、

東田　｜如果｜回來｜的話

折り返し 電話する ように ｜伝えて｜ ｜おきます｜。

｜我會採取｜ ｜轉達｜ ｜的措施｜，要求（他）立刻 打電話。

* 東田…（姓氏）東田（使用時可替換為其他姓氏）

* が…助詞：表示主格

* 戻りましたら…動詞：回來

（戻ります⇒過去肯定形＋ら）

* 折り返し…副詞：立刻

* 電話する…動詞：打電話（電話します⇒辭書形）

* ように…連語：表示吩咐、要求內容

* 伝えて…動詞：轉達（伝えます⇒て形）

* おきます…補助動詞

＊ 動詞て形＋おきます：善後措施（為了以後方便）

用法

對方要找的人外出，向對方表示本人回來後會轉達回
電的說法。

好的，我一定如實轉達。

はい、確^{たし}かにその旨^{むねつた}伝えておきます。

はい、確かに その 旨 伝えて おきます 。

是的 會採取 確實 轉達 那個 意思 的措施 。

* はい…感嘆詞：是的
* 確かに…副詞：確實、的確
* その…連體詞：那個
* 旨…名詞：意思
* 伝えて…動詞：轉達（伝えます⇒て形）
* おきます…補助動詞
  * 動詞て形＋おきます：善後措施（為了以後方便）

用法
聽取需傳達的內容後，可以這樣回應傳話者。

如果您願意的話，我願意先聽您的問題。

よろしければご用件を伺いますが。

よろしければ ご 用件 を 伺います が 。

可以的話，　　　　　　　　　　我聽您說 您的事情。

* よろしければ…い形容詞：好（よろしい⇒條件形）
* ご…接頭辭：表示美化、鄭重
* 用件…名詞：事情
* を…助詞：表示動作作用對象
* 伺います…動詞：詢問、聽（聞きます的尊敬語）
* が…助詞：表示前言

用法

表示願意代替別人，先了解對方想說的事情。

如果是我可以理解的事，我願意洗耳恭聽。

もし、私でわかることでしたら、
承りますが。

もし、私で　わかる　こと　でした　ら　、

如果　　　　是　我　可以理解的事情　的話　，

承ります　が。

（我）會洗耳恭聽。

* もし…副詞：如果

* 私…名詞：我

* で…助詞：表示言及範圍

* わかる…動詞：懂（わかります⇒辭書形）

* こと…名詞：事情

* でしたら…助動詞：表示斷定（です⇒た形＋ら）

* 承ります…動詞：恭聽（聞きます的謙讓語）

* が…助詞：表示前言

用法

電話中或其他場合，表示自己如果可以的話，願意聽取對方要說的事情。

如果他回來的話，能不能請他立刻回電話給我？

お戻りになりましたら、折り返しお電話をいただけますでしょうか。

お 戻り に なりました ら 、

如果 （他）回來 的話

折り返し お 電話 を いただけます でしょうか 。

我可以 立刻 得到（他的）電話 嗎 ？

* お…接頭辭：表示美化、鄭重
* 戻り…動詞：返回（戻ります⇒ます形除去[ます]）
* に…助詞：表示變化結果（屬於文型上的用法）
* なりましたら…動詞：尊敬表現

  （なります⇒過去肯定形＋ら）
* 折り返し…副詞：立刻
* お…接頭辭：表示美化、鄭重
* 電話…名詞：電話
* を…助詞：表示動作作用對象
* いただけます…動詞：得到、收到

  （いただきます⇒可能形）
* でしょう…助詞：表示斷定（です⇒意向形）
* か…助詞：表示疑問

  ＊ ～でしょうか…表示鄭重問法

用法

打電話要找的人、或是要拜訪的對象不在，麻煩接洽
人員轉達對方，回來後回覆電話的說法。

能不能請您幫我轉達留言？

でんごん　　つた
伝言をお伝えいただけますか。

伝言 を　お　伝え　いただけます　か。

可以請您為我　轉達　留言　　　　嗎？

* 伝言…名詞：留言
* を…助詞：表示動作作用對象
* お…接頭辭：表示美化、鄭重
* 伝え…動詞：轉達（伝えます⇒ます形除去[ます]）
* いただけます…補助動詞：（いただきます⇒可能形）
  * お＋動詞ます形除去[ます]＋いただきます…
    謙讓表現：請您（為我）[做]～
* か…助詞：表示疑問

用法
麻煩對方替自己轉達留言的說法。

筆記頁

空白一頁，讓你記錄學習心得，
也讓下一個單元能以跨頁呈現，方便於對照閱讀。

. . . .

. . . .

. . . .

. . . .

. . . .

. . . .

. . . .

請幫我向東田先生轉達「想要在明天下午四點舉行會議」。

<ruby>東<rt>ひがし</rt></ruby><ruby>田<rt>だ</rt></ruby><ruby>様<rt>さま</rt></ruby>に<ruby>明日<rt>あした</rt></ruby>の16<ruby>時<rt>じ</rt></ruby>にテレビ<ruby>会議<rt>かいぎ</rt></ruby>を<ruby>行<rt>おこな</rt></ruby>いたいとお<ruby>伝<rt>つた</rt></ruby>えください。

東田 様 に 明日 の 16時 に テレビ 会議 を

對 東田 先生 在 明天 的 下午四點 視訊　會議

| 行い | たい | と | お | 伝え | ください |。

想要進行　　　　　請您轉達。

＊ 東田…（姓氏）東田（使用時可替換為其他姓氏）

＊ 樣…接尾辭：先生、女士

＊ に…助詞：表示動作的對方

＊ 明日…名詞：明天

＊ の…助詞：表示所屬

＊ 16時…下午四點，寫成「16時」，但唸法為「よじ」

＊ に…助詞：表示動作進行時點

＊ テレビ会議…名詞：視訊會議

＊ を…助詞：表示動作作用對象

＊ 行い…動詞：舉行（行います⇒ます形除去[ます]）

＊ たい…助詞：表示希望

＊ と…助詞：表示提示內容

＊ お…接頭辭：表示美化、鄭重

＊ 伝え…動詞：轉達（伝えます⇒ます形除去[ます]）

＊ ください…補助動詞：請

　（くださいます⇒命令形[くださいませ]除去[ませ]）

　　＊ お＋動詞ます形除去[ます]＋ください…

　　　尊敬表現：請您[做]～

用法

麻煩對方轉達某人某件事情的說法。

為了保險起見，我還是留下我的電話好了。

念のため電話番号を申し上げます。

念のため　電話番号　を　申し上げます。

為了慎重起見　　　我要說出　　（我的）電話號碼。

* 念のため…連語：為了慎重起見
* 電話番号…名詞：電話號碼
* を…助詞：表示動作作用對象
* 申し上げます…動詞：說（言います的謙讓語）

用法
為了日後方便，再留一次電話號碼給對方的說法。

筆記頁

空白一頁，讓你記錄學習心得，
也讓下一個單元能以跨頁呈現，方便於對照閱讀。

. . . .

. . . .

. . . .

. . . .

. . . .

. . . .

. . . .

剛才東田先生打電話來，他說「會比預定的會議時間晚 30 分鐘到」。

先ほど 東田様からお電話がございまして、「会議の時間に３０分遅れる」とのことでした。

先ほど 東田 様 から お電話 が ございまして、

剛才　從　東田　先生（那邊）有（打來）　　　電話，

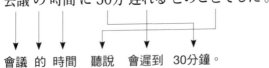

会議 の 時間 に 30分 遅れる とのことでした。

會議　的　時間　　聽說　會遲到　30分鐘。

* 先ほど…副詞：剛才

* 東田…（姓氏）東田（使用時可替換為其他姓氏）

* 様…接尾辭：先生、女士

* から…助詞：表示起點

* お…接頭辭：表示美化、鄭重

* 電話…名詞：電話

* が…助詞：表示焦點

* ございまして…動詞：有（ございます⇒て形）

  （～まして屬於鄭重的表現方式）

* 会議…名詞：會議

* の…助詞：表示所屬

* 時間…名詞：時間

* に…助詞：表示方面

* 30分…名詞：30分鐘

* 遅れる…動詞：晚到（遅れます⇒辭書形）

* とのことでした…連語：聽說～

用法

轉達某人的來電留言內容的說法。

為了到台灣出差的事，想跟您馬上見個面。

<ruby>台湾<rt>たいわんしゅっちょう</rt></ruby> 出 張 の<ruby>件<rt>けん</rt></ruby>で、<ruby>至 急<rt>しきゅう</rt></ruby> お<ruby>目<rt>め</rt></ruby>にかかりたいのですが。

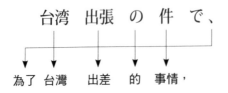

台湾　　出張　　の　　件　　で、

為了　台灣　　出差　　的　　事情，

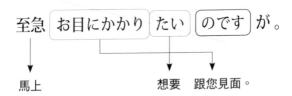

至急　お目にかかり　たい　のです　が。

馬上　　　　　　　　　　想要　跟您見面。

＊ 台湾…名詞：台灣

＊ 出張…名詞：出差

＊ の…助詞：表示所屬

＊ 件…名詞：事情

＊ て…助詞：表示名目

＊ 至急…副詞：立刻、馬上

＊ お目にかかり…動詞：見面

（お目にかかります⇒ます形除去[ます]）

（会います的謙讓語）

＊ たい…助動詞：表示希望

＊ のです…連語：の＋です＝んです：表示強調

＊ の…形式名詞

＊ です…助動詞：表示斷定（現在肯定形）

＊ が…助詞：表示前言

用法

因為某件事情，想要和對方當面討論的說法。

那麼，我近期再來拜訪。

では、近日中 にまたお 伺 いいたします。
きんじつちゅう　　　　　うかが

では、 近日 中 に また お 伺い いたします 。

那麼， 近期 之內 再 拜訪您 。

* では…接續詞：那麼
* 近日…名詞：近期
* 中…接尾辭：～之內
* に…助詞：表示動作進行時點
* また…副詞：再
* お…接頭辭：表示美化、鄭重
* 伺い…動詞：拜訪（伺います⇒ます形除去[ます]）
* いたします…動詞：做（します的謙讓語）
  * お＋動詞ます形除去[ます]＋します…謙讓表現：
    （動作涉及對方的）[做]～

用法
告訴對方近期之內將再來訪的說法。

下午三點之後的話，我會在公司。

さん じ い こう　　　　　　しゃ
１５時以降でしたら、社におりますが。

| １５時　以降　でした | ら | 、社におりますが。 |

如果是　下午三點以後　的話，　（我）在　公司。

* 15時…下午三點，寫成「15時」，但唸法為「さんじ」
* 以降…接尾辭：～以後
* でしたら…助動詞：表示斷定（です⇒た形＋ら）
* 社…名詞：公司
* に…助詞：表示存在位置
* おります…動詞：在（います的謙讓語）
* が…助詞：表示前言

用法

告訴對方自己什麼時候會在公司的說法。

255

日期請您決定。

そちらでご都合のよい日をご指定ください。

| そちら | で | ご | 都合 | の | よい | 日 | を |

您那邊　　　　　　情況　　　方便的　日期

| ご | 指定 | ください | 。 |

請您指定

256

＊そちら…名詞：您那一方

＊で…助詞：表示動作進行地點

＊ご…接頭辭：表示美化、鄭重

＊都合…名詞：情況

＊の…助詞：表示焦點（の＝が）

＊よい…い形容詞：好

＊日…名詞：日期

＊を…助詞：表示動作作用對象

＊ご…接頭辭：表示美化、鄭重

＊指定…名詞：指定

＊ください…補助動詞：請

（くださいます⇒命令形 [くださいませ] 除去 [ませ]）

　＊ご＋動作性名詞＋ください…尊敬表現：請您 [做] ～

請對方決定時間日期的說法。

百忙之中打擾您。我是島津產業的李某某。

お忙しいところ、失礼いたします。
私、島津産業の李と申します。

お 忙しい ところ 、失礼いたします。

正值 忙碌 的時候　　　　我打擾您。

私、島津産業 の 李 と 申します。

我 叫做 島津產業　的 李某某。

* お…接頭辭：表示美化、鄭重

* 忙しい…い形容詞：忙碌

* ところ…形式名詞：表示狀況

* 失礼いたします…動詞：打擾

（失礼します的謙讓語）

* 私…名詞：我

* 島津産業…（公司名）島津産業

（使用時可替換為其他公司）

* の…助詞：表示所屬

* 李…（姓氏）李（使用時可替換為其他姓氏）

* と…助詞：表示提示內容

* 申します…動詞：說、叫做（言います的謙讓語）

用法

工作中對方特別撥空和自己碰面時，禮貌性的回應說法。

如果中西先生在的話，我想要拜見一下…。

中西さんがおいででしたら、お目にかかりたいのですが…。

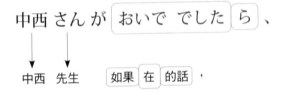

中西 さん が　おいで でした　ら 、

中西　先生　　如果 在 的話 ，

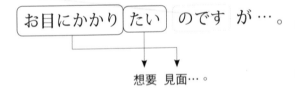

お目にかかり　たい　のです　が…。

想要 見面…。

* 中西…（姓氏）中西（使用時可替換為其他姓氏）
* さん…接尾辭：～先生、～小姐
* が…助詞：表示焦點
* おいで…お＋いで：在
  * お…接頭辭：表示美化、鄭重
  * いで…動詞：いでます：名詞化⇒ます形除去[ます]
* でしたら…助動詞：表示斷定（です⇒た形＋ら）
* お目にかかり…動詞：見面
  （お目にかかります⇒ます形除去[ます]）
  （会います的謙讓語）
* たい…助動詞：表示希望
* のです…連語：の＋です＝んです：表示強調
  * の…形式名詞
  * です…助動詞：表示斷定（現在肯定形）
* が…助詞：表示前言

用法

前往其他企業拜訪時，表達自己希望拜會某人的說法。

261

您不用特別張羅了。

どうぞお気遣いなく。

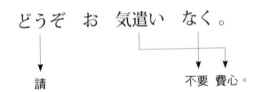

どうぞ　お　気遣い　なく。

↓　　　　　　　　　　↓　↓

請　　　　　　　　不要　費心。

* どうぞ…副詞：請
* お…接頭辭：表示美化、鄭重
* 気遣い…名詞：費心
* なく…い形容詞：沒有（ない⇒副詞用法）

用法

拜訪他人時眼看對方用心張羅，告訴對方不用如此費心的說法。

今天有勞您特別撥出時間，非常感謝。

ほんじつ　　　　　じかん　さ
本日はお時間を割いていただいて、
ありがとうございます。

本日はお時間を　割いて　いただいて　、ありがとうございます。

今天　　因為請您為我　撥出　時間，　謝謝。

* 本日…名詞：今天
* は…助詞：表示主題
* お…接頭辭：表示美化、鄭重
* 時間…名詞：時間
* を…助詞：表示動作作用對象
* 割いて…動詞：撥出（時間）（割きます⇒て形）
* いただいて…補助動詞：（いただきます⇒て形）
　（て形表示原因）
　* 動詞て形+いただきます：謙讓表現：請您(為我)[做]～
* ありがとうございます…招呼用語：謝謝

用法
對方特別為自己撥出時間見面時，表達感謝的一句話。

讓您跑這一趟，非常不好意思。

お呼び立てして申し訳ありません。

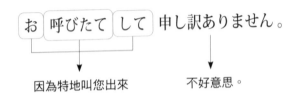

お ｜ 呼びたて ｜ して ｜ 申し訳ありません。

因為特地叫您出來　　　　　不好意思。

* お…接頭辭：表示美化、鄭重
* 呼び立て…動詞：特地叫出來
  （呼びたてます⇒ます形除去[ます]）
* して…動詞：做（します⇒て形）（て形表示原因）
* 申し訳ありません…招呼用語：對不起、不好意思

用法
對方特地過來，增添對方的麻煩時，表達歉意的一句話。

您是哪一位？

どちら様でしょうか。

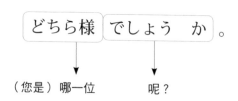

どちら様	でしょう　か
↓	↓
（您是）哪一位	呢？

＊ どちら様…名詞（疑問詞）：哪一位

＊ でしょう…助動詞：表示斷定（です⇒意向形）

＊ か…助詞：表示疑問

　＊〜でしょうか…表示鄭重問法

用法

確認對方是誰的說法。

請問您有預約嗎？

お約束はいただいておりますでしょうか。
（やくそく）

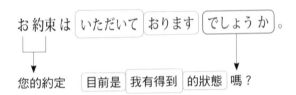

お約束は｜いただいて｜おります｜でしょうか｜。

您的約定　　目前是　我有得到　的狀態　嗎？

* お…接頭辭：表示美化、鄭重
* 約束…名詞：約定
* は…助詞：表示對比（區別）
* いただいて…動詞：得到、收到
  （いただきます⇒て形）
* おります…補助動詞：（います的謙讓語）
  * 動詞て形＋おります：目前狀態（謙讓表現）
* でしょう…助動詞：表示斷定（です⇒意向形）
* か…助詞：表示疑問
  * ～でしょうか…表示鄭重問法

用法
主要用於確認是否已經事先約定碰面。

是半澤先生吧？我恭候大駕已久。

半沢様ですね。お待ち申し上げておりました。

半沢様ですね。 お 待ち 申し上げて おりました 。

是 半澤 先生 對吧？ 目前是 我等待您 的狀態 。

* 半沢…（姓氏）半澤（使用時可替換為其他姓氏）
* 様…接尾辭：先生、女士
* です…助動詞：表示斷定（現在肯定形）
* ね…助詞：表示再確認
* お…接頭辭：表示美化、鄭重
* 待ち…動詞：等待（待ちます⇒ます形除去[ます]）
* 申し上げて…動詞：做（申し上げます⇒て形）
   （します的謙讓語）
   * お＋動詞ます形除去[ます]＋申し上げます…
      謙讓表現：（動作涉及對方的）[做]～
* おりました…補助動詞：（おります⇒過去肯定形）
   （います的謙讓語）
   * 動詞て形＋おります：目前狀態（謙讓表現）

用法

約好要見面的人已經來到時，可以這樣說。

267

請用茶。

粗茶(そちゃ)ですが、どうぞ。

粗茶　です　が、　どうぞ。

是　粗茶，　　　請（用茶）。

* 粗茶…名詞：粗茶
* です…助動詞：表示斷定（現在肯定形）
* が…助詞：表示前言
* どうぞ…副詞：請

用法

招待前來拜訪的客人用茶的說法。

那麼，我帶您到總經理室。

それでは、社長室にご案内いたします。

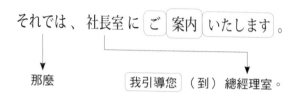

それでは、社長室に ご 案内 いたします 。

那麼

我引導您 （到） 總經理室。

* それでは…接續詞：那麼
* 社長室…名詞：總經理室
* に…助詞：表示到達點
* ご…接頭辭：表示美化、鄭重
* 案内…名詞：引導、導覽
* いたします…動詞：做（します的謙讓語）

用法

要引導客人前往總經理辦公室的說法。

波野正在開會，大概下午四點左右就會結束…。

波野は会議 中 でして、16時ごろには終
わる予定なんですが…。

波野 は 会議 中 でして 、 16時 ごろ には

波野	開會中，	在	下午四點	左右

終わる　予定　な んです　が …。

預定要結束 …。

＊ 波野…（姓氏）波野（使用時可替換為其他姓氏）

＊ は…助詞：表示主題

＊ 会議…名詞：會議

＊ 中…接尾辭：正在～當中

＊ でして…助動詞：表示斷定（です⇒て形）
　（て形表示原因）

＊ 16時…下午四點，寫成「16時」，但唸法為「よじ」

＊ ごろ…接尾辭：～左右

＊ に…助詞：表示動作進行時點

＊ は…助詞：表示對比（區別）

＊ 終わる…動詞：結束（終わります⇒辭書形）

＊ 予定な…名詞：預定（予定⇒名詞接續用法）

＊ んです…連語：ん＋です：表示強調

　＊ ん…形式名詞（の⇒縮約表現）

　＊ です…助動詞：表示斷定（現在肯定形）

＊ が…助詞：表示前言

用法

告訴對方社內同事的預定行程的說法。

半澤現在不在座位上，請您稍等一下。

<ruby>半沢<rt>はんざわ</rt></ruby>はただいま<ruby>席<rt>せき</rt></ruby>を<ruby>外<rt>はず</rt></ruby>しておりますので、
<ruby>少々<rt>しょうしょう</rt></ruby>お<ruby>待<rt>ま</rt></ruby>ちください。

半沢は ただいま 席を 外して おります ので 、

因為 半澤 現在 　　　處於 離開 座位 的狀態 ，

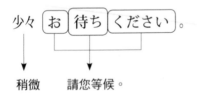

少々 お 待ち ください 。

稍微 　　請您等候。

＊半沢…（姓氏）半澤（使用時可替換為其他姓氏）

＊は…助詞：表示主題

＊ただいま…名詞：現在

＊席…名詞：座位

＊を…助詞：表示動作作用對象

＊外して…動詞：離開（外します⇒て形）

＊おります…補助動詞：（います的謙讓語）

　＊動詞て形＋おります：目前狀態（謙讓表現）

＊ので…助詞：表示原因理由

＊少々…副詞：稍微

＊お…接頭辭：表示美化、鄭重

＊待ち…動詞：等待（待ちます⇒ます形除去[ます]）

＊ください…補助動詞：請

　（くださいます⇒命令形[くださいませ]除去[ませ]）

　＊ご＋動詞ます形除去[ます]＋ください…

　　尊敬表現：請您[做]～

用法

對方要找的人目前不在現場的應對說法。

273

謝謝您今天特地過來。

本日（ほんじつ）はご足労（そくろう）いただきありがとうございました。

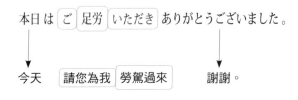

本日 は ｜ご｜ ｜足労｜ ｜いただき｜ ありがとうございました。

今天　　｜請您為我｜ ｜勞駕過來｜　　謝謝。

＊ 本日…名詞：今天
＊ は…助詞：表示主題
＊ ご…接頭辭：表示美化、鄭重
＊ 足労…名詞：勞駕前來
＊ いただき…補助動詞：
　（いただきます⇒ます形除去[ます]）
　（屬於句中的中止形用法）
　＊ お／ご＋動作性名詞＋いただきます…謙讓表現：
　　請您（為我）[做]～
＊ ありがとうございました…招呼用語：謝謝

用法

對前來拜訪或參加會議的人表達感謝的說法。

筆記頁

空白一頁，讓你記錄學習心得，
也讓下一個單元能以跨頁呈現，方便於對照閱讀。

讓各位久等了。那麼緊接著就開始我們的會議吧。

長_{なが}らくお待_またせいたしました。
それでは会議_{かいぎ}を始_{はじ}めさせていただきます。

長らく ｜ お ｜ 待たせ ｜ いたしました ｜ 。

｜ 讓您 ｜　長久　｜ 等待了 ｜ 。

それでは 会議 を ｜ 始めさせて ｜ いただきます ｜ 。

　那麼　　　　｜ 請您 ｜ 讓我開始 ｜　會議　。

* 長らく…副詞：長久

* お…接頭辞：表示美化、鄭重

* 待たせ…動詞：等待

  （待ちます⇒使役形[待たせます]除去[ます]）

* いたしました…動詞：做（いたします⇒過去肯定形）

  （します的謙讓語）

* それでは…接續詞：那麼

* 会議…名詞：會議

* を…助詞：表示動作作用對象

* 始めさせて…動詞：開始

  （始めます⇒使役形[始めさせます]的て形）

* いただきます…補助動詞：

  * 使役て形＋いただきます…謙讓表現：

    請您讓我[做]～）

用法

經過漫長等待，會議終於要開始時，對與會者所說的
話。

277

我對淺野分店長的意見沒有異議。

<ruby>浅野支店 長<rt>あさの してんちょう</rt></ruby> のご<ruby>意見<rt>いけん</rt></ruby>に<ruby>異存<rt>いぞん</rt></ruby>はございません。

浅野 支店長 の ご 意見 に 異存 は ございません。

對 淺野 分店長 的 意見　　　沒有 異議。

* 浅野…（姓氏）淺野（使用時可替換為其他姓氏）
* 支店長…名詞：分店長
* の…助詞：表示所屬
* ご…接頭辭：表示美化、鄭重
* 意見…名詞：意見
* に…助詞：表示方面
* 異存…名詞：異議
* は…助詞：表示主題
* ございません…動詞：有（ございます⇒現在否定形）

用法

會議中對他人的發言內容沒有異議的說法。

能不能請您稍等一下呢？

<ruby>少 々<rt>しょうしょう</rt></ruby> お待<rt>ま</rt>ちいただけますでしょうか。

少々 | お | 待ち | いただけます | でしょう か 。

↓

稍微　　可以請您 等待　　　　嗎？

* 少々…副詞：稍微
* お…接頭辭：表示美化、鄭重
* 待ち…動詞：等待（待ちます⇒ます形除去[ます]）
* いただけます…補助動詞：（いただきます⇒可能形）
    * お＋動詞ます形除去[ます]＋いただきます…
      謙讓表現：請您（為我）[做]～
* でしょう…助動詞：表示斷定（です⇒意向形）
* か…助詞：表示疑問
    * ～でしょうか…表示鄭重問法

用法

希望對方稍候時的說法。

279

我馬上調查看看，請您稍等一下好嗎？

さっそく調（しら）べてみますので、しばらくお時間（じかん）をいただけますか。

さっそく｜調べて｜みます｜ので｜、

因為 馬上　　　　調查看看，

しばらく　お時間　を　いただけますか。

暫時　我可以得到　時間　　　　嗎？

＊ さっそく…副詞：立刻、馬上

＊ 調べて…動詞：調查（調べます⇒て形）

＊ みます…補助動詞

　　＊ 動詞て形＋みます：[做] ～看看

＊ ので…助詞：表示原因理由

＊ しばらく…副詞：暫時

＊ お…接頭辭：表示美化、鄭重

＊ 時間…名詞：時間

＊ を…助詞：表示動作作用對象

＊ いただけます…動詞：得到、收到

　　（いただきます⇒可能形）

＊ か…助詞：表示疑問

用法

告訴對方現在立刻展開調查，希望對方能夠稍候的說法。

（處理上）需要花一點時間，您可以等嗎？

^{しょうしょう}　^{じかん}
少々 お時間をいただきますがよろしい
でしょうか。

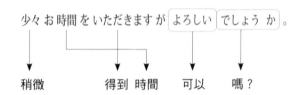

少々 お 時間 を いただきます が｜よろしい｜でしょう か｜。

稍微　　　　　得到 時間　可以　　嗎？

＊少々…副詞：稍微
＊お…接頭辭：表示美化、鄭重
＊時間…名詞：時間
＊を…助詞：表示動作作用對象
＊いただきます…動詞：得到、收到
＊が…助詞：表示前言
＊よろしい…い形容詞：好
＊でしょう…助動詞：表示斷定（です⇒意向形）
＊か…助詞：表示疑問
　＊～でしょうか…表示鄭重問法

用法
需要花時間處理，請對方稍候的說法。

請您坐在那邊稍候。

あちらにお掛けになってお待ちください。

* あちら…名詞：那邊
* に…助詞：表示動作歸著點
* お…接頭辭：表示美化、鄭重
* 掛け…動詞：坐（掛けます⇒ます形除去[ます]）
* に…助詞：表示變化結果（屬於文型上的用法）
* なって…動詞：尊敬表現（なります⇒て形）
　（て形表示附帶狀況）
　　* お+動詞ます形除去[ます]+に+なります… 尊敬表現：[做]~
* お…接頭辭：表示美化、鄭重
* 待ち…動詞：等待（待ちます⇒ます形除去[ます]）
* ください…補助動詞：請
　（くださいます⇒命令形[くださいませ]除去[ませ]）
　　* お+動詞ます形除去[ます]+ください…尊敬表現：請您[做]~

用法

請對方坐下來等候的禮貌說法。

283

能不能請您再說一次？

もう一度おっしゃっていただけますか。

| もう 一度 | おっしゃって | | いただけます | | か。 |

可以請您　再　說　一次　　　　　　　嗎？

* もう…副詞：再
* 一度…數量詞：一次
* おっしゃって…動詞：說（おっしゃいます⇒て形）
  （言います的尊敬語）
* いただけます…補助動詞：（いただきます⇒可能形）
  * 動詞て形＋いただきます…謙讓表現：請您（為我）[做]～
* か…助詞：表示疑問

用法

請對方再說一次的說法。語氣比「もう一度（いちど）
言（い）ってください。」（請再說一次）更慎重。

能否請您再重新考慮一下？

もう一度 考え直していただくわけには
いかないでしょうか。

もう一度 [考え直して] [いただく] [わけにはいかない] [でしょう か]。

再 一次　[請您為我] [重新考慮]　，　不能　　　　　嗎？

* もう…副詞：再

* 一度…數量詞：一次

* 考え直して…動詞：重新考慮（考え直します⇒て形）

* いただく…補助動詞：（いただきます⇒辭書形）

　* 動詞て形＋いただきます…謙讓表現：請您（為我）[做]～

* わけにはいかない…連語：不能～

* でしょう…助動詞：表示斷定（です⇒意向形）

* か…助詞：表示疑問

　* ～でしょうか…表示鄭重問法

用法

拜託對方再重新考慮的說法。

285

不好意思，有點事想請教您。

しょうしょう　うかが
少々お伺いしたいことがあるのですが。

少々 [お [伺い [し] たい] ことがあるのですが。

有 稍微 [想要] [詢問您] （的）事情

* 少々…副詞：稍微
* お…接頭辭：表示美化、鄭重
* 伺い…動詞：詢問（伺います⇒ます形除去[ます]）
* し…動詞：做（します⇒ます形除去[ます]）
* たい…助動詞：表示希望
  * お＋動詞ます形除去[ます]＋します…謙讓表現：
    （動作涉及對方的）[做]～
* こと…名詞：事情
* が…助詞：表示焦點
* ある…動詞：有（あります⇒辭書形）
* のです…連語：の＋です＝んです：表示強調
  * の…形式名詞
  * です…助動詞：表示斷定(現在肯定形)
* が…助詞：表示前言

用法

有事要向對方提問或打聽時的說法。

不好意思，能不能請您過來一趟？

恐れ入りますが、ご足労願えませんでしょうか。

恐れ入りますが、 ご 足労 願えません でしょう か 。

不好意思，　　不可以拜託您勞駕前來　　嗎？

* 恐れ入ります…動詞：不好意思
* が…助詞：表示前言
* ご…接頭辭：表示美化、鄭重
* 足労…名詞：勞駕
* 願えません…動詞：拜託
  （願います⇒可能形[願えます]的現在否定形）
* でしょう…助動詞：表示斷定（です⇒意向形）
* か…助詞：表示疑問
  * ～でしょうか…表示鄭重問法

用法

希望對方過來一趟的說法

不好意思，能不能請您幫我影印？

もう わけ　　　　　　　　　　　　　　　 ねが
申し訳ありませんが、コピーをお願いできますか。

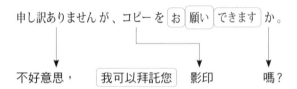

* 申し訳ありません…招呼用語：對不起、不好意思
* が…助詞：表示前言
* コピー…名詞：影印
* を…助詞：表示動作作用對象
* お…接頭辭：表示美化、鄭重
* 願い…動詞：拜託、祈願
  （願います⇒ます形除去[ます]）
* できます…動詞：可以、能夠、會（します⇒可能形）
  * お＋動詞ます形除去[ます]＋します…謙讓表現：
    （動作涉及對方的）[做]〜
* か…助詞：表示疑問

用法

有事拜託別人的說法。另外有「悪（わる）いけど、
○○をお願（ねが）いできる？」（不好意思，可以
幫我做○○嗎？），屬於生活中較不鄭重的坦白語氣。

那麼，就拜託您了。

それでは、よろしくお<ruby>願<rt>ねが</rt></ruby>いします。

それでは、よろしく お 願い します 。

那麼，　　　　　　　　我拜託您了。

* それでは…接續詞：那麼
* よろしく…い形容詞：好（よろしい⇒副詞用法）
* お…接頭辭：表示美化、鄭重
* 願い…動詞：拜託、祈願

  （願います⇒ます形除去[ます]）
* します…動詞：做

  * お＋動詞ます形除去[ます]＋します…謙讓表現：

    （動作涉及對方的）[做]〜

用法

拜託或吩咐別人做事的說法。語氣較「じゃ、よろしく」（那麼，拜託你了）鄭重。

069 商務會話篇

方便的話，能不能告訴我呢？

差し支えなければ、教えていただけませんか。

差し支え なければ 、 教えて いただけません か。

沒有 不方便 的話　　不可以請您 告訴我　　嗎？

＊ 差し支え…名詞：障礙、不方便

＊ なければ…い形容詞：沒有（ない⇒條件形）

＊ 教えて…動詞：告訴、教（教えます⇒て形）

＊ いただけません…補助動詞：

（いただきます⇒可能形[いただけます]的現在否定形）

　＊ 動詞て形＋いただきます…謙讓表現：請您（為我）[做]〜

＊ か…助詞：表示疑問

用法

想問卻又不知道是否方便詢問時，可以這樣說。

能不能再寬限一點時間？

もう少^{すこ}しお時間^{じかん}をいただけないでしょうか。

もう 少し お 時間 を いただけない でしょう か 。

我不可以得到　再 一點點 （您的）時間　嗎 ？

* もう…副詞：再〜一些
* 少し…副詞：一點點
* お…接頭辭：表示美化、鄭重
* 時間…名詞：時間
* を…助詞：表示動作作用對象
* いただけない…動詞：得到、收到
　　（いただきます⇒可能形[いただけます]的ない形）
* でしょう…助動詞：表示斷定（です⇒意向形）
* か…助詞：表示疑問
　　* 〜でしょうか…表示鄭重問法

用法
希望對方能夠再稍等一段時間的說法。

不好意思，您現在時間方便嗎？

恐れ入りますが、今、お時間よろしいでしょうか。

不好意思 ， 現在 您的時間（是）可以的 嗎？

* 恐れ入ります…動詞：不好意思
* が…助詞：表示前言
* 今…名詞：現在
* お…接頭辭：表示美化、鄭重
* 時間…名詞：時間
* よろしい…い形容詞：好
* でしょう…助動詞：表示斷定（です⇒意向形）
* か…助詞：表示疑問
    * ～でしょうか…表示鄭重問法

用法

有事要跟對方說，詢問對方現在是否方便的說法。

麻煩您，可以請您填寫聯絡方式嗎？

お手数ですが、連絡先を記入して
いただけますか。

お手数ですが、連絡先を 記入して いただけます か。

| ↓ | | ↓ | ↓ ↓ | ↓ |

麻煩　可以請您　填寫　聯絡 地點　　　嗎？

---

* お…接頭辭：表示美化、鄭重
* 手数…名詞：麻煩
* です…助動詞：表示斷定（現在肯定形）
* が…助詞：表示前言
* 連絡…名詞：聯絡
* 先…接尾辭：去處
* を…助詞：表示動作作用對象
* 記入して…動詞：填寫（記入します⇒て形）
* いただけます…補助動詞：（いただきます⇒可能形）
    * 動詞て形+いただきます…謙讓表現：請您（為我）[做]～
* か…助詞：表示疑問

用法

請對方寫下地址或聯絡電話的說法。

可以請您填寫在這張表格上嗎？

こちらのカードにご記入いただけます
でしょうか。

こちら　の　カード　に

↓　　　↓　　　↓

這邊　　的　　表格，

ご　記入　いただけます　でしょうか。

↓

可以請您　填寫　　　　　　　嗎？

＊ こちら…名詞：這邊

＊ の…助詞：表示所在

＊ カード…名詞：表格

＊ に…助詞：表示動作歸著點

＊ ご…接頭辭：表示美化、鄭重

＊ 記入…名詞：填寫

＊ いただけます…補助動詞：（いただきます⇒可能形）

　＊ お／ご＋動作性名詞＋いただきます…謙讓表現：
　　　請您（為我）[做]～

＊ でしょう…助動詞：表示斷定（です⇒意向形）

＊ か…助詞：表示疑問

　＊ ～でしょうか…表示鄭重問法

請對方在表單上填寫個人資料之類時的說法。

請在閱讀這份契約後簽名。

こちらの契約書（けいやくしょ）をお読（よ）みのうえ、サイン
をしていただけますか。

こちらの 契約書を　お 読み　の　うえ[で]、

把 這邊 的 契約書　　　　閱讀之後，

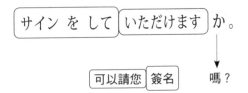

サイン を して　いただけます　か。

可以請您 簽名　　　嗎？

* こちら…名詞：這邊

* の…助詞：表示所屬

* 契約書…名詞：契約書

* を…助詞：表示動作作用對象

* お…接頭辭：表示美化、鄭重

* 読み…名詞：閲讀

  （読みます：名詞化⇒ます形除去[ます]）

* の…助詞：表示所在（屬於文型上的用法）

* うえ[で]…連語：～之後，再～（可省略で）

* サイン…名詞：簽名

* を…助詞：表示動作作用對象

* して…動詞：做（します⇒て形）

* いただけます…補助動詞：（いただきます⇒可能形）

  * 動詞て形＋いただきます…謙讓表現：請您（為我）[做]～

* か…助詞：表示疑問

用法

雙方簽訂合約時所使用的話。

我覺得那樣有點問題。

それはどうかと<ruby>思<rt>おも</rt></ruby>います。

* それ…名詞：那樣
* は…助詞：表示主題
* どうか…有點問題、不正常
  * どう…副詞（疑問詞）：怎麼樣、如何
  * か…助詞：表示疑問
  * 使用「疑問詞」的表現方式，具有暗示「不好的、負面的」意思的涵意。
* と…助詞：表示提示內容
* 思います…動詞：覺得

用法

無法認同對方的想法或意見時的說法。

有關這個部分，可以請您（內部）再商討一下嗎？

そこを何とかご検討いただけないでしょうか。

そこ を 何とか ｜ご｜検討｜いただけない｜でしょう か｜。

（把）那裡　不可以請您　商量　想個辦法　嗎？

* そこ…名詞：那裡
* を…助詞：表示動作作用對象
* 何とか…副詞：想辦法
* ご…接頭辭：表示美化、鄭重
* 検討…名詞：商量、討論
* いただけない…補助動詞：
  （いただきます⇒可能形[いただけます]的ない形）
  * お／ご＋動作性名詞＋いただきます：謙讓表現：
    請您（為我）[做]～
* でしょう…助動詞：表示斷定（です⇒意向形）
* か…助詞：表示疑問
  * ～でしょうか…表示鄭重問法

用法

強烈希望對方對於自己所提的條件等仔細考慮的說法。

（對上司或客人反駁、抱持不同意見時）
恕我冒昧，…

お言葉を返すようですが、…

お 言葉 を 返す よう です が 、…

（我）好像是　要還嘴…

* お…接頭辭：表示美化、鄭重

* 言葉…名詞：話語、言詞

* を…助詞：表示動作作用對象

* 返す…動詞：還嘴（返します⇒辭書形）

* よう…形式名詞：好像

* です…助動詞：表示斷定（現在肯定形）

* が…助詞：表示前言

用法

要反駁對方的想法或意見時，可以先說這句話緩頰氣
氛。

我明白您的意思，但是…。

おっしゃることはわかりますが、しかし…。

おっしゃる こと は わかります が 、しかし…。

↓　　　↓　　　　　↓　　　　　　↓

您說（的）事情　（我）知道，　　　但是…。

* おっしゃる…動詞：說（おっしゃいます⇒辭書形）
  （言います的尊敬語）
* こと…名詞：事情
* は…助詞：表示對比（區別）
* わかります…動詞：懂
* が…助詞：表示前言
* しかし…接續詞：可是

用法
表示理解對方的想法或意見，但還是要提出自己的看法或問題點的說法。

這個條件的話，我們公司在成本上根本划不來。

この条件{じょうけん}では当社{とうしゃ}としては、とても採{さい}算{さん}がとれません。

この　条件　では　当社　としては、

↓　　　↓　　↓　　↓　　↓　　↓　　↓

這個　　條件　的狀態　的話　作為　我們公司　的話，

とても　採算　が　とれません。

怎麼也　不符合　成本與收益評估。

＊ この…連體詞：這個

＊ 条件…名詞：條件

＊ で…助詞：表示樣態

＊ は…助詞：表示對比（區別）

＊ 当社…名詞：我方公司

＊ として…連體詞：作為～

＊ は…助詞：表示對比（區別）

＊ とても…副詞：怎麼也不～（後接否定形）

＊ 採算…名詞：核算

＊ が…助詞：表示焦點

＊ とれません…動詞：合（算）

（とります⇒可能形[とれます]的現在否定形）

用法

表示條件不佳，公司沒有利潤可言的說法。

就是您說的那樣。

おっしゃる通りでございます。

＊ おっしゃる…動詞：說（おっしゃいます⇒辭書形）
　（言います的尊敬語）
＊ 通り…名詞：照樣
＊ でございます…連語：是（です的禮貌說法）

用法
同意、贊成對方意見的回應方式。

關於這件事，我改天再跟您談。

この件<ruby>けん</ruby>については後日<ruby>ごじつ</ruby>改<ruby>あらた</ruby>めてお話<ruby>はな</ruby>しします。

この件　について　は　後日　改めて　お　話し　します　。

關於　這個事情，　改天　重新　我和您說　。

* この…連體詞：這個
* 件…名詞：事情
* について…連語：關於～
* は…助詞：表示主題
* 後日…名詞：改天
* 改めて…副詞：重新
* お…接頭辭：表示美化、鄭重
* 話し…動詞：說(話します⇒ます形除去[ます])
* します…動詞：做
　* お＋動詞ます形除去[ます]＋します…謙讓表現：
　　(動作涉及對方的)[做]～

用法

現在不方便、或是沒有時間，希望下次再討論的說法。

我看一下。

ちょっと拝見^{はいけん}します。

ちょっと　拝見します。

（我）看　一下。

* ちょっと…副詞：一下、有點、稍微

* 拝見します…動詞：看（見ます的謙讓語）

用法

希望對方把東西給你看一下的說法。

我馬上過去拿。

さっそくいただきに上（あ）がります。

さっそく　いただき　に　上がります　。

我　馬上　　去　得到　。

* さっそく…副詞：立刻、馬上
* いただき…動詞：得到、收到
  （いただきます⇒ます形除去[ます]）
* に…助詞：表示目的
* 上がります…動詞：去、來
  （行きます、来ます的謙讓語）

用法
要前往對方那邊拿取東西的說法。

承辦人員非常了解，所以請您放心。

担当者（たんとうしゃ）が心得（こころえ）ておりますので、ご安（あん）心（しん）ください。

担当者 が 心得て おりますので 。

因為　承辦人員　目前是　理解　的狀態　。

ご 安心 ください 。

請您放心。

* 担当者…名詞：承辦人員

* が…助詞：表示主格

* 心得て…動詞：理解、領會（心得ます⇒て形）

* おります…補助動詞：（います的謙讓語）

    * 動詞て形＋おります：目前狀態（謙讓表現）

* ので…助詞：表示原因理由

* ご…接頭辭：表示美化、鄭重

* 安心…名詞：放心

* ください…補助動詞：請

    （くださいます⇒命令形[くださいませ]除去[ませ]）

    * ご＋動作性名詞＋ください…尊敬表現：請您[做]～

對方對我方的處理有所擔心時，說這句話讓對方放心。

不好意思，請問您是高橋先生嗎？

<ruby>恐<rt>おそ</rt></ruby>れ<ruby>入<rt>い</rt></ruby>りますが、<ruby>高橋<rt>たかはし</rt></ruby><ruby>様<rt>さま</rt></ruby>でいらっしゃいますか。

不好意思，　是　高橋 先生　　　　　　嗎？

* 恐れ入ります…動詞：不好意思
* が…助詞：表示前言
* 高橋…（姓氏）高橋（使用時可替換為其他姓氏）
* 様…接尾辭：先生、女士
* でいらっしゃいます…連語：是（です的禮貌說法）
* か…助詞：表示疑問

用法
確認是否為某人的詢問說法。

對不起，請問是您本人嗎？

失礼ですが、ご本人様でいらっしゃい
ますか。

失礼 ですが、 ご 本人 様 でいらっしゃいますか。

不好意思，　是 您本人　　　　　　　嗎？

* 失礼…な形容詞：失禮
* です…助動詞：表示斷定（現在肯定形）
* が…助詞：表示前言
* ご…接頭辭：表示美化、鄭重
* 本人…名詞：本人
* 様…接尾辭：先生、女士
* でいらっしゃいます…連語：是（です的禮貌說法）
* か…助詞：表示疑問

用法
確認是否為本人的詢問說法。

您有什麼事嗎？

どのような<ruby>用件<rt>ようけん</rt></ruby>でしょうか。

どのような	ご 用件	でしょう か 。
怎麼樣的	您的事情	呢？

* どのような…連體詞（疑問詞）：怎麼樣的
* ご…接頭辭：表示美化、鄭重
* 用件…名詞：事情
* でしょう…助動詞：表示斷定（です⇒意向形）
* か…助詞：表示疑問
    * ～でしょうか…表示鄭重問法

用法

詢問對方有什麼需求的說法。

您所說的意思是…?

と、おっしゃいますと…?

と 、 おっしゃいます　と　…?

↓

您所說的

* と…助詞：表示提示內容
* おっしゃいます…動詞：說（言います的尊敬語）
* と…助詞：條件表現
    * とおっしゃいますと…「というと」的尊敬表現
    * というと…連語：就是說～

用法
確認對方話中真意的說法。

這樣子可以嗎？

これでよろしいでしょうか。

これ で よろしい でしょう か 。

這樣(的)狀態　可以　　　嗎？

* これ…名詞：這樣
* で…助詞：表示樣態
* よろしい…い形容詞：好
* でしょう…助動詞：表示斷定（です⇒意向形）
* か…助詞：表示疑問
  * ～でしょうか…表示鄭重問法

用法

詢問「這樣子是否可以」的說法。口語說法是「これでいい？」。

我和上司商量之後，再給您答覆。

上司と相談したうえで 改めてお返事
します。

* 上司…名詞：上司
* と…助詞：表示動作夥伴
* 相談した…動詞：商量（相談します⇒た形）
* うえ[で]…連語：～之後，再～（可省略で）
* 改めて…副詞：重新
* お…接頭辭：表示美化、鄭重
* 返事…名詞：回覆
* します…動詞：做
    * お／ご＋動作性名詞＋します…謙讓表現：
      （動作涉及對方的）[做]～

用法

告知對方會和上司討論後再回覆的說法。

關於這件事，請讓我跟上司討論一下。

この件に関しましては、上司（じょうし）と相談（そうだん）させていただきます。

この 件 に関しまして は、

關於　　這個事情，

上司 と 相談させて いただきます 。

請您 讓我 和上司 商量 。

* この…連體詞：這個

* 件…名詞：事情

* に関しまして…連語：關於～（ます形的て形）

  （～まして屬於鄭重的表現方式）

* は…助詞：表示主題

* 上司…名詞：上司

* と…助詞：表示動作夥伴

* 相談させて…動詞：商量

  （相談します⇒使役形[相談させます]的て形）

* いただきます…補助動詞

  * 使役て形＋いただきます…謙讓表現：請您讓
    我[做]～）

用法

對於自己無法獨立決定的業務內容，可以這樣回應對
方。

關於融資的事情，因為不是我單方面就可以決定的…。

融資の件については、<ruby>私<rt>わたし</rt></ruby>の<ruby>一存<rt>いちぞん</rt></ruby>では決めかねますので…。

<ruby>融資<rt>ゆうし</rt></ruby> の <ruby>件<rt>けん</rt></ruby> について は、

關於 融資 的 事情，

私 の 一存 では 決め かねます ので …。

因為 我 的 個人意見　　難以 決定…。

* 融資…名詞：融資
* の…助詞：表示所屬
* 件…名詞：事情
* について…連語：關於～
* は…助詞：表示主題
* 私…名詞：我
* の…助詞：表示所屬
* 一存…名詞：個人意見
* で…助詞：表示手段、方法
* は…助詞：表示（對比）區別
* 決めかねます：複合型態（＝決め＋かねます）
    * 決め…動詞：決定（決めます⇒ます形除去[ます]）
    * かねます…後項動詞：不能～、難以
* ので…助詞：表示原因理由

用法

讓對方知道，事情並非自己的權限所能決定的。

前幾天拜託您的產品設計的事，後來怎麼樣了？

先日お願いしました製品のデザインの件ですが、その後どうなっておりますでしょうか。

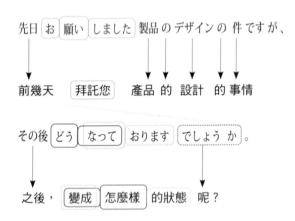

先日　お　願い　しました　製品 の デザイン の　件 ですが、

↓　　　　　　↓　　　　　　↓　　↓　　↓　　　↓　↓

前幾天　　拜託您　　産品 的 設計　的 事情

その後　どう　なって　おります　でしょう　か　。

↓　　　　↓　　　　　　　　　　　　　↓

之後，　變成　怎麼樣　的狀態　呢？

* 先日…名詞：前幾天
* お…接頭辭：表示美化、鄭重
* 願い…動詞：拜託、祈願
  （願います⇒ます形除去[ます]）
* しました…動詞：做（します⇒過去肯定形）
  * お＋動詞ます形除去[ます]＋します…謙讓表現：
    （動作涉及對方的）[做]～
* 製品…名詞：產品
* の…助詞：表示所屬
* デザイン…名詞：設計
* の…助詞：表示所屬
* 件…名詞：事情
* です…助動詞：表示斷定（現在肯定形）
* が…助詞：表示前言
* その後…名詞：之後
* どう…副詞（疑問詞）：怎麼樣、如何
* なって…動詞：變成（なります⇒て形）
* おります…補助動詞：（います的謙讓語）
  * 動詞て形＋おります：目前狀態（謙讓表現）
* でしょう…助動詞：表示斷定（です⇒意向形）
* か…助詞：表示疑問
  * ～でしょうか…表示鄭重問法

用法

確認之前請託的事情目前進展如何的說法。

我等待您的好消息。

良いお返事をお待ちしております。

良いお返事を [お][待ち][して] [おります]。

[目前是][等待您] 好的 回覆 [的狀態]。

* よい…い形容詞：好
* お…接頭辭：表示美化、鄭重
* 返事…名詞：回覆
* を…助詞：表示動作作用對象
* お…接頭辭：表示美化、鄭重
* 待ち…動詞：等待（待ちます⇒ます形除去[ます]）
* して…動詞：做（します⇒て形）
* おります…補助動詞：（います的謙讓語）
   * お＋動詞ます形除去[ます]＋します…謙讓表現：（動作涉及對方的）[做]～
   * 動詞て形＋おります：目前狀態（謙讓表現）

用法
期待洽談後可以獲得滿意回覆的說法。

筆記頁

空白一頁，讓你記錄學習心得，
也讓下一個單元能以跨頁呈現，方便於對照閱讀。

. . . .

. . . .

. . . .

. . . .

. . . .

. . . .

. . . .

如果這星期之內可以得到您的回覆，那就太好了。

今<ruby>週<rt>こんしゅうちゅう</rt></ruby>中にお<ruby>返事<rt>へんじ</rt></ruby>いただけると<ruby>助<rt>たす</rt></ruby>かるのですが。

今週中に お 返事 いただける と

這星期 之內　　可以請您為我　回覆　　的話，

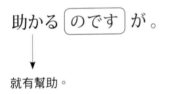

助かる のです が。

就有幫助。

* 今週…名詞：這星期

* 中…接尾辭：～之內

* に…助詞：表示動作進行時點

* お…接頭辭：表示美化、鄭重

* 返事…名詞：回覆

* いただける…動詞：得到、收到

  （いただきます⇒可能形[いただけます]的辭書形）

    * お／ご＋動作性名詞＋いただきます…謙讓表現：

      請您（為我）[做]～

* と…助詞：條件表現

* 助かる…動詞：有幫助（助かります⇒辭書形）

* のです…連語：の＋です＝んです：表示強調

    * の…形式名詞

    * です…助動詞：表示斷定（現在肯定形）

* が…助詞：表示前言

用法

希望對方能夠在某個期限內回覆的說法。

我很樂意奉陪。

喜^{よろこ}んでご一緒^{いっしょ}させていただきます。

喜んで　ご一緒させて　いたたきます　。

↓

樂意的狀態下　　請您　讓我奉陪　。

* 喜んで…動詞：樂意、高興

　（喜びます⇒て形）（て形表示附帶狀況）

* ご一緒させて…動詞：奉陪

　（ご一緒します⇒使役形[ご一緒させます]的て形）

* いただきます…補助動詞

　* 使役て形＋いただきます…謙讓表現：請您讓

　　我[做]～）

用法

表示自己樂意同行的說法。受邀參加下班後的喝酒聚
會時，也適合使用。

我很樂意去做。

喜(よろこ)んでやらせていただきます。

| 喜んで | やらせて | いただきます | 。 |

↓

樂意的狀態下　　請您　讓我做　。

* 喜んで…動詞：樂意、高興
　（喜びます⇒て形）（て形表示附帶狀況）
* やらせて…動詞：做
　（やります⇒使役形[やらせます]的て形）
* いただきます…補助動詞
　＊使役て形＋いただきます…謙讓表現：請您讓
　　我[做]〜）

用法

表示自己樂意做某事的說法。

那可是求之不得的好事。

それはもう、願<ruby>願<rt>ねが</rt></ruby>ってもないことでございます。

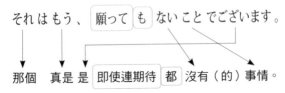

| それは | もう、 | 願って | も | ないこと | でございます。 |

那個　真是　是　即使連期待　都　沒有（的）事情。

* それ…名詞：那個
* は…助詞：表示主題
* もう…感嘆詞：真是
* 願ってもない…連語：求之不得
* こと…名詞：事情
* でございます…連語：是（です的禮貌說法）

用法

很滿意對方所提的方案或條件時，可以這樣回應。

328

那樣的話很好。

それで結構(けっこう)でございます。

それ	で	結構	でございます。
↓	↓	↓	
那樣（的）狀態		很好。	

＊ それ…名詞：那樣

＊ で…助詞：表示樣態

＊ 結構…な形容詞：很好

＊ でございます…連語：是（です的禮貌說法）

用法

接受對方所提的方法、條件、或方案時，可以這樣回應。

如果真是這樣的話，我們也只好接受了。

そういうわけでしたら、いたしかたございません。

そういう わけ でしたら 、 いたしかた ございません。

如果是 那樣的 理由 的話 ， 沒有 辦法。

* そういう…連體詞：那樣的
* わけ…名詞：理由
* でしたら…助動詞：表示斷定（です⇒た形＋ら）
* いたしかた…名詞：方法、辦法
* ございません…動詞：有（ございます⇒現在否定形）

用法

發生麻煩或負面事件時，了解緣由後不得不接受的說法。

330

對不起，我們無法滿足您的要求。

申し訳ございませんが、ご希望には添い
かねます。

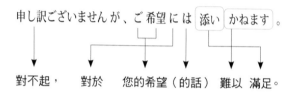

申し訳ございませんが、ご希望には 添い かねます。

對不起，	對於	您的希望（的話）		難以	滿足。

* 申し訳ございません…招呼用語：對不起、不好意思
* が…助詞：表示前言
* ご…接頭辭：表示美化、鄭重
* 希望…名詞：希望
* に…助詞：表示方面
* は…助詞：表示對比（區別）
* 添いかねます…複合型態（＝添い＋かねます）
    * 添い…動詞：滿足（添います⇒ます形除去[ます]）
    * かねます…後項動詞：不能～、難以

用法

表示無法達成對方要求的說法。

331

對我來說責任太重。

私 には 荷が 重すぎます。

私 には　荷 が　重　すぎます 。

我（這方面）的話　負擔　　　　太　重。

* 私…名詞：我
* に…助詞：表示方面
* は…助詞：表示對比（區別）
* 荷…名詞：負擔
* が…助詞：表示焦點
* 重すぎます…複合型態（＝重＋すぎます）
  * 重…い形容詞：重（重い⇒重い除去[い]）
  * すぎます…後項動詞：過於、太～

用法

表示「受託的工作超過自己的能力範圍」，或是「覺得責任過重」的說法。要注意，如果過於頻繁使用，容易被認為是個「沒有挑戰意志的人」。

關於這次的事，請容許我謝絕。

こんかい　けん
今回の件につきましては、ご辞退させてください。

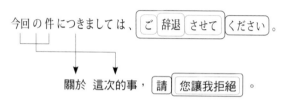

今回の件につきましては、| ご | 辞退 | させて | ください |。

關於　這次的事，| 請 | 您讓我拒絕 |。

* 今回…名詞：這次
* の…助詞：表示所屬
* 件…名詞：事件
* につきまして…連語：關於～（ます形的て形）
　（～まして屬於鄭重的表現方式）
* は…助詞：表示主題
* ご…接頭辭：表示美化、鄭重
* 辞退…名詞：拒絕
* させて…動詞：做（します⇒使役形[させます]的て形）
　* お／ご＋動作性名詞＋します…謙讓表現：
　　（動作涉及對方的）[做]～
* ください…補助動詞：請
　（くださいます⇒命令形[くださいませ]除去[ませ]）
　* 動詞て形＋ください：請[做]～

用法

慎重、委婉拒絕的表達方法。

333

今天的話，還是請您先回去吧。

今日のところはどうぞ、お引き取りください。

今日 の ところ は どうぞ、 お 引き取り ください。

今天 的 狀況 的話 請　　　　請您回去。

* 今日…名詞：今天
* の…助詞：表示所屬
* ところ…形式名詞：表示狀況
* は…助詞：表示對比（區別）
* どうぞ…副詞：請
* お…接頭辭：表示美化、鄭重
* 引き取り…動詞：回去
 （引き取ります⇒ます形除去[ます]）
* ください…補助動詞：請
 （くださいます⇒命令形[くださいませ]除去[ませ]）
 * お＋動詞ます形除去[ます]＋ください…
  尊敬表現：請您[做]～

用法
希望對方離開先回去的說法。

334

您有中意嗎？

お気<ruby>気<rt>き</rt></ruby>に召<ruby>召<rt>め</rt></ruby>していただけたでしょうか。

お ｜ 気に召して ｜ いただけた ｜ でしょう か ｜。

｜ 能請您 ｜ 喜歡上 ｜　　　　　　　嗎？

* お…接頭辭：表示美化、鄭重
* 気に召して…動詞：中意、喜歡上
　（気に召します⇒て形）（気に入ります的尊敬語）
* いただけた…補助動詞：
　（いただきます⇒可能形[いただけます]的た形）
　　* 動詞て形＋いただきます…謙讓表現：請您
　　（為我）[做]～
* でしょう…助動詞：表示斷定（です⇒意向形）
* か…助詞：表示疑問
　　* ～でしょうか…表示鄭重問法

用法
確認對方是否喜歡或滿意的說法。

335

因為這個是限量商品，所以是很難買到的。

こちらは限定品（げんていひん）で、なかなか手（て）に入（はい）らないものです。

こちら　は　限定品　で、

↓　　　　　　　　　　　　↓　　↓
這個　　　　　　　　　因為是　限量商品，

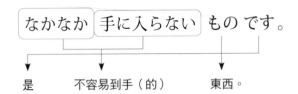

なかなか　手に入らない　もの　です。

↓　　　　　↓　　　　　　　↓
是　　　不容易到手（的）　　東西。

＊ こちら…名詞：這個

＊ は…助詞：表示主題

＊ 限定品…名詞：限量商品

＊ で…助詞：表示原因

＊ なかなか…副詞：不容易～（後接否定形）

＊ 手に入らない…連語：得到、到手
（手に入ります⇒ない形）

＊ もの…名詞：東西

＊ です…助動詞：表示斷定（現在肯定形）

用法

表示因為是限量商品，所以非常有價值的說法。

要不要包裝成禮物的樣子呢？

プレゼント用にお包みしましょうか。

* プレゼント…名詞：禮物
* 用…接尾辭：～用、供～使用
* に…助詞：表示目的
* お…接頭辭：表示美化、鄭重
* 包み…動詞：包裝（包みます⇒ます形除去[ます]）
* しましょう…動詞：做（します⇒ます形的意向形）
    * お＋動詞ます形除去[ます]＋します…謙讓表現：
      （動作涉及對方的）[做]～
* か…助詞：表示疑問

用法

結帳櫃檯的服務員詢問顧客是否要包裝成禮物的說法。

這是免費贈送給您的。 こちらはサービスでお付けします。

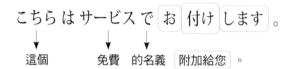

こちら は サービス で お 付け します 。

　↓　　　　　　　↓　　　↓　　　　↓

　這個　　　　免費　的名義　附加給您　。

* こちら…名詞：這個
* は…助詞：表示對比（區別）
* サービス…名詞：免費招待
* で…助詞：表示名目
* お…接頭辭：表示美化、鄭重
* 付け…動詞：附加（付けます⇒ます形除去[ます]）
* します…動詞：做

用法 對於購買商品的顧客另外提供免費贈品的說法。

這是免費招待的。 こちらはサービスでございます。

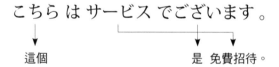

こちら は サービス でございます 。

　↓　　　　　　　　　　　　↓　　　↓

　這個　　　　　　　　　　是 免費招待。

* こちら…名詞：這個
* は…助詞：表示主題
* サービス…名詞：免費招待
* でございます…連語：是（です的禮貌說法）

用法 表示「這是免費的」。

不好意思，請先付款。

恐れ入りますが、前払いでお願いいた
します。

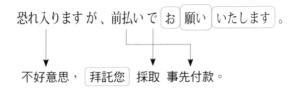

恐れ入りますが、前払いで お 願い いたします 。

不好意思， 拜託您 採取 事先付款。

＊ 恐れ入ります…動詞：不好意思
＊ が…助詞：表示前言
＊ 前払い…名詞：事先付款
＊ で…助詞：表示手段、方法
＊ お…接頭辭：表示美化、鄭重
＊ 願い…動詞：拜託、祈願
　（願います⇒ます形除去[ます]）
＊ いたします…動詞：做（します的謙讓語）
　＊ お＋動詞ます形除去[ます]＋します…謙讓表現：
　　（動作涉及對方的）[做]～

用法
請對方事先付款的說法。

您要怎麼付款呢？

お支払いはどうなさいますか。

お 支払い は どう なさいます か 。

　付款　　　　怎麼　　　　做　　　　呢？

* お…接頭辭：表示美化、鄭重
* 支払い…名詞：付款
* は…助詞：表示主題
* どう…副詞（疑問詞）：怎麼樣、如何
* なさいます…動詞：做（します的尊敬語）
* か…助詞：表示疑問

用法

向對方確認付款方式的說法。

匯款手續費由客戶負擔。

振(ふ)り込(こ)み手数料(てすうりょう)はお客様(きゃくさま)のご負担(ふたん)と
なります。

振り込み 手数料 はお客様の ［ご負担］ と ［なります］。

匯款　手續費 ［是］ 客戶 的 ［負擔］ 。

* 振り込み…名詞：匯入（動詞[振り込みます]的名詞化）
* 手数料…名詞：手續費
* は…助詞：表示主題
* お…接頭辭：表示美化、鄭重
* 客様…名詞：客戶
* の…助詞：表示所屬
* ご…接頭辭：表示美化、鄭重
* 負担…名詞：負擔
* と…助詞：變化結果
* なります…動詞：變成
  * 名詞＋と／に＋なります：鄭重的斷定表現

用法

告知對方手續費由哪一方支付的說法。

今天已將您訂購的物品寄出了。

本日（ほんじつ）ご注文（ちゅうもん）の品（しな）を発送（はっそう）いたしました。

本日 ご注文 の 品 を発送いたしました。

今天　我已經寄出了　您訂購的物品 。

* 本日…名詞：今天
* ご…接頭辭：表示美化、鄭重
* 注文…名詞：訂購
* の…助詞：表示所屬
* 品…名詞：物品
* を…助詞：表示動作作用對象
* 発送いたしました…動詞：發送、寄送
　（発送いたします⇒過去肯定形）
　（発送します的謙讓語）

用法

通知對方貨品已經出貨的說法。

343

您所訂購的商品，我已經送達了。

ご注文の品をお届けに上がりました。

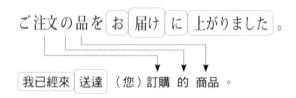

ご注文の品を お届け に 上がりました

我已經來 送達 （您）訂購 的 商品 。

* ご…接頭辭：表示美化、鄭重
* 注文…名詞：訂購
* の…助詞：表示所屬
* 品…名詞：商品
* を…助詞：表示動作作用對象
* お…接頭辭：表示美化、鄭重
* 届け…動詞：送達（届けます⇒ます形除去[ます]）
* に…助詞：表示目的
* 上がりました…動詞：去、來
  （上がります⇒過去肯定形）
  （行きます、来ます的謙讓語）

用法

宅急便等專人將物品送達客戶手中時所說的話。

交貨日期能否順延一周？

<ruby>納<rt>のう</rt></ruby><ruby>期<rt>き</rt></ruby>を1<ruby>週<rt>いっしゅうかん</rt></ruby><ruby>間<rt></rt></ruby>遅らせていただけない
でしょうか。

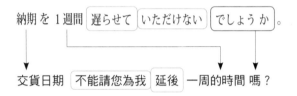

納期を1週間 [遅らせて] [いただけない] [でしょうか]。

交貨日期 [不能請您為我] [延後] 一周的時間 嗎？

＊ 納期…名詞：交貨日期
＊ を…助詞：表示動作作用對象
＊ 一週間…名詞：一周的時間
＊ 遅らせて…動詞：延後（遅らせます⇒て形）
＊ いただけない…補助動詞：
　（いただきます⇒可能形[いただけます]的ない形）
　＊ 動詞て形＋いただきます…謙讓表現：請您（為
　　我）[做]～）
＊ でしょう…助動詞：表示斷定（です⇒意向形）
＊ か…助詞：表示疑問
　＊ ～でしょうか…表示鄭重問法

用法

希望對方同意延後交貨時間的說法。

這件事我不清楚，要麻煩您詢問相關的業務人員。

私にはわかりかねますので、担当の者
にお尋ねください。

私には	わかり	かねます	ので	、
對我而言		因為	難以 理解	，

担当の者	に	お	尋ね	ください	。
請您	向 承辦 的 人			詢問	。

＊ 私…名詞：我

＊ に…助詞：表示方面

＊ は…助詞：表示對比（區別）

＊ わかりかねます…複合型態（＝わかり＋かねます）

　　＊ わかり…動詞：懂（わかります⇒ます形除去[ます]）

　　＊ かねます…後項動詞：不能〜、難以

＊ ので…助詞：表示原因理由

＊ 担当…名詞：承辦

＊ の…助詞：表示所屬

＊ 者…名詞：人

＊ に…助詞：表示動作的對方

＊ お…接頭辭：表示美化、鄭重

＊ 尋ね…動詞：詢問（尋ねます⇒ます形除去[ます]）

＊ ください…補助動詞：請

　　（くださいます⇒命令形[くださいませ]除去[ませ]）

　　＊ お＋動詞ます形除去[ます]＋ください…尊敬表
　　　現：請您[做]〜

用法

被問及非自己工作範圍的事，請對方去詢問相關人員
的說法。

關於這件事，我們會在一兩天內查明，並給您答覆。

この件につきましては、一両日中に
調査のうえ、お返事いたします。

この件につきましては、一両日中に

關於　這個事情，一兩天 之內

調査 の うえ[で] 、 お 返事 いたします 。

調査之後，　　　　　我會回覆您。

＊ この…連體詞：這個

＊ 件…名詞：事情

＊ につきまして…連語：關於～（ます形的て形）

 （～まして屬於鄭重的表現方式）

＊ は…助詞：表示主題

＊ 一両日…名詞：一兩天

＊ 中…接尾辭：～之內

＊ に…助詞：表示動作進行時點

＊ 調査…名詞：調查

＊ の…助詞：表示所在（屬於文型上的用法）

＊ うえ[で]…連語：～之後，再～（可省略で）

＊ お…接頭辭：表示美化、鄭重

＊ 返事…名詞：回覆

＊ いたします…動詞：做（します的謙讓語）

 ＊ お／ご＋動作性名詞＋します…謙讓表現：

 （動作涉及對方的）[做]～

用法

發生狀況時，讓對方明瞭自己這邊會先查明，並進一步回報對方的說法。

349

真是對不起，我馬上就為您更換。

誠に申し訳ございません。直ちにお取り換えいたします。

誠に　申し訳ございません。

↓　　　↓

實在　　　對不起，

直ちに　お　取り換え　いたします。

↓

馬上　　我為您更換。

* 誠に…副詞：實在

* 申し訳ございません…招呼用語：對不起、不好意思

* 直ちに…副詞：立刻、馬上

* お…接頭辭：表示美化、鄭重

* 取り換え…動詞：交換

  （取り換えます⇒ます形除去[ます]）

* いたします…動詞：做（します的謙讓語）

  ＊ お＋動詞ます形除去[ます]＋します…謙讓表現：

  （動作涉及對方的）[做]～

用法

提供的物品出了狀況，讓對方明瞭會立即更換的說法。

我想是有些誤會，所以請讓我解釋一下。

<ruby>誤解<rt>ごかい</rt></ruby>があるように<ruby>思<rt>おも</rt></ruby>いますので、<ruby>説明<rt>せつめい</rt></ruby>

させてください。

誤解 が ある ように 思います ので 、

因為 覺得 好像 有 誤會，

説明させて ください 。

請 讓我說明 。

＊ 誤解…名詞：誤會

＊ が…助詞：表示焦點

＊ ある…動詞：有（あります⇒辭書形）

＊ ように…連語：好像～（よう⇒副詞用法）

＊ 思います…動詞：覺得

＊ ので…助詞：表示原因理由

＊ 説明させて…動詞：說明

（説明します⇒使役形[説明させます]的て形）

＊ ください…補助動詞：請

（くださいます⇒命令形[くださいませ]除去[ませ]）

＊ 動詞て形＋ください…請[做]～

用法

為了消除誤會，希望對方能讓自己解釋清楚的說法。

我會到機場接您。

空港<ruby>くうこう</ruby>までお迎<ruby>むか</ruby>えに上<ruby>あ</ruby>がります。

空港 まで お 迎え に 上がります 。

我　　到　機場　去　迎接您 。

* 空港…名詞：機場
* まで…助詞：表示界線
* お…接頭辭：表示美化、鄭重
* 迎え…動詞：迎接（迎えます⇒ます形除去[ます]）
* に…助詞：表示目的
* 上がります…動詞：去、來
　（行きます、来ます的謙讓語）

用法
告訴對方會前往機場迎接的說法。

我來迎接您了。　　お迎えに上がりました。

| お | 迎え | に | 上がりました |

| 我來 | 迎接您 | 了 |

* お…接頭辭：表示美化、鄭重
* 迎え…動詞：迎接（迎えます⇒ます形除去[ます]）
* に…助詞：表示目的
* 上がりました…動詞：去、來（上がります⇒過去肯定形）
　（行きます、来ます的謙讓語）

用法 前去迎接時，對正等候著的對方這樣說。

我現在就幫您安排計程車。

ただいま、タクシーを手配しております。

| ただいま 、 | タクシー | を | 手配して | おります |
↓　　　　　　　　　　　　　　　　　↓
現在　　　　　　　　　　| 正在 | 安排 | 計程車。

* ただいま…名詞：現在　　* タクシー…名詞：計程車
* を…助詞：表示動作作用對象
* 手配して…動詞：安排（手配します⇒て形）
* おります…補助動詞：（います的謙讓語）
　* 動詞て形＋おります：目前狀態（謙讓表現）

用法 告訴對方正在安排計程車的說法。

請稍等一下，我馬上幫您叫計程車。

<ruby>今<rt>いま</rt></ruby>、タクシーをお<ruby>呼<rt>よ</rt></ruby>びしますので 少 々
お<ruby>待<rt>ま</rt></ruby>ちください。

今、タクシーを お 呼び します ので

現在　因為　要為您呼叫　計程車

少々 お 待ち ください 。

稍微　請您等待。

* 今…名詞：現在

* タクシー…名詞：計程車

* を…助詞：表示動作作用對象

* お…接頭辭：表示美化、鄭重

* 呼び…動詞：叫、呼喚

  （呼びます⇒ます形除去[ます]）

* します…動詞：做

  * お＋動詞ます形除去[ます]＋します…謙讓表現：

    （動作涉及對方的）[做]～

* ので…助詞：表示原因理由

* 少々…副詞：稍微

* お…接頭辭：表示美化、鄭重

* 待ち…動詞：等待（待ちます⇒ます形除去[ます]）

* ください…補助動詞：請

  （くださいます⇒命令形[くださいませ]除去[ませ]）

  * お＋動詞ます形除去[ます]＋ください…尊敬表現：

    請您[做]～

用法

要替對方安排計程車的說法。

357

我代表全體同仁，向您表示誠摯的謝意。

<ruby>一<rt>いち</rt></ruby><ruby>同<rt>どう</rt></ruby>を<ruby>代<rt>だい</rt></ruby><ruby>表<rt>ひょう</rt></ruby>して <ruby>心<rt>こころ</rt></ruby>より <ruby>御<rt>おん</rt></ruby><ruby>礼<rt>れい</rt></ruby><ruby>申<rt>もう</rt></ruby>し<ruby>上<rt>あ</rt></ruby>げます。

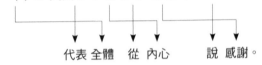

一同を代表して 心より 御礼 申し上げます。

代表 全體　從 內心　　說 感謝。

* 一同…名詞：全體
* を…助詞：表示動作作用對象
* 代表して…動詞：代表（代表します⇒て形）
* 心…名詞：內心
* より…助詞：表示起點
* 御礼…名詞：感謝
* 申し上げます…動詞：說（言います的謙讓語）

用法
代表全體人員表達謝意的說法。

這次得到您許多幫忙，非常感謝。

この度<ruby>たび</ruby>は、ご尽 力<ruby>じんりょく</ruby>いただきありがとうございました。

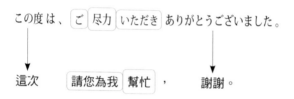

この度 は、　ご 尽力 いただき ありがとうございました。

這次　　請您為我 幫忙 ，　　謝謝。

* この度…名詞：這次
* は…助詞：表示主題
* ご…接頭辭：表示美化、鄭重
* 尽力…名詞：幫忙、盡力
* いただき…補助動詞：
  （いただきます⇒ます形除去[ます]）
  （屬於句中的中止形用法）
  * お／ご＋動作性名詞＋いただきます…謙讓表現：
    請您（為我）[做]～
* ありがとうございました…招呼用語：謝謝

用法
對於對方的協助表達感謝的說法。

359

前些日子您那麼忙（還幫我這麼多），謝謝您。

先日はお<ruby>忙<rt>いそが</rt></ruby>しいところをありがとうございました。

先日 は お忙しい ところ を ありがとうございました。

↓　　↓　　↓　　　　　↓

前陣子 (您)忙碌的 時候　　　　謝謝。

* 先日…名詞：前陣子
* は…助詞：表示主題
* お…接頭辭：表示美化、鄭重
* 忙しい…い形容詞：忙碌
* ところ…形式名詞：表示狀況
* を…助詞：表示動作作用對象
* ありがとうございました…招呼用語：謝謝

用法
對百忙之中仍撥空提供協助的人表達謝意的說法。

360

實在是不好意思，那我收下了。

恐れ入ります。 頂戴いたします。
（おそ　い）（ちょうだい）

恐れ入ります。　頂戴いたします。

↓　　　　　　　　　　　↓

不好意思，　　　　　　　　我收下了。

＊ 恐れ入ります…動詞：不好意思
＊ 頂戴いたします…動詞：領受
　（頂戴します的謙讓語）
　（「頂戴」也可以視為動作性名詞）
　＊ 動作性名詞＋いたします…
　　　「動作性名詞＋します」的謙讓表現

用法

收下對方的東西時，非常有禮貌的道謝說法。

我很高興，但是我不能收下。

お気持ちは嬉しいのですが、これは受け取るわけにはいきません。

お 気持ち は 嬉しい のです が、

情緒　　　　　　　　　很高興　　但是

これ は 受け取る わけにはいきません 。

這個　　　　　　　　　不能　接受。

* お…接頭辭：表示美化、鄭重

* 気持ち…名詞：情緒

* は…助詞：表示對比（區別）

* 嬉しい…い形容詞：高興

* のです…連語：の＋です＝んです：表示強調

  * の…形式名詞

  * です…助動詞：表示斷定(現在肯定形)

* が…助詞：表示逆接

* これ…名詞：這個

* は…助詞：表示對比（區別）

* 受け取る…動詞：接收、領取

  （受け取ります⇒辭書形）

* わけにはいきません…連語：不能～

因為身為利害關係人，所以無法收受禮物的說法。

非常謝謝您的關心。

お気遣_{きづか}いいただきまして、ありがとうございます。

* お…接頭辭：表示美化、鄭重
* 気遣い…動詞：掛念、關心
  （気遣います⇒ます形除去[ます]）
* いただきまして…補助動詞：
  （いただきます⇒ます形的て形）
  （て形表示原因）（～まして屬於鄭重的表現方式）
  * お＋動詞ます形除去[ます]＋いただきます…
    謙讓表現：請您（為我）[做]～
* ありがとうございます…招呼用語

用法
對關心自己、替自己擔心的人表達謝意的說法。

筆記頁

空白一頁，讓你記錄學習心得，
也讓下一個單元能以跨頁呈現，方便於對照閱讀。

. . . .

. . . .

. . . .

. . . .

. . . .

. . . .

. . . .

非常感謝大家今天百忙之中來到這裡。

本日はお忙しいなか、お集まりいただき誠にありがとうございます。

本日は お忙しいなか、 お 集まり いただき

↓　　　　　　　↓　　　　↓

今天　　　　　忙碌 的時候，　請大家為我 集合

誠に　ありがとうございます。

↓　　　　↓

實在　　　感謝。

* 本日…名詞：今天

* は…助詞：表示主題

* お…接頭辭：表示美化、鄭重

* 忙しい…い形容詞：忙碌

* なか…名詞：～的時候

* お…接頭辭：表示美化、鄭重

* 集まり…動詞：集合

  （集まります⇒ます形除去[ます]）

* いただき…補助動詞：

  （いただきます⇒ます形除去[ます]）

  （屬於句中的中止形用法）

  * お＋動詞ます形除去[ます]＋いただきます…

    謙讓表現：請您（為我）[做]～

* 誠に…副詞：實在

* ありがとうございます…招呼用語：謝謝

用法

感謝大家抽空前來參加派對等活動的說法。

我沒想到那麼多。又學了一招。

そこまでは 考えが回りませんでした。

いい勉強になりました。

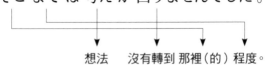

そこ まで は 考え が 回りません でした 。

想法　　沒有轉到 那裡（的）程度。

いい 勉強 に なりました 。

變成了 好的 經驗 。

＊そこ…名詞：那裡

＊まで…助詞：表示程度

＊は…表示對比（區別）

＊考え…名詞：考慮

　（考えます：名詞化⇒ます形除去[ます]）

＊が…助詞：表示主格

＊回りませんでした…動詞：（想）到

　（回ります⇒過去否定形）

＊いい…い形容詞：好、良好

＊勉強になりました…連語：見識、經驗

　（勉強になります⇒過去肯定形）

用法

承認自己的學識不足，直率地表達謝意的說法。

這次給您添這麼多麻煩，實在不好意思。

この度（たび）は、たいへんご迷惑（めいわく）をおかけしました。

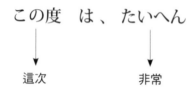

この度　は、　たいへん

這次　　　　　　　非常

ご迷惑を　お　かけ　しました　。

給您添了　　麻煩。

＊ この度…名詞：這次

＊ は…助詞：表示對比（區別）

＊ たいへん…副詞：非常

＊ ご…接頭辭：表示美化、鄭重

＊ 迷惑…名詞：麻煩

＊ を…助詞：表示動作作用對象

＊ お…接頭辭：表示美化、鄭重

＊ かけ…動詞：添（麻煩）

　　（かけます⇒ます形除去[ます]）

＊ しました…動詞：做（します⇒過去肯定形）

　＊ お＋動詞ます形除去[ます]＋します…謙讓表現：

　　（動作涉及對方的）[做]～

用法

因為疏失或差錯造成對方公司困擾時，表達歉意的說
法。

我會嚴厲地訓誡他，還請您多多包涵。

本人にも厳しく言っておきますので、
ここはどうかお許しください。

本人 に も 厳しく ［言って］ ［おきます］ ［ので］、

［因為］ 對 本人 也 ［會採取］ 嚴格 ［說］ 的措施，

ここ は どうか ［お］ ［許し］ ［ください］。

這裡　　懇求　　請您原諒。

＊ 本人…名詞：本人

＊ に…助詞：表示動作的對方

＊ も…助詞：表示並列

＊ 厳しく…い形容詞：嚴厲（厳しい⇒副詞用法）

＊ 言って…動詞：說（言います⇒て形）

＊ おきます…補助動詞：善後措施

　＊ 動詞て形＋おきます：善後措施（為了以後方便）

＊ ので…助詞：表示原因理由

＊ ここ…名詞：這裡

＊ は…助詞：表示對比（區別）

＊ どうか…副詞：請

＊ お…接頭辭：表示美化、鄭重

＊ 許し…動詞：原諒（許します⇒ます形除去[ます]）

＊ ください…補助動詞：請

　（くださいます⇒命令形[くださいませ]除去[ませ]）

　＊ お＋動詞ます形除去[ます]＋ください…

　　尊敬表現：請您[做]～

用法

自己的部屬犯錯，先代替部屬向對方道歉的說法。

我已經盡力了，不過…。

私 としてはできる限りのことはした
つもりなんですが…。

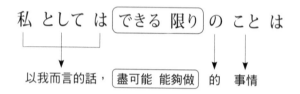

私 として は ［できる 限り］ の こと は

以我而言的話，　［盡可能 能夠做］ 的　事情

［した つもりな］ ［んです］ が …。

認為　已經做了…。

＊私…名詞：我

＊として…連語：作為〜

＊は…助詞：表示主題

＊できる…動詞：做（します⇒可能形）

＊限り…接尾辭：盡可能〜

＊の…助詞：表示所屬

＊こと…名詞：事情

＊は…助詞：表示對比（區別）

＊した…動詞：做（します⇒た形）

＊つもりな…形式名詞：認為（つもり⇒名詞接續用法）

＊んです…連語：ん＋です：表示強調

　　＊ん…形式名詞（の⇒縮約表現）

　　＊です…助動詞：表示斷定(現在肯定形)

＊が…助詞：表示前言

用法

雖然很努力，卻沒有出現期待中的結果時，表示歉意。

我下次不會再犯同樣的錯誤。

今後二度とこのような失敗はいたしません。

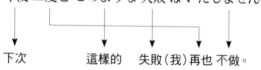

今後 二度と このような 失敗 は いたしません。

下次　　　　　　這樣的　失敗（我）再也 不做。

* 今後…名詞：下次
* 二度と…副詞：再也不～
* このような…連體詞：這樣的
* 失敗…名詞：失敗
* は…助詞：表示對比（區別）
* いたしません…動詞：做（いたします⇒現在否定形）
　（します的謙讓語）

用法
堅定宣告自己不會再犯同樣錯誤的說法。

不好意思，我有個不情之請。

勝手なことを言って申し訳ないのですが。

勝手なことを │言って│ │申し訳ない│ │のです│ が。

│因為要說│ 任性的 事情，　　　真的很不好意思。

* 勝手な…な形容詞：任性(勝手⇒名詞接續用法)
* こと…名詞：事情
* を…助詞：表示動作作用對象
* 言って…動詞：說(言います⇒て形)
  (て形表示原因)
* 申し訳ない…い形容詞：不好意思
* のです…連語：の＋です＝んです：表示強調
  * の…形式名詞
  * です…助動詞：表示斷定(現在肯定形)
* が…助詞：表示前言

用法
謙虛地表達自己的狀況和希望，或者可能給對方帶來
麻煩時的說法。

很抱歉，讓您久等了。

お待たせしてどうも申し訳ありません。

| お | 待たせ | して | どうも申し訳ありません。 |

| 因為我 | 讓您等待 | ， | 很抱歉。 |

* お…接頭辭：表示美化、鄭重
* 待たせ…動詞：等
  （待ちます⇒使役形[待たせます]的ます形除去[ます]）
* して…動詞：做（します⇒て形）（て形表示原因）
  * お＋動詞ます形除去[ます]＋します…謙讓表現：
    （動作涉及對方的）[做]～
* どうも申し訳ありません…招呼用語：對不起、不好意思

用法

讓對方久候時，表達歉意的說法。

您特意來一趟，真是對不起。

せっかくおいでくださったのに、申し訳<ruby>申<rt>もう</rt></ruby>し<ruby>訳<rt>わけ</rt></ruby>ございません。

せっかく	おいでくださった	のに	、申し訳ございません。
↓	↓	↓	↓
特意	為我來	卻…	真對不起。

＊せっかく…副詞：特意

＊おいでくださった…動詞：（為我）來

　（おいでくださいます⇒た形）

＊のに…助詞：表示逆接

＊申し訳ございません…招呼用語：對不起、不好意思

用法

對方特地前來，卻無法滿足他的期待時，表達歉意的
說法。

379

真不好意思，我馬上幫您拿來。

申し訳ございません。すぐにお持ちいたします。

申し訳ございません。すぐに お 持ち いたします 。

不好意思。 我 馬上 幫您 拿來 。

* 申し訳ございません…招呼用語：對不起、不好意思
* すぐに…副詞：立刻、馬上
* お…接頭辭：表示美化、鄭重
* 持ち…動詞：拿（持ちます⇒ます形除去[ます]）
* いたします…動詞：做（します的謙讓語）
  * お＋動詞ます形除去[ます]＋します…謙讓表現：
    （動作涉及對方的）[做]～

用法

已經讓對方久候，表示會立刻拿過去給他的說法。

380

筆記頁

空白一頁，讓你記錄學習心得，
也讓下一個單元能以跨頁呈現，方便於對照閱讀。

....

....

....

....

....

....

....

如果有不清楚的地方，不必客氣，請您提出來。

もしご不明な点がございましたら、遠慮なくご質問ください。

もし ご 不明な 点 が ございました ら 、

如果 有 不清楚的 地方 的話 ，

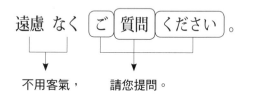

遠慮 なく ご 質問 ください 。

不用客氣， 請您提問。

* もし…副詞：如果

* ご…接頭辭：表示美化、鄭重

* 不明な…な形容詞：不明（不明⇒名詞接續用法）

* 点…名詞：地方

* が…助詞：表示焦點

* ございましたら…動詞：有

  （ございます⇒過去肯定形＋ら）

* 遠慮…名詞：客氣

* なく…い形容詞：沒有（ない⇒副詞用法）

* ご…接頭辭：表示美化、鄭重

* 質問…名詞：提問

* ください…補助動詞：請

  （くださいます⇒命令形[くださいませ]除去[ませ]）

  ＊ ご＋動作性名詞＋ください…尊敬表現：請您[做]～

用法

表示如果有不明白的地方，請對方儘量提出的說法。

請留意不要遺忘東西。

お忘(わす)れ物(もの)をなさいませんようお気(き)をつけください。

お忘れ物を　なさいません　よう　お　気をつけ　ください　。

為了　不要做　遺忘東西　　　　請您注意。

* お…接頭辭：表示美化、鄭重
* 忘れ物…名詞：遺忘東西
* を…助詞：表示動作作用對象
* なさいません…動詞：做（なさいます⇒現在否定形）
　（なさいます⇒します的尊敬語）
* よう…形式名詞：為了～、希望～而～
* お…接頭辭：表示美化、鄭重
* 気をつけ…連語：小心、注意
　（気をつけます⇒ます形除去[ます]）
* ください…補助動詞：請
　（くださいます⇒命令形[くださいませ] 除去[ませ]）
　* お＋動詞ます形除去[ます]＋ください…尊敬表現：
　　請您[做]～

用法

提醒對方不要遺忘東西的說法。

Part 3

旅行會話篇

請出示您的護照和機票。

パスポートとチケットを<ruby>拝見<rt>はいけん</rt></ruby>します。

我要看 護照和機票 。

* パスポート…名詞：護照
* と…助詞：表示並列
* チケット…名詞：機票
* を…助詞：表示動作作用對象
* 拝見します…動詞：看（見ます的謙讓語）

用法

機場櫃檯人員替乘客辦理登機報到手續時說的話。

請給我靠走道的座位。

通路側の席をお願いします。

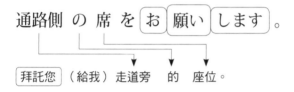

通路側 の 席 を お 願い します 。

拜託您 （給我） 走道旁 的 座位。

* 通路側…名詞：走道旁
* の…助詞：表示所屬
* 席…名詞：座位
* を…助詞：表示動作作用對象
* お…接頭辭：表示美化、鄭重
* 願い…動詞：拜託、祈願
  （願います⇒ます形除去[ます]）
  * お＋動詞ます形除去[ます]＋します…謙讓表現：
    （動作涉及對方的）[做]～
* します…動詞：做

用法

搭乘飛機或其他交通工具時，說明自己希望的座位區。

我可以排候補嗎？

キャンセル待^まちはできますか。

キャンセル　待ち　は　できます　か。

| 可以 | 候補 | 取消（訂位） | 嗎？ |

＊キャンセル…名詞：取消

＊待ち…名詞：候補（動詞[待ちます]的名詞化）

＊は…助詞：表示主題

＊できます…動詞：可以、能夠、會（します⇒可能形）

＊か…助詞：表示疑問

用法

想要排候補，想要等待看看是否有人取消訂位時，可以這樣說。

這個可以隨身登機嗎？

これは機内に持ち込めますか。

これ　は　機内　に　持ち込めます　か。

這個　　　　　　可以帶進　飛機內　嗎？

＊ これ…名詞：這個

＊ は…助詞：表示主題

＊ 機内…名詞：飛機內

＊ に…助詞：表示進入點

＊ 持ち込めます…動詞：帶進去（持ち込みます⇒可能形）

＊ か…助詞：表示疑問

用法

確認行李的大小是否可以作為手提行李隨身登機的說法。

我可以把椅子稍微往後倒嗎？

ちょっと席を倒してもいいですか。

ちょっと席を 倒して も いいですか。

（把）椅子 稍微 即使往後倒 也 是 可以 嗎？

* ちょっと…副詞：一下、有點、稍微
* 席…名詞：座椅
* を…助詞：表示動作作用對象
* 倒して…動詞：弄倒（倒します⇒て形）
* も…助詞：表示逆接
* いい…い形容詞：好、良好
* です…助動詞：表示斷定（現在肯定形）
* か…助詞：表示疑問

用法

搭乘巴士或飛機要將座椅往後倒時，可以跟後面的人這樣說。

這班公車有到新宿嗎？

このバスは 新宿(しんじゅくゆ) 行きですか。

この	バス	は	新宿 行き		ですか。
這個	公車	是	往	新宿	嗎？

＊ この…連體詞：這個

＊ バス…名詞：公車

＊ は…助詞：表示主題

＊ 新宿…（地名）新宿（使用時可替換為其他地名）

＊ 行き…接尾辭：往

＊ です…助動詞：表示斷定（現在肯定形）

＊ か…助詞：表示疑問

用法

確認自己打算搭乘的公車或電車，是否有開往想去的目的地的說法。

往東京鐵塔的公車，間隔多久一班？

<ruby>東京<rt>とうきょう</rt></ruby> タワー<ruby>行<rt>ゆ</rt></ruby>きのバスはどのくらいの
<ruby>間隔<rt>かんかく</rt></ruby>で<ruby>走<rt>はし</rt></ruby>っていますか。

東京タワー	行き	の	バス	は
↓	↓		↓	↓
往　東京鐵塔			的	公車

どのくらいの	間隔	で	走って	います	か。
↓	↓	↓	↓	↓	↓
多久	的　間隔	的狀態	行駛		呢？

＊東京タワー…（地名）東京鐵塔

　（使用時可替換為其他地名）

＊行き…接尾辭：往

＊の…助詞：表示所屬

＊バス…名詞：公車

＊は…助詞：表示動作主

＊どのくらい…名詞（疑問詞）：多久、多少

＊の…助詞：表示所屬

＊間隔…名詞：間隔

＊で…助詞：表示樣態

＊走って…動詞：跑、行駛（走ります⇒て形）

＊います…補助動詞

　＊動詞て形＋います：目前狀態

＊か…助詞：表示疑問

詢問公車的發車班距的說法。

這班公車到了東京鐵塔時，可以告訴我一聲嗎？

このバスが東京タワーに着いたら教えて
いただけますか。

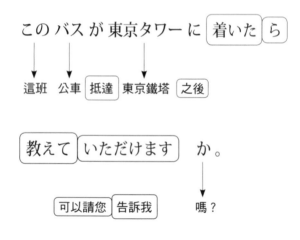

このバスが東京タワーに 着いた ら

↓　　↓　　　↓
這班　公車　抵達　東京鐵塔　之後

教えて　いただけます　か。

↓
可以請您　告訴我　　　　嗎？

＊ この…連體詞：這個

＊ バス…名詞：公車

＊ が…助詞：表示主格

＊ 東京タワー…（地名）東京鐵塔

　（使用時可替換為其他地名）

＊ に…助詞：表示到達點

＊ 着いたら…動詞：到達（着きます⇒た形＋ら）

　＊ 動詞た形＋ら：[做]～之後，～（順接確定條件）

＊ 教えて…動詞：告訴、教（教えます⇒て形）

＊ いただけます…補助動詞：（いただきます⇒可能形）

　＊ 動詞て形＋いただきます…謙讓表現：

　　請您（為我）[做]～）

＊ か…助詞：表示疑問

用法

麻煩司機在抵達目的地時通知自己的說法。

車資是多少錢？

うんちん
運賃はいくらですか。

運賃	は	いくら	です	か。
車資	是	多少錢		呢？

* 運賃…名詞：車資
* は…助詞：表示主題
* いくら…名詞（疑問詞）：多少錢
* です…助動詞：表示斷定（現在肯定形）
* か…助詞：表示疑問

用法

詢問公車、電車、計程車等交通工具車資的說法。

只販售當日券。

当日券（とうじつけん）のみの販売（はんばい）となっております。

| 当日券 | のみ | の | 販売 | と | | なって | | おります | 。 |

目前 是 只有當日券販賣 的狀態 。

＊当日券…名詞：當日券

＊のみ…助詞：表示限定

＊の…助詞：表示所屬

＊販売…名詞：販賣

＊と…助詞：表示變化結果

＊なって…動詞：變成（なります⇒て形）

　＊名詞＋と／に＋なります：鄭重的斷定表現

＊おります…補助動詞：（います的謙讓語）

　＊動詞て形＋おります：目前狀態（謙讓表現）

用法

車站的站務人員說明只有販售某種票券的說法。

我想要買來回票。

おうふくきっぷ　　　か
往復切符を買いたいのですが。

往復 切符 を 買い たい のです が。

（我）想要 買 來回票 。

* 往復…名詞：來回
* 切符…名詞：票
* を…助詞：表示動作作用對象
* 買い…動詞：購買（買います⇒ます形除去[ます]）
* たい…助動詞：表示希望
  * お+動詞ます形除去[ます]+たい…想要[做]〜
* のです…連語：の＋です＝んです：表示強調
  * の…形式名詞
  * です…助動詞：表示斷定(現在肯定形)
* が…助詞：表示前言

用法

想要買「來回車票」的說法。單程車票：片道切符
（かたみちきっぷ）。

這班電車會停『秋津站』嗎？

でんしゃ　あきつえき　と
この電車は秋津駅に止まりますか。

この　電車　は　秋津駅　に　止まります　か。

↓　↓　↓　↓　　　　　　　↓

這個　電車　會停靠　秋津站　　　　　嗎？

* この…連體詞：這個
* 電車…名詞：電車
* は…助詞：表示動作主
* 秋津駅…（車站名）秋津站
　（使用時可替換為其他車站）
* に…助詞：表示動作歸著點
* 止まります…動詞：停
* か…助詞：表示疑問

用法
確認電車是否停靠自己想去的車站的說法。

這個車廂是對號入座的嗎？

この 車両 は指定席ですか。
（しゃりょう　していせき）

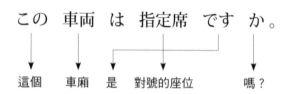

この	車両	は	指定席	です	か。
這個	車廂	是	對號的座位		嗎？

＊ この…連體詞：這個

＊ 車両…名詞：車廂

＊ は…助詞：表示主題

＊ 指定席…名詞：對號的座位

＊ です…助動詞：表示斷定（現在肯定形）

＊ か…助詞：表示疑問

用法

搭乘新幹線等交通工具時，確認自己所在的車廂是否為對號座車廂的說法。

這個可以使用JR周遊券搭乘嗎？

これはJRパスで乗れますか。

| これ | は | JRパス | で | 乗れます | か。 |

這個　　用　　JR周遊券　　　可以搭乘　　嗎？

＊ これ…名詞：這個
＊ は…助詞：表示主題
＊ JRパス…名詞：JR周遊券
＊ で…助詞：表示手段、方法
＊ 乗れます…動詞：搭乘（乗ります⇒可能形）
＊ か…助詞：表示疑問

用法
確認電車或公車是否可以使用JR周遊券的說法。

計程車招呼站在哪裡？

タクシー乗り場はどこですか。

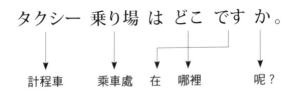

タクシー	乗り場	は	どこ	です	か。
計程車	乘車處	在	哪裡		呢？

＊ タクシー…名詞：計程車

＊ 乗り場…名詞：乘車處

＊ は…助詞：表示主題

＊ どこ…名詞（疑問詞）：哪裡

＊ です…助動詞：表示斷定（現在肯定形）

＊ か…助詞：表示疑問

用法

詢問計程車招呼站地點的說法。

坐計程車去的話，大概要多少錢？

タクシーで行ったらどのくらいの金額<ruby>金額<rt>きんがく</rt></ruby>になりますか。

タクシー で 行った ら どのくらいの 金額 に なります か。

如果　搭 計程車　去　的話　會變成　多少 的 金額　呢？

* タクシー…名詞：計程車
* で…助詞：表示手段、方法
* 行ったら…動詞：去（行きます⇒た形＋ら）
* どのくらい…名詞（疑問詞）：多久、多少
* の…助詞：表示所屬
* 金額…名詞：金額
* に…助詞：表示變化結果
* なります…動詞：變成
* か…助詞：表示疑問

用法
事先了解計程車車資大約多少錢的說法。

（上計程車前）

我只有一萬日圓紙鈔，找零沒有問題嗎？

（タクシー　乗車前）
じょうしゃまえ

いちまんえんさつ
１万円札しかないんですけど、お釣り、
つ

だいじょうぶですか。

| １万円札 | しか | ない | んです | けど、 |

只有　　一萬日圓紙鈔，

お　釣り、　だいじょうぶ　です　か。

找零　　是　沒問題的　　　　嗎？

＊一万円札…名詞：一萬日圓紙鈔

＊しか…助詞：表示限定

＊ない…い形容詞：沒有（ない⇒普通形-現在肯定形）

　　　　　動詞：有（あります⇒ない形）

＊んです…連語：ん＋です：表示強調

　＊ん…形式名詞（の⇒縮約表現）

　＊です…助動詞：表示斷定（現在肯定形）

＊けど…助詞：表示前言

＊お…接頭辭：表示美化、鄭重

＊釣り…名詞：找零

＊だいじょうぶ…な形容詞：沒問題、沒事

＊です…助動詞：表示斷定（現在肯定形）

＊か…助詞：表示疑問

用法

搭乘計程車前先向司機確認能否找零的說法。

因為依規定，後座的人也必須繫安全帶，所以請您繫上。

後部座席でもシートベルトが義務付けられていますので、着用お願いします。

後部座席　で　も　シートベルト　が

囚為　　　　在　後座　也（是）安全帶

義務付けられて　います　ので　、

處於　被規定必須　的狀態

着用 [を]　お　願い　します　。

我拜託您　佩帶。

＊後部座席…名詞：後座

＊で…助詞：表示動作進行地點

＊も…助詞：表示並列

＊シートベルト…名詞：安全帶

＊が…助詞：表示焦點

＊義務付けられて…動詞：規定必須

　（義務付けます⇒受身形［義務付けられます］的て形）

＊います…補助動詞（動詞て形＋います：目前狀態）

＊ので…助詞：表示原因理由

＊着用…名詞：佩帶

＊［を］…助詞：表示動作作用對象（口語時可省略）

＊お…接頭辭：表示美化、鄭重

＊願い…動詞：拜託、祈願

　（願います⇒ます形除去［ます］）

＊します…動詞：做

　＊お＋動詞ます形除去［ます］＋します…謙讓表現：

　　（動作渉及對方的）［做］～

用法

計程車司機要求乘客繫上安全帶的說法。

請問有租車服務嗎？

レンタカーサービスはありますか。

レンタカー　サービス　は　あります　か。
↓　　　　　　　↓　　　　　　　↓　　　↓
租車　　　　　服務　　　　　有　　嗎？

* レンタカー…名詞：租車
* サービス…名詞：服務
* は…助詞：表示主題
* あります…動詞：有、在
* か…助詞：表示疑問

用法

在日本打算開車時，詢問是否有租車服務的說法。

我需要提出什麼證明身分的東西嗎？

何か身分を 証 明するものが必要ですか。

何か身分を証明するものが必要ですか。

什麼		證明	身分（的）	東西	是 需要的	嗎？

* 何…名詞（疑問詞）：什麼、任何
* か…助詞：表示不特定
* 身分…名詞：身分
* を…助詞：表示動作作用對象
* 証明する…動詞：證明（証明します⇒辭書形）
* もの…名詞：東西
* が…助詞：表示焦點
* 必要…な形容詞：必要、需要
* です…助動詞：表示斷定（現在肯定形）
* か…助詞：表示疑問

用法
辦理租借服務時，詢問是否需要身分證明文件的說法。

從這裡到東京鐵塔需要多久的時間？

ここから東京タワーまでどのくらい時間がかかりますか。

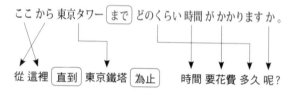

ここ から 東京タワー まで どのくらい 時間 が かかります か。

從 這裡 直到 東京鐵塔 為止 　 時間 要花費 多久 呢？

* ここ…名詞：這裡
* から…助詞：表示起點
* 東京タワー…（地名）東京鐵塔
  （使用時可替換為其他地名）
* まで…助詞：表示界限
* どのくらい…名詞（疑問詞）：多久、多少
* 時間…名詞：時間
* が…助詞：表示焦點
* かかります…動詞：花費
* か…助詞：表示疑問

用法
詢問到某處的所需時間的說法。

410

走路可以到嗎？

<ruby>歩<rt>ある</rt></ruby>いて<ruby>行<rt>い</rt></ruby>ける<ruby>距離<rt>きょり</rt></ruby>ですか。

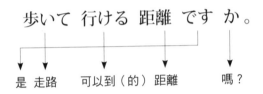

歩いて 行ける 距離 です か。

是 走路　可以到（的）距離　　　　嗎？

* 歩いて…動詞：走路（歩きます⇒て形）

* 行ける…動詞：去

　（行きます⇒可能形[行けます]的辭書形）

* 距離…名詞：距離

* です…助動詞：表示斷定（現在肯定形）

* か…助詞：表示疑問

用法

詢問目的地距離這裡，是否可以不依賴交通工具，步
行即能抵達的說法。

98高級汽油，請加滿。

ハイオク満<ruby>満<rt>まん</rt></ruby>タンでお<ruby>願<rt>ねが</rt></ruby>いします。

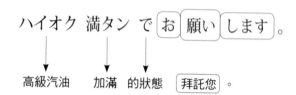

ハイオク 満タン で お 願い します 。

高級汽油　　加滿　的狀態　拜託您　。

＊ハイオク…名詞：高級汽油

＊満タン…名詞：加滿

＊で…助詞：表示樣態

＊お…接頭辭：表示美化、鄭重

＊願い…動詞：拜託、祈願

　（願います⇒ます形除去[ます]）

＊します…動詞：做

　＊お＋動詞ます形除去[ます]＋します…謙讓表現：

　　（動作涉及對方的）[做]～

用法

到加油站加油時的表達方式之一。

今天晚上還有空房嗎？

こんばん　　あ　　　　　　　　　　　へ　や
今晩、空いている部屋はありますか。

今晩、 空いて いる 部屋 はありますか。

今晩 處於 空置 狀態 （的）房間　有　嗎？

＊今晩…名詞：今晚

＊空いて…動詞：空（空きます⇒て形）

＊いる…補助動詞：（います⇒辭書形）

　＊動詞て形＋います：目前狀態

＊部屋…名詞：房間

＊は…助詞：表示對比（區別）

＊あります…動詞：有、在

＊か…助詞：表示疑問

用法

沒有事先預約，詢問是否有空房住宿的說法。

413

我想要住可以看到海的房間。

海が見える部屋に泊まりたいんですが。

海 が 見える 部屋 に 泊まり たい んです が。

看得見　海（的）房間　（我）想要　住。

* 海…名詞：海
* が…助詞：表示焦點
* 見える…動詞：看得見（見えます⇒辭書形）
* 部屋…名詞：房間
* に…助詞：表示動作歸著點
* 泊まり…動詞：住宿（泊まります⇒ます形除去[ます]）
* たい…助動詞：表示希望
  * お＋動詞ます形除去[ます]＋たい…想要[做]～
* んです…連語：ん＋です：表示強調
  * ん…形式名詞（の⇒縮約表現）
  * です…助動詞：表示斷定(現在肯定形)
* が…助詞：表示前言

用法

具體說明想住宿的房型的說法。

414

從那個房間能看到東京鐵塔嗎？

その部屋からは東京タワーが見えますか。

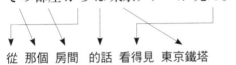

その 部屋 から は 東京タワー が 見えますか 。

從 那個 房間 的話 看得見 東京鐵塔　　　嗎？

* その…連體詞：那個
* 部屋…名詞：房間
* から…助詞：表示起點
* は…助詞：表示對比（區別）
* 東京タワー…（地名）東京鐵塔
　（使用時可替換為其他地名）
* が…助詞：表示焦點
* 見えます…動詞：看得見
* か…助詞：表示疑問

用法

住宿飯店時，想了解從房間可以看到什麼風景的說法。

可以換到別的房間嗎？

別の部屋に換わることはできますか。

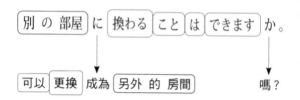

別 の 部屋 に 換わる こと は できます か。

可以 更換 成為 另外 的 房間　　　　　　嗎？

* 別…名詞：別的、另外
* の…助詞：表示所屬
* 部屋…名詞：房間
* に…助詞：表示變化結果
* 換わる…動詞：更換（換わります⇒辭書形）
* こと…形式名詞
* は…助詞：表示對比（區別）
* できます…動詞：可以、能夠、會（します⇒可能形）
* か…助詞：表示疑問

用法

住宿飯店或旅館時，想要更換房間的說法。

我想要多住一晚。

いっぱくえんちょう
一泊延長したいんですが。

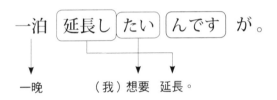

一泊　延長し　たい　んです　が。

↓　　　　　　　↓　　　　↓
一晚　　　　（我）想要　延長。

* 一泊…名詞：一晚
* 延長し…動詞：延長
  （延長します⇒ます形除去[ます]）
* たい…助動詞：表示希望
  * お＋動詞ます形除去[ます]＋たい…想要[做]～
* んです…連語：ん＋です：表示強調
  * ん…形式名詞（の⇒縮約表現）
  * です…助動詞：表示斷定(現在肯定形)
* が…助詞：表示前言

用法
想要延長住宿天數的說法。

我要再住一天，可以嗎？

もう一泊^{いっぱく}したいんですが、できますか。

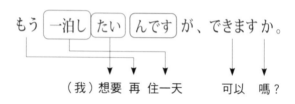

もう 一泊し たい んです が、できますか。

（我）想要 再 住一天 可以 嗎？

* もう…副詞：再
* 一泊し…動詞：住一天（一泊します⇒ます形除去[ます]）
* たい…助動詞：表示希望
* んです…連語：ん＋です：表示強調
    * ん…形式名詞（の⇒縮約表現）
    * です…助動詞：表示斷定(現在肯定形)
* が…助詞：表示前言
* できます…動詞：可以、能夠、會（します⇒可能形）
* か…助詞：表示疑問

用法

想要延長住宿天數的說法。意思同單元028的「一泊延長したいんですが。」（我想要多住一晚）。

我可以延長居住天數到後天嗎？

明後日まで滞在を延長することができ

ますか。

明後日 まで 滞在 を 延長する こと が できます か。

直到 後天 可以 延長 停留 嗎？

＊ 明後日…名詞：後天

＊ まで…助詞：表示界限

＊ 滞在…名詞：停留

＊ を…助詞：表示動作作用對象

＊ 延長する…動詞：延長（延長します⇒辭書形）

＊ こと…形式名詞

＊ が…助詞：表示焦點

＊ できます…動詞：可以、能夠、會（します⇒可能形）

＊ か…助詞：表示疑問

用法

變更行程，想在同一家飯店多住宿幾天的說法。

我想借熨斗和燙衣板。

アイロンとアイロン台（だい）を借（か）りられますか。

アイロン と アイロン台 を 借りられますか。

可以借入 熨斗 和 燙衣板　　　　　　　　　嗎？

＊ アイロン…名詞：熨斗
＊ と…助詞：表示並列
＊ アイロン台…名詞：燙衣板
＊ を…助詞：表示動作作用對象
＊ 借りられます…動詞：借入（借ります⇒可能形）
＊ か…助詞：表示疑問

用法
住宿飯店或旅館時，想要借用物品的說法。

我想要使用保險箱。

セーフティーボックスを使^{つか}いたいんですが。

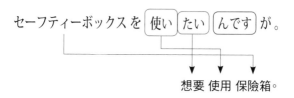

想要 使用 保險箱。

* セーフティーボックス…名詞：保險箱
* を…助詞：表示動作作用對象
* 使い…動詞：使用（使います⇒ます形除去[ます]）
* たい…助動詞：表示希望
    * お＋動詞ます形除去[ます]＋たい…想要[做]～
* んです…連語：ん＋です：表示強調
    * ん…形式名詞（の⇒縮約表現）
    * です…助動詞：表示斷定(現在肯定形)
* が…助詞：表示前言

用法

表示想要使用保險箱保管貴重物品的說法。

有送洗的服務嗎？

クリーニングのサービスがありますか。

クリーニング の サービス が あります か。

洗衣服 的 服務 有 嗎？

* クリーニング…名詞：洗衣服
* の…助詞：表示所屬
* サービス…名詞：服務
* が…助詞：表示焦點
* あります…動詞：有、在
* か…助詞：表示疑問

用法
確認飯店是否有衣物送洗服務的說法。

麻煩明天早上八點叫我起床好嗎？

明日 8 時にモーニングコールをお願いで
<ruby>明日<rt>あした</rt></ruby> <ruby>8時<rt>はちじ</rt></ruby> <ruby>願<rt>ねが</rt></ruby>

きますか。

明日 8時 に モーニングコール を お 願い できます か。

↓　↓　　↓　　　　　　　　　　　　　　　↓

明天 八點　叫我起床　　可以拜託您　　　嗎？

＊ 明日…名詞：明天

＊ 8時…名詞：八點

＊ に…助詞：表示動作進行時點

＊ モーニングコール…名詞：叫我起床

＊ を…助詞：表示動作作用對象

＊ お…接頭辭：表示美化、鄭重

＊ 願い…動詞：拜託、祈願（願います⇒ます形除去[ます]）

＊ できます…動詞：可以、能夠、會（します⇒可能形）

　＊ お＋動詞ます形除去[ます]＋します…謙讓表現：
　　（動作涉及對方的）[做]～

＊ か…助詞：表示疑問

用法

希望飯店明天早晨提供喚醒服務的說法。

可以請你幫我保管行李到七點嗎？

<ruby>7<rt>しち</rt></ruby>時まで<ruby>荷物<rt>にもつ</rt></ruby>を<ruby>預<rt>あず</rt></ruby>かってもらえますか。

7時 まで 荷物 を ｜預かって｜ ｜もらえます｜ か。

｜可以請你為我｜ ｜保管｜ 行李 直到 七點 嗎？

* 7時…名詞：七點
* まで…助詞：表示界限
* 荷物…助詞：表示動作進行時點
* を…助詞：表示動作作用對象
* 預かって…動詞：替別人保管（預かります⇒て形）
* もらえます…補助動詞：（もらいます⇒可能形）
   * 動詞て形＋もらいます：請您（為我）[做]～
* か…助詞：表示疑問

用法

麻煩飯店人員暫時幫忙保管行李的說法。

我把鑰匙忘在房間了…。

部屋にかぎを忘れて出てしまったんですが…。

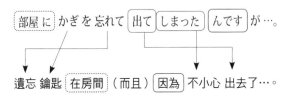

遺忘　鑰匙　在房間　（而且）　因為　不小心　出去了…。

* 部屋…名詞：房間
* に…助詞：表示歸著點
* かぎ…名詞：鑰匙
* を…助詞：表示動作作用對象
* 忘れて…動詞：忘記（忘れます⇒て形）
  （て形表示附帶狀況）
* 出て…動詞：出去（出ます⇒て形）
* しまった…補助動詞（しまいます⇒た形）
  * 動詞て形＋しまいます：（無法挽回的）遺憾
* んです…連語：ん＋です：表示理由
  * ん…形式名詞（の⇒縮約表現）
  * です…助動詞：表示斷定（現在肯定形）
* が…助詞：表示前言

用法
離開時將鑰匙遺留在房內，導致無法進入時的說法。

空調沒有運轉…。

エアコンが動^{うご}かないんですが。

エアコン が 動かない んです が 。

空調　　因為　沒有運轉 。

* エアコン…名詞：空調
* が…助詞：表示主格
* 動かない…動詞：動、運轉（動きます⇒ない形）
* んです…連語：ん＋です：表示理由
   * ん…形式名詞（の⇒縮約表現）
   * です…助動詞：表示斷定(現在肯定形)
* が…助詞：表示前言

用法
向飯店人員反應空調出狀況，沒有運轉。

蓮蓬頭的熱水都不熱…。

シャワーのお湯が熱くならないんですが…。

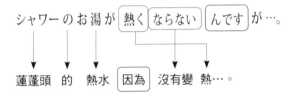

シャワーのお湯が 熱く ならない んです が…。

蓮蓬頭 的 熱水 因為 沒有變 熱…。

* シャワー…名詞：蓮蓬頭
* の…助詞：表示所屬
* お…接頭辭：表示美化、鄭重
* 湯…名詞：熱水
* が…助詞：表示主格
* 熱く…い形容詞：燙、熱（熱い⇒副詞用法）
* ならない…動詞：變（なります⇒ない形）
* んです…連語：ん＋です：表示理由
  * ん…形式名詞（の⇒縮約表現）
  * です…助動詞：表示斷定(現在肯定形)
* が…助詞：表示前言

用法

向飯店人員反應房內設備出狀況的說法。

427

我要預約明天晚上六點半兩位。

あした ばん ろくじ はん にめい よやく
明日の晩、6時半に2名の予約をした
いんですが。

明日の晩、6時半に2名の予約を

↓　　　↓　↓　　　　↓　　　↓　↓　　↓

明天 的 晚上　　六點半　　兩個人 的 預約

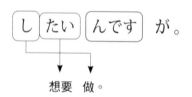

| した | たい | んです |　が。

↓　　↓

想要　做。

＊明日…名詞：明天

＊の…助詞：表示所屬

＊晩…名詞：晚上

＊６時半…名詞：六點半

＊に…助詞：表示動作進行時點

＊２名…名詞：兩個人

＊の…助詞：表示所屬

＊予約…名詞：預約

＊を…助詞：表示動作作用對象

＊し…動詞：做（します⇒ます形除去[ます]）

＊たい…助動詞：表示希望

　　＊お＋動詞ます形除去[ます]＋たい…想要[做]～

＊んです…連語：ん＋です：表示強調

　　＊ん…形式名詞（の⇒縮約表現）

　　＊です…助動詞：表示斷定(現在肯定形)

＊が…助詞：表示前言

用法

想要預約餐廳座位的說法。

我想要相連的位子。

<ruby>並<rt>なら</rt></ruby>んだ<ruby>席<rt>せき</rt></ruby>を<ruby>取<rt>と</rt></ruby>りたいのですが。

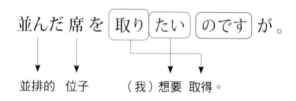

並んだ 席 を 取り たい のです が 。

並排的　位子　　　（我）想要 取得。

* 並んだ…動詞：排列（並びます⇒た形）
* 席…名詞：位子
* を…助詞：表示動作作用對象
* 取り…動詞：取得（取ります⇒ます形除去[ます]）
* たい…助動詞：表示希望
  * お＋動詞ます形除去[ます]＋たい…想要[做]〜
* のです…連語：の＋です＝んです：表示強調
  * の…形式名詞
  * です…助動詞：表示斷定（現在肯定形）
* が…助詞：表示前言

用法
預約座位時，希望安排相連座位的說法。

我是已經有預約的王某某。

予_よ約_{やく}した王_{おう}ですが。

予約した　王　です　が。

　是　已經預約的　王。

* 予約した…動詞：預約（予約します⇒た形）
* 王…（姓氏）王（使用時可替換為其他姓氏）
* です…助動詞：表示斷定（現在肯定形）
* が…助詞：表示前言

用法

來到事前預約好的商家時這樣說，對方就會為你服務。

我可以取消預約嗎？

予約をキャンセルしたいんですが、できますか。

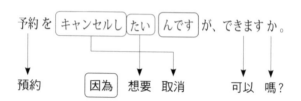

予約を ［キャンセルし］［たい］［んです］が、できますか。

預約　　　　　　因為　想要　取消　　　　　可以　嗎？

* 予約…名詞：預約
* を…助詞：表示動作作用對象
* キャンセルし…動詞：取消
　（キャンセルします⇒ます形除去[ます]）
* たい…助動詞：表示希望
　* お＋動詞ます形除去[ます]＋たい：想要[做]～
* んです…連語：ん＋です：表示理由
　* ん…形式名詞（の⇒縮約表現）
　* です…助動詞：表示斷定(現在肯定形)
* が…助詞：表示前言
* できます…動詞：可以、能夠、會（します⇒可能形）
* か…助詞：表示疑問

用法

情況有變想要取消預約的說法。預約後如果無法如期
前往，一定要事先聯絡商家，才不會造成對方的困擾。

哪一帶的餐廳比較多呢？

レストランが多いのはどの辺ですか。

レストラン が　多い　の　は どの辺 です か。

餐廳　　　　　　多的 地方 是 哪一帶　　　呢？

＊レストラン…名詞：餐廳

＊が…助詞：表示焦點

＊多い…い形容詞：很多

＊の…形式名詞：代替名詞

＊は…助詞：表示主題

＊どの辺…名詞（疑問詞）：哪邊、哪一帶

＊です…助動詞：表示斷定（現在肯定形）

＊か…助詞：表示疑問

用法

詢問哪一帶餐廳比較多的說法。

433

這附近有沒有平價一點的餐廳？

近_{ちか}くにそれほど高_{たか}くないレストランが
ありますか。

近くに　それ　ほど　高くない　レストラン　が　あります　か。

附近　沒有　像　那個　那麼　貴的　餐廳　有　嗎？

＊近く…名詞：附近
＊に…助詞：表示存在位置
＊それ…名詞：那個
＊ほど…助詞：表示程度
＊高くない…い形容詞：貴、高（高い⇒現在否定形-くない）
＊レストラン…名詞：餐廳
＊が…助詞：表示焦點
＊あります…動詞：有、在
＊か…助詞：表示疑問

用法

來到陌生的景點，詢問附近是否有平價餐廳的說法。

這附近有中式餐廳嗎？

この辺に 中華料理のレストランは
ありませんか。

この辺に 中華料理 の レストラン は ありません か。

在 這附近 中華料理 的　　餐廳　　　　沒有　嗎？

* この辺…名詞：這附近
* に…助詞：表示存在位置
* 中華料理…名詞：中華料理（使用時可替換為其他料理）
* の…助詞：表示所屬
* レストラン…名詞：餐廳
* は…助詞：表示對比（區別）
* ありません…動詞：有、在（あります⇒現在否定形）
* か…助詞：表示疑問

用法
鎖定料理的種類，詢問附近是否有該類餐廳的說法。

在哪裡可以吃到平價的日本料理呢？

手ごろな値段で食べられる日本 食 の
お店がありますか。

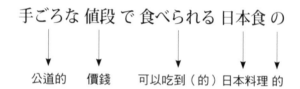

手ごろな 値段 で 食べられる 日本食 の

公道的　　價錢　　可以吃到（的）日本料理 的

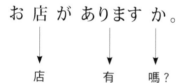

お 店 が あります か。

店　　　　　　有　　　嗎？

＊ 手ごろな…形容詞：公道、合適（名詞接續用法）

＊ 値段…名詞：價錢

＊ で…助詞：表示言及範圍

＊ 食べられる…動詞：吃

（食べます⇒可能形[食べられます]的辭書形）

＊ 日本食…名詞：日本料理

＊ の…助詞：表示所屬

＊ お…接頭辭：表示美化、鄭重

＊ 店…名詞：店

＊ が…助詞：表示焦點

＊ あります…動詞：有、在

＊ か…助詞：表示疑問

用法

詢問平價的日本料理餐廳地點的說法。

請問您要內用還是外帶？

こちらでお召し上がりですか。それとも
お持ち帰りですか。

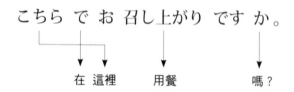

こちら で お 召し上がり です か。

在 這裡　　　用餐　　　　　　嗎？

それとも お 持ち帰り です か。

還是　　　帶回去　　　　　呢？

＊こちら…名詞：這裡

＊で…助詞：表示動作進行地點

＊お…接頭辭：表示美化、鄭重

＊召し上がり…動詞：吃、喝

（召し上がります⇒ます形除去[ます]）

＊です…助動詞：表示斷定（現在肯定形）

＊か…助詞：表示疑問

　＊お＋動詞ます形除去[ます]＋ですか…尊敬表現：
　　現在的狀態

＊それとも…接續詞：還是（二選一）

＊お…接頭辭：表示美化、鄭重

＊持ち帰り…動詞：帶回

（持ち帰ります⇒ます形除去[ます]）

＊です…助動詞：表示斷定（現在肯定形）

＊か…助詞：表示疑問

用法

點餐時，服務生確認要「店內用餐」或「外帶」的說
法。

要等多久呢？

どのくらい待ちますか。

どのくらい	待ちます	か。
要等待	多久	呢？

* どのくらい…名詞（疑問詞）：多久、多少
* 待ちます…動詞：等待
* か…助詞：表示疑問

用法

用餐或其他場合因為客滿而需要等候時，詢問要等多久才會輪到自己的說法。

我要非吸菸區的座位。　禁煙席をお願いします。
<small>きんえんせき　　ねが</small>

禁煙席 を お 願い します 。

拜託您 （給我）禁菸座位。

＊禁煙席…名詞：禁菸座位
＊を…助詞：表示動作作用對象
＊お…接頭辭：表示美化、鄭重
＊願い…動詞：拜託、祈願（願います⇒ます形除去[ます]）
＊します…動詞：做
　＊お+動詞ます形除去[ます]+します…謙讓表現：
　　（動作涉及對方的）[做]～

用法　希望使用非吸菸區座位的說法。

人數是兩大一小。　大人二人子供一人です。
<small>おとなふたりこどもひとり</small>

大人　二人　子供　一人　です。

是 大人　兩個人　小孩　一個人。

＊大人…名詞：大人　　＊二人…名詞：兩個人
＊子供…名詞：小孩　　＊一人…名詞：一個人
＊です…助動詞：表示斷定（現在肯定形）

用法　在餐廳、電影院等表示自己的同行人數的說法。

今天的推薦菜單是什麼？

<ruby>今日<rt>きょう</rt></ruby>のおすすめメニューは<ruby>何<rt>なん</rt></ruby>ですか。

今日 の おすすめ メニュー は 何 です か。

今天　的　推薦　　　菜單　是　什麼　　呢？

* 今日…名詞：今天

* の…助詞：表示所屬

* おすすめ…名詞：推薦

* メニュー…名詞：菜單

* は…助詞：表示主題

* 何…名詞（疑問詞）：什麼、任何

* です…助動詞：表示斷定（現在肯定形）

* か…助詞：表示疑問

用法

請服務生推薦好吃的餐點的說法。

有沒有什麼本地菜呢？

何か 郷土料理はありますか。

何　か　郷土料理　は　あります　か。

什麼　不特定（的）本地菜　　　　有　　　嗎？

* 何…名詞（疑問詞）：什麼、任何
* か…助詞：表示不特定
* 郷土料理…名詞：本地菜
* は…助詞：表示對比（區別）
* あります…動詞：有、在
* か…助詞：表示疑問

用法
詢問是否有當地限定的特殊食材料理的說法。

有沒有比較推薦的輕食類的東西？

<ruby>軽<rt>かる</rt></ruby>いものでおすすめはありませんか。

軽い もの で おすすめ は ありません か。

份量不多的 東西　推薦食物　　　沒有　　嗎？

* 軽い…い形容詞：份量不多
* もの…名詞：東西
* で…助詞：表示言及範圍
* おすすめ…名詞：推薦
* は…助詞：表示對比（區別）
* ありません…動詞：有、在（あります⇒現在否定形）
* か…助詞：表示疑問

用法

肚子不是很餓，但是想點些東西來吃時，可以這樣詢問服務生。

有兒童菜單嗎？

子供向けのメニューはありますか。

子供	向け	の	メニュー	は	あります	か。
針對	兒童	的	菜單		有	嗎？

＊ 子供…名詞：小孩

＊ 向け…接尾辭：針對

＊ の…助詞：表示所屬

＊ メニュー…名詞：菜單

＊ は…助詞：表示對比（區別）

＊ あります…動詞：有、在

＊ か…助詞：表示疑問

用法
詢問是否有專門為兒童準備的餐點的說法。

這道菜裡面，有什麼東西呢？

この 料理の中には何が入っていますか。

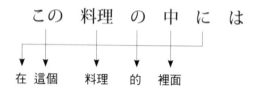

この　料理　の　中　に　は

在　這個　　料理　　的　　裡面

何　が　入って　います　か。

什麼東西　　　是有放進去的　　呢？

＊ この…連體詞：這個

＊ 料理…名詞：料理

＊ の…助詞：表示所在

＊ 中…名詞：裡面

＊ に…助詞：表示存在位置

＊ は…助詞：表示主題

＊ 何…名詞（疑問詞）：什麼、任何

＊ が…助詞：表示主格

＊ 入って…動詞：進入、進去（入ります⇒て形）

＊ います…補助動詞

　　＊ 動詞て形＋います：目前狀態

＊ か…助詞：表示疑問

用法

確認料理所使用的食材的說法。

這道菜有使用牛肉嗎？

この 料理には 牛肉が 使われていますか。
（りょうり）（ぎゅうにく）（つか）

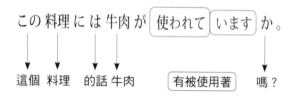

この 料理 に は 牛肉 が 使われて います か。

這個 料理 的話 牛肉 有被使用著 嗎？

* この…連體詞：這個
* 料理…名詞：料理
* に…助詞：表示存在位置
* は…助詞：表示對比（區別）
* 牛肉…名詞：牛肉
* が…助詞：表示焦點
* 使われて…動詞：使用
　（使います⇒受身形[使われます]的て形）
* います…補助動詞
　* 動詞て形＋います：目前狀態
* か…助詞：表示疑問

用法
事先確認是否有自己不能吃的食材的說法。

總共點餐以上這些東西。

<ruby>注<rt>ちゅう</rt></ruby><ruby>文<rt>もん</rt></ruby>は<ruby>以<rt>い</rt></ruby><ruby>上<rt>じょう</rt></ruby>です。

注文　は　以上　です　。

↓　　↓　　↓

點餐　是　　以上（這些東西）。

* 注文…名詞：點餐

* は…助詞：表示主題

* 以上…名詞：以上、完畢

* です…助動詞：表示斷定（現在肯定形）

用法

點完所有想點的餐點後的總結說法。

那，就先給我啤酒好了。

とりあえずビールください。

とりあえず　ビール [を]　ください。

　↓　　　　　　　　　　　　　　↓　　↓

　總之　　　　　　　　　　請給我 啤酒。

* とりあえず…副詞：姑且、總之
* ビール…名詞：啤酒
* [を]…助詞：表示動作作用對象（口語時可省略）
* ください…補助動詞：請
　（くださいます⇒命令形[くださいませ] 除去[ませ]）
　* 名詞＋を＋ください：請給我～

用法
在居酒屋等場所要先點啤酒的說法。

麻煩你，我要去冰。

こおり ぬ　　　ねが
氷 抜きでお願いします。

氷抜き　で　お　願い　します　。

↓　　　　↓
去冰　　狀態　　拜託您　。

* 氷抜き…名詞：去冰
* で…助詞：表示樣態
* お…接頭辭：表示美化、鄭重
* 願い…動詞：拜託、祈願
  （願います⇒ます形除去[ます]）
* します…動詞：做
  * お＋動詞ます形除去[ます]＋します…謙讓表現：
    （動作涉及對方的）[做]〜

用法
點冷飲時，不想要加冰塊的說法。

451

份量可以少一點嗎？

^{すく}
少なめにしてもらえますか。

* 少なめ…名詞：少一些（い形容詞[少ない]的名詞化）
* に…助詞：表示決定結果
* して…動詞：做（します⇒て形）
* もらえます…補助動詞：（もらいます⇒可能形）
    * 動詞て形＋もらいます：請您（為我）[做]～
* か…助詞：表示疑問

用法

希望餐點減少份量的說法。「份量可以多一點嗎？」是「多（おお）めにしてもらえますか。」。「份量可以減半嗎？」是「半分（はんぶん）にしてもらえますか。」。

452

這不是我點的東西。

これ、私（わたし）の注文（ちゅうもん）したものではありません。

これ、私の注文した もの ではありません。

這個　不是　我　　點購的　　東西。

＊これ…名詞：這個

＊私…名詞：我

＊の…助詞：表示主格（の＝が）

＊注文した…動詞：訂、點（菜）（注文します⇒た形）

＊もの…名詞：東西

＊ではありません…連語：表示否定（現在否定形）

用法

服務生送上來的餐點跟自己所點的不一樣時的說法。

我點的菜還沒有來耶。

注文した 料理がまだ来ないんですが…。

注文した 料理 が まだ ｜来ない｜ ｜んです｜ が …。

點購的　　料理　　　還　　　沒來。

* 注文した…動詞：訂、點（菜）（注文します⇒た形）
* 料理…名詞：料理
* が…助詞：表示主格
* まだ…副詞：還、尚未
* 来ない…動詞：來（来ます⇒ない形）
* んです…連語：ん＋です：表示強調
    * ん…形式名詞（の⇒縮約表現）
    * です…助動詞：表示斷定（現在肯定形）
* が…助詞：表示前言

用法
所點的餐點遲遲沒有送來時，可以向服務生這樣反應。

這道菜好像有點不熟的樣子…。

この 料理、生焼けっぽいんですが…。
りょうり　なまや

この 料理 、 生焼け っぽい んです が …。

↓　　↓　　　　　↓　　↓

這個　料理　　　　有點　不熟…。

* この…連體詞：這個
* 料理…名詞：料理
* 生焼け…名詞：未烤熟（的食品）
* っぽい…接尾辭：好像、有點、容易〜
* んです…連語：ん＋です：表示強調
　* ん…形式名詞（の⇒縮約表現）
　* です…助動詞：表示斷定（現在肯定形）
* が…助詞：表示前言

用法
送來的餐點沒有完全煮熟時，可以向服務生這樣反應。

可以稍微再煮熟一點嗎？

もうちょっと火を通してください。

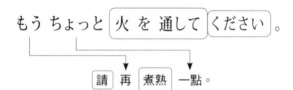

もう ちょっと 火 を 通して ください。

請 再 煮熟 一點。

* もう…副詞：再～一些
* ちょっと…副詞：一下、有點、稍微
* 火を通して…連語：弄熟、烤熟、煮熟
  （火を通します⇒て形）
* ください…補助動詞：請
  （くださいます⇒命令形[くださいませ]除去[ませ]）
  * 動詞て形＋ください：請[做]～

用法

請餐廳將餐點再煮熟一點的說法。

不好意思，可以幫我換盤子嗎？

すみません、お皿を取り換えてもらえますか。

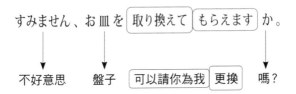

すみません、お皿を 取り換えて もらえます か。

不好意思　　盤子　可以請你為我 更換　　嗎？

* すみません…招呼用語：對不起、不好意思
* お…接頭辭：表示美化、鄭重
* 皿…名詞：盤子
* を…助詞：表示動作作用對象
* 取り換えて…動詞：更換（取り換えます⇒て形）
* もらえます…補助動詞：（もらいます⇒可能形）
* か…助詞：表示疑問
  * 動詞て形＋もらいます：請您（為我）[做]～

用法
希望服務生更換為乾淨的餐盤的說法。

能不能幫我把盤子收走？

お皿を下げていただけませんか。

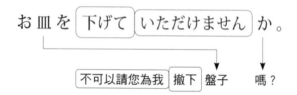

* お…接頭辭：表示美化、鄭重
* 皿…名詞：盤子
* を…助詞：表示動作作用對象
* 下げて…動詞：撤下（下げます⇒て形）
* いただけません…補助動詞：
  （いただきます⇒可能形[いただけます]的現在否定形）
  * 動詞て形＋いただきます…謙讓表現：
    請您（為我）[做]〜
* か…助詞：表示疑問

用法

用餐時，請服務生收走不需要的餐盤的說法。

咖啡可以續杯嗎？

コーヒーのおかわりをいただけますか。

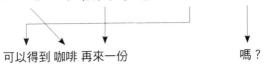

コーヒー の おかわり を いただけます か 。

可以得到 咖啡 再來一份　　　　　　　　嗎？

* コーヒー…名詞：咖啡
* の…助詞：表示所屬
* おかわり…名詞：再來一份
* を…助詞：表示動作作用對象
* いただけます…動詞：得到、收到
   （いただきます⇒可能形）（もらいます的謙讓語）
* か…助詞：表示疑問

用法
咖啡等飲料想要續杯的說法。

459

可以給我一個外帶的袋子嗎？

持ち帰り袋をいただけますか。

持ち帰り袋 を いただけます か。

可以得到　外帶的袋子　　　　　　　　　嗎？

＊持ち帰り袋…名詞：外帶的袋子

＊を…助詞：表示動作作用對象

＊いただけます…動詞：得到、收到

　（いただきます⇒可能形）（もらいます的謙讓語）

＊か…助詞：表示疑問

用法
在餐廳或速食店用餐，想要打包吃不完的食物的說法。

不好意思，能不能請你再快一點？

すみませんが、急^{いそ}いでもらえますか。

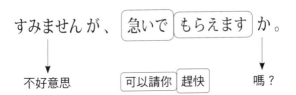

* すみません…招呼用語：對不起、不好意思
* が…助詞：表示前言
* 急いで…動詞：急、趕快（急ぎます⇒て形）
* もらえます…補助動詞：（もらいます⇒可能形）
    * 動詞て形＋もらいます：請您（為我）[做]～
* か…助詞：表示疑問

用法
已經沒有時間了，希望對方能夠快一點的說法。

我只是看看而已，謝謝。

見_みてるだけです。ありがとう。

| 見て | [い]る | だけ | です | 。 | ありがとう。 |
| | | 只 | 是 | 看著 | 謝謝。 |

* 見て…動詞：看（見ます⇒て形）
* [い]る…補助動詞：（います⇒辭書形）
　（口語時可省略い）
　* 動詞て形＋います：目前狀態
* だけ…助詞：只是～而已、只有
* です…助動詞：表示斷定（現在肯定形）
* ありがとう…招呼用語：謝謝

用法

在百貨公司等賣場，遇到店員前來招呼時，回應「只是看看而已」的說法。

我的預算是兩萬日圓。

よ さん　　に まんえん
予算は２万円なんですが…。

予算は　２万円な　んです　が…。

↓　　　　　　　　↓

預算　　　　　　　是兩萬日圓…。

* 予算…名詞：預算
* は…助詞：表示主題
* ２万円な…２万円＋な
    * ２万円…名詞：兩萬日圓
    * な…助動詞「だ」（表示斷定）⇒名詞接續用法
* んです…連語：ん＋です：表示強調
    * ん…形式名詞（の⇒縮約表現）
    * です…助動詞：表示斷定（現在肯定形）
* が…助詞：表示前言

用法
店員協助介紹商品前，事先說明自己的預算的說法。

我想要買暈車藥。

酔<ruby>い</ruby>止<ruby>め</ruby>の<ruby>薬</ruby>を買<ruby>い</ruby>たいんですが。

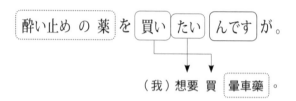

＊酔い止め…名詞：暈車藥
＊の…助詞：表示所屬
＊薬…名詞：藥
＊を…助詞：表示動作作用對象
＊買い…動詞：購買（買います⇒ます形除去[ます]）
＊たい…助動詞：表示希望
　＊お＋動詞ます形除去[ます]＋たい：想要[做]～
＊んです…連語：ん＋です：表示強調
　＊ん…形式名詞（の⇒縮約表現）
　＊です…助動詞：表示斷定（現在肯定形）
＊が…助詞：表示前言

用法

為了避免暈車，到藥局買暈車藥時的說法。

我正在找要送給朋友的紀念品（名產）。

ともだち　　　　　みやげ　さが
友達へのお土産を探しています。

友達 へ の お 土産 を ［探して］［います］。

給 朋友　的　　紀念品　（我）［正在］［找］。

＊友達…名詞：朋友

＊へ…助詞：表示移動方向

＊の…助詞：表示所屬

＊お…接頭辭：表示美化、鄭重

＊土產…名詞：紀念品

＊を…助詞：表示動作作用對象

＊探して…動詞：找（探します⇒て形）

＊います…補助動詞

　＊動詞て形＋います：正在[做]～

用法

向店家說明自己想要買什麼東西的說法。

有沒有當地才有的名產呢？

地域限定のお土産はありませんか。
（ちいきげんてい）（みやげ）

地域 限定 の お 土産 は ありません か。

| 地區 | 限定 | 的 | 名產 | 沒有 | 嗎？ |

* 地域…名詞：地區
* 限定…名詞：限定
* の…助詞：表示所屬
* お…接頭辭：表示美化、鄭重
* 土産…名詞：紀念品
* は…助詞：表示對比（區別）
* ありません…動詞：有、在（あります⇒現在否定形）
* か…助詞：表示疑問

用法
詢問是否有當地限定的特產的說法。

這是哪一國製的?

これはどこ製ですか。

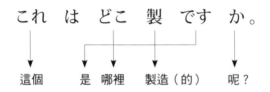

これ	は	どこ	製	です	か。
↓		↓	↓		↓
這個	是	哪裡	製造（的）		呢？

＊これ…名詞：這個

＊は…助詞：表示主題

＊どこ…名詞（疑問詞）：哪裡

＊製…接尾辭：～製造

＊です…助動詞：表示斷定（現在肯定形）

＊か…助詞：表示疑問

用法

詢問產品的原產國的說法。

有沒有別的顏色？

<ruby>他<rt>ほか</rt></ruby>の<ruby>色<rt>いろ</rt></ruby>はありませんか。

他	の	色	は	ありません	か。
其他	的	顏色		沒有	嗎？

* 他…名詞：其他
* の…助詞：表示所屬
* 色…名詞：顏色
* は…助詞：表示對比（區別）
* ありません…動詞：有、在（あります⇒現在否定形）
* か…助詞：表示疑問

用法

購買電器產品或衣服時，詢問是否有其他顏色的說法。

這個可以試穿嗎？

これ試着してもいいですか。

* これ…名詞：這個
* [を]…助詞：表示動作作用對象（口語時可省略）
* 試着して…動詞：試穿（試着します⇒て形）
* も…助詞：表示逆接
  * 動詞て形＋も：即使～，也～
* いい…い形容詞：好、良好
* です…助動詞：表示斷定（現在肯定形）
* か…助詞：表示疑問

用法
想要試穿確認尺寸是否適合的說法。

尺寸有點不合，太大了。

ちょっとサイズが合（あ）いません。大（おお）きすぎます。

ちょっと サイズ が 合いません。　大き　すぎます。

尺寸　有點　不合適。　　　　太　大。

* ちょっと…副詞：一下、有點、稍微
* サイズ…名詞：尺寸
* が…助詞：表示焦點
* 合いません…動詞：合適（合います⇒現在否定形）
* 大き…い形容詞：大（大きい除去[い]）
* すぎます…後項動詞：太～、過於～

用法
試穿後告訴店員尺寸太大的說法。

褲腳可以幫我弄短一點嗎？

すそ　つ
裾を詰めてもらえますか。

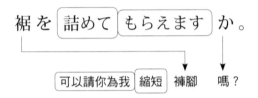

裾 を [詰めて] [もらえます] か 。

[可以請你為我] [縮短] 褲腳　嗎？

* 裾…名詞：褲腳
* を…助詞：表示動作作用對象
* 詰めて…動詞：縮短（詰めます⇒て形）
* もらえます…補助動詞：（もらいます⇒可能形）
* か…助詞：表示疑問
  * 動詞て形＋もらいます：請您（為我）[做]～

用法
購買長褲或裙子後，請店家將長度改短的說法。

471

這兩個價格為什麼差這麼多？

これとこれは何（なん）でこんなに値段（ねだん）が違（ちが）うんですか。

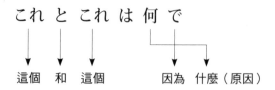

これ　と　これ　は　何　で

這個　　和　　這個　　　　因為　什麼（原因）

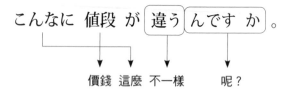

こんなに　値段　が　違う　んです　か 。

價錢　這麼　不一樣　　　呢？

* これ…名詞：這個

* と…助詞：表示並列

* これ…名詞：這個

* は…助詞：表示主題

* 何…名詞（疑問詞）：什麼、任何

* で…助詞：表示原因

* こんなに…副詞：這麼

* 値段…名詞：價錢

* が…助詞：表示焦點

* 違う…動詞：不一樣、不對（違います⇒辭書形）

* んです…連語：ん＋です

　　* ん…形式名詞（の⇒縮約表現）

　　* です…助動詞：表示斷定（現在肯定形）

* か…助詞：表示疑問

　　* ～んですか：關心好奇、期待回答

用法
兩個商品明明外觀類似，但價格卻差異極大時提出疑問的說法。

我要買這個。

これください。

これ　[を]　ください　。

請給我　這個。

* これ…名詞：這個
* [を]…助詞：表示動作作用對象（口語時可省略）
* ください…補助動詞：請
  （くださいます⇒命令形[くださいませ]除去[ませ]）
  * 名詞＋を＋ください：請給我～

用法

逛街時說「これください」就等於「これを買（か）います」（我要買這個）的意思。

筆記頁

空白一頁，讓你記錄學習心得，
也讓下一個單元能以跨頁呈現，方便於對照閱讀。

觀光客購買可以免税嗎？

<ruby>観光客<rt>かんこうきゃく</rt></ruby>なんですけど、これは<ruby>免税<rt>めんぜい</rt></ruby>で<ruby>買<rt>か</rt></ruby>えますか。

觀光客な んです けど、

因為是 觀光客，

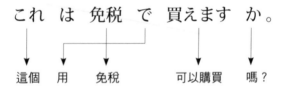

これ は 免税 で 買えます か。

這個　用　免税　　可以購買　嗎？

＊観光客な…観光客＋な

　＊観光客…名詞：觀光客

　＊な…助動詞「だ」（表示斷定）⇒名詞接續用法

＊んです…連語：ん＋です：表示理由

　＊ん…形式名詞（の⇒縮約表現）

　＊です…助動詞：表示斷定（現在肯定形）

＊けど…助詞：表示前言

＊これ…名詞：這個

＊は…助詞：表示主題

＊免税…名詞：免税

＊で…助詞：表示手段、方法

＊買えます…動詞：買（買います⇒可能形）

＊か…助詞：表示疑問

用法

在日本購物時，外國觀光客有時候享有免税服務，可以用這句話詢問店員。

能不能再便宜一點？

もう少し安くなりませんか。

もう　少し　安く　なりません　か。

不要變成　再　便宜　一點點　　　嗎？

* もう…副詞：再〜一些
* 少し…副詞：一點點
* 安く…い形容詞：便宜（安い⇒副詞用法）
* なりません…動詞：變成（なります⇒現在否定形）
* か…助詞：表示疑問

用法
希望價格能便宜一些的交涉說法。

我想要辦一張集點卡。

ポイントカードを作_{つく}りたいんですが。

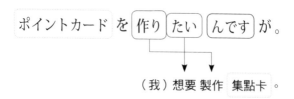

（我）想要 製作 集點卡 。

＊ ポイントカード…名詞：集點卡

＊ を…助詞：表示動作作用對象

＊ 作り…動詞：製作（作ります⇒ます形除去[ます]）

＊ たい…助動詞：表示希望

　＊ お＋動詞ます形除去[ます]＋たい：想要[做]～

＊ んです…連語：ん＋です：表示強調

　＊ ん…形式名詞（の⇒縮約表現）

　＊ です…助動詞：表示斷定（現在肯定形）

＊ が…助詞：表示前言

用法

想要申辦商店各別發行的集點卡的說法。

可以寄送到海外嗎？

<ruby>海外<rt>かいがい</rt></ruby>へ<ruby>発送<rt>はっそう</rt></ruby>できますか。

海外　　へ　　発送できます　　か。

可以寄送　到　海外　嗎？

* 海外…名詞：海外
* へ…助詞：表示移動方向
* 発送できます…動詞：寄送（発送します⇒可能形）
* か…助詞：表示疑問

用法

確認商品是否可以寄送到海外的說法。

可以用貨到付款寄送嗎？

_{ちゃくばら}　　　　　_{おく}
着 払いで送れますか。

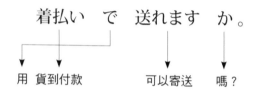

着払い　　で　　送れます　　か。

用 貨到付款　　　　　可以寄送　　嗎？

＊着払い…名詞：貨到付款

＊で…助詞：表示手段、方法

＊送れます…動詞：寄送（送ります⇒可能形）

＊か…助詞：表示疑問

用法

確認是否可以採取「收到商品再付款」的貨到付款方式寄送的說法。

可以幫我包裝成送禮用的嗎？

プレゼント用にラッピングしてもらえますか。

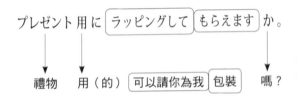

プレゼント 用 に ラッピングして もらえます か。

礼物　　用（的）　可以請你為我 包裝　　嗎？

* プレゼント…名詞：禮物
* 用…接尾辭：〜用、供〜使用
* に…助詞：表示目的
* ラッピングして…動詞：包裝
　（ラッピングします⇒て形）
* もらえます…補助動詞：（もらいます⇒可能形）
　＊ 動詞て形＋もらいます：請您（為我）[做]〜
* か…助詞：表示疑問

用法

麻煩店員將購買的商品包裝成禮物的說法。

再給我一個袋子好嗎？

もう一つ 袋 もらえますか。

もう 一つ 袋 [を] もらえます か。

我可以得到　再一個袋子　嗎？

＊もう…副詞：再

＊一つ…名詞（數量詞）：一個

＊袋…名詞：袋子

＊[を]…助詞：表示動作作用對象（口語時可省略）

＊もらえます…動詞：得到、收到（もらいます⇒可能形）

＊か…助詞：表示疑問

用法

購物時請店員多提供一個袋子的說法。另一種說法是
「余分（よぶん）に紙袋（かみぶくろ）をもらえま
すか。」（可以多給我一個紙袋嗎？）。

這個東西我想退貨，可以嗎？

これ、返品^{へんぴん}したいんですけど、できますか。

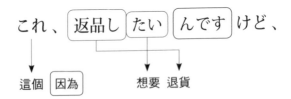

これ、　返品し　たい　んです　けど、

這個　因為　　　　想要　退貨

できます　か。

可以　　嗎？

＊ これ…名詞：這個

＊ 返品し…動詞：退貨

（返品します⇒ます形除去[ます]）

＊ たい…助動詞：表示希望

＊ お＋動詞ます形除去[ます]＋たい：想要[做]〜

＊ んです…連語：ん＋です：表示理由

＊ ん…形式名詞（の⇒縮約表現）

＊ です…助動詞：表示斷定（現在肯定形）

＊ けど…助詞：表示前言

＊ できます…動詞：可以、能夠、會（します⇒可能形）

＊ か…助詞：表示疑問

用法

打算退回購買的商品並退款的說法。

因為尺寸不合，可以換貨嗎？

サイズが合わないので、交換してもらえ
ませんか。

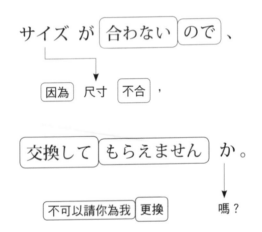

サイズ が 合わない ので、

因為 尺寸 不合，

交換して もらえません か。

不可以請你為我 更換　　嗎？

＊サイズ…名詞：尺寸

＊が…助詞：表示焦點

＊合わない…動詞：合適（合います⇒ない形）

＊ので…助詞：表示原因理由

＊交換して…動詞：交換（交換します⇒て形）

＊もらえません…補助動詞：

　　（もらいます⇒可能形[もらえます]的現在否定形）

　＊動詞て形＋もらいます：請您（為我）[做]〜

＊か…助詞：表示疑問

用法

打算更換所購買的商品的說法。

退換貨時，請在一周內攜帶發票和商品過來。

返品や交換の際は、一週間以内に商
品とこのレシートを持ってお越しください。

返品 や 交換 の 際 は、

退貨　或　換貨　的　時候

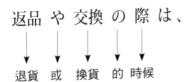

一週間 以内 に 商品 と この レシート を

一周　　內　　　商品 和 這個　　發票

持って お 越し ください 。

請　攜帶　過來 。

* 返品…名詞：退貨
* や…助詞：列舉（一部分）
* 交換…名詞：換貨
* の…助詞：表示所屬
* 際…名詞：時候
* は…助詞：表示對比（區別）
* 一週間…名詞：一周
* 以内…名詞：以內
* に…助詞：表示動作進行時點
* 商品…名詞：商品
* と…助詞：表示並列
* この…連體詞：這個
* レシート…名詞：發票
* を…助詞：表示動作作用對象
* 持って…動詞：拿、帶（持ちます⇒て形）
* お…接頭辭：表示美化、鄭重
* 越し…動詞：來、過去（越します⇒ます形除去[ます形]）
* ください…補助動詞：請
  （くださいます⇒命令形[くださいませ]除去[ませ]）
  * お＋動詞ます形除去[ます]＋ください…
    尊敬表現：請您[做]～

用法

店員說明退換貨注意事項的說法。

489

請幫我分開結帳。

かんじょう べつべつ
勘 定 を 別々にしてください。

勘定 を 別々 に して ください 。

（把）帳單 　 請 做 成 分開 。

* 勘定…名詞：帳單
* を…助詞：表示動作作用對象
* 別々…名詞：分開
* に…助詞：表示決定結果
* して…動詞：做（します⇒て形）
* ください…補助動詞：請
  （くださいます⇒命令形[くださいませ] 除去[ませ]）
  * 動詞て形＋ください：請[做]〜

用法
多人一起用餐，結帳時希望分開各自結帳的說法。

490

可以使用這個折價券嗎？

この<ruby>割引券<rt>わりびきけん</rt></ruby>、<ruby>使<rt>つか</rt></ruby>えますか。

この	割引券、	使えます	か。
這個	折價券	可以使用	嗎？

＊ この…連體詞：這個

＊ 割引券…名詞：折價券

＊ 使えます…動詞：使用（使います⇒可能形）

＊ か…助詞：表示疑問

用法

用餐或購物時，確認是否可以使用折價券的說法。

請問您要付現還是刷卡？

お支払いは現金でなさいますか。カード
でなさいますか。

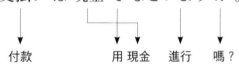

お支払い　は　現金　で　なさいます　か。

付款　　　　用　現金　進行　嗎？

カード　で　なさいます　か。

用　信用卡　進行　嗎？

＊ お…接頭辭：表示美化、鄭重

＊ 支払い…名詞：付款

＊ は…助詞：表示對比（區別）

＊ 現金…名詞：現金

＊ で…助詞：表示手段、方法

＊ なさいます…動詞：做（します的尊敬語）

＊ か…助詞：表示疑問

＊ カード…名詞：信用卡

＊ で…助詞：表示手段、方法

＊ なさいます…動詞：做（します的尊敬語）

＊ か…助詞：表示疑問

用法

店員進行結帳時，確認顧客要如何付款的說法。

可以用信用卡付款嗎？

カードで支払いができますか。

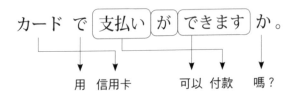

| カード で | 支払い | が | できます | か。 |

用　信用卡　　　　可以　付款　　嗎？

* カード…名詞：信用卡
* で…助詞：表示手段、方法
* 支払い…名詞：付款
* が…助詞：表示焦點
* できます…動詞：可以、能夠、會（します⇒可能形）
* か…助詞：表示疑問

用法

不使用現金，想使用信用卡付款的說法。

能不能給我收據？　りょうしゅうしょ 領　収　書をもらえますか。

領収書　を　もらえます　か。

可以得到　收據　嗎？

＊ 領収書…名詞：收據　＊ を…助詞：表示動作作用對象
＊ もらえます…動詞：得到、收到（もらいます⇒可能形）
＊ か…助詞：表示疑問

用法　想要索取收據的說法。

請幫我找開，我需要紙鈔和零錢。　こぜに 小 銭 もまぜてください。

小銭　も　まぜて　ください。

零錢　也　　　請　加進去。

＊ 小銭…名詞：零錢　＊ も…助詞：表示並列
＊ まぜて…動詞：加進去（まぜます⇒て形）
＊ ください…補助動詞：請
　（くださいます⇒命令形[くださいませ] 除去[ませ]）
　＊ 動詞て形＋ください：請[做]～

用法　希望店員找錢時能夠包含一些硬幣的說法。

495

へ？是不是找錯錢了？

あれ？　お釣り間違っていませんか。

あれ？お釣り[を]　間違って　いません　か。

へ？　不是 弄錯　零錢　的狀態　　嗎？

* あれ…感嘆詞：呀、哎呀
* お…接頭辭：表示美化、鄭重
* 釣り…名詞：零錢
* [を]…助詞：表示動作作用對象（口語時可省略）
* 間違って…動詞：弄錯（間違います⇒て形）
* いません…補助動詞：（います⇒現在否定形）
  * 動詞て形＋います：目前狀態
* か…助詞：表示疑問

用法

店家找回的金額太多或太少時，使用這句話做確認。

這是什麼的費用？ この 料金 は 何 ですか。
りょうきん　なん

この	料金	は	何	です	か。
這個	收費	是	什麼		呢？

＊ この…連體詞：這個　　＊ 料金…名詞：收費、費用
＊ は…助詞：表示主題
＊ 何…名詞（疑問詞）：什麼、任何
＊ です…助動詞：表示斷定（現在肯定形）
＊ か…助詞：表示疑問

用法 結帳時確認不明瞭的款項的說法。

有沒有旅遊服務中心？ 観光案内所 がありますか。
かんこうあんないじょ

観光案内所	が	あります	か。
旅遊服務中心		有	嗎？

＊ 観光案内所…名詞：旅遊服務中心
＊ が…助詞：表示焦點　　＊ あります…動詞：有、在
＊ か…助詞：表示疑問

用法 詢問是否有介紹該地觀光景點的機構的說法。

497

有這個城市的觀光導覽手冊嗎？

この<ruby>街<rt>まち</rt></ruby>の<ruby>観光案内<rt>かんこうあんない</rt></ruby>パンフレットはありますか。

この 街 の 観光 案内 パンフレット は あります か。

這個 城市 的 觀光 導覽　手冊　　有　嗎？

＊ この…連體詞：這個

＊ 街…名詞：城市

＊ の…助詞：表示所屬

＊ 観光…名詞：觀光

＊ 案内…名詞：導覽

＊ パンフレット…名詞：手冊

＊ は…助詞：表示對比（區別）

＊ あります…動詞：有、在

＊ が…助詞：表示疑問

用法

詢問是否有介紹該城市的觀光導覽手冊的說法。

這附近有什麼知名景點嗎？

この<ruby>近<rt>ちか</rt></ruby>くに<ruby>有名<rt>ゆうめい</rt></ruby>な<ruby>観光地<rt>かんこうち</rt></ruby>はありませんか。

この	近くに	有名な	観光地	は	ありません	か。
這個	附近	有名的	觀光景點		沒有	嗎？

* この…連體詞：這個
* 近く…名詞：附近
* に…助詞：表示存在位置
* 有名な…な形容詞：有名（有名⇒名詞接續用法）
* 観光地…名詞：觀光景點
* は…助詞：表示對比（區別）
* ありません…動詞：有、在（あります⇒現在否定形）
* か…助詞：表示疑問

用法

詢問目前所在地附近是否有觀光景點的說法。

這裡可以拍照嗎？

ここでは写真を撮ってもだいじょうぶ
ですか。

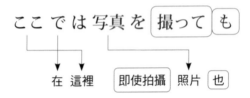

ここ で は 写真 を 撮って も

在　這裡　　　即使拍攝　照片　也

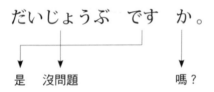

だいじょうぶ　です　か。

是　沒問題　　　　　　　嗎？

＊ここ…名詞：這裡

＊で…助詞：表示動作進行地點

＊は…助詞：表示對比（區別）

＊写真…名詞：照片

＊を…助詞：表示動作作用對象

＊撮って…動詞：拍攝（撮ります⇒て形）

＊も…助詞：表示逆接

　＊動詞て形＋も：即使～，也～

＊だいじょうぶ…な形容詞：沒問題、沒事

＊です…助動詞：表示斷定（現在肯定形）

＊か…助詞：表示疑問

用法

確認在美術館等公共場所是否可以拍照的說法。

這裡可以使用閃光燈嗎？

ここでフラッシュを使ってもいいですか。

ここで フラッシュ を 使って も いいですか。

在 這裡 即使使用 閃光燈 也 是 可以 嗎？

＊ここ…名詞：這裡
＊で…助詞：表示動作進行地點
＊フラッシュ…名詞：閃光燈
＊を…助詞：表示動作作用對象
＊使って…動詞：使用（使います⇒て形）
＊も…助詞：表示逆接
　＊動詞て形＋も：即使～，也～
＊いい…い形容詞：好、良好
＊です…助動詞：表示斷定（現在肯定形）
＊か…助詞：表示疑問

用法
要拍照時，確認是否可以使用閃光燈的說法。

502

不好意思，可以麻煩你幫我拍照嗎？

すみませんが、写真<ruby>しゃしん</ruby>を撮<ruby>と</ruby>ってもらえませんか。

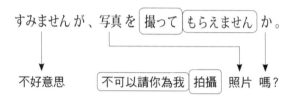

* すみません…招呼用語：對不起、不好意思
* が…助詞：表示前言
* 写真…名詞：照片
* を…助詞：表示動作作用對象
* 撮って…動詞：拍攝（撮ります⇒て形）
* もらえません…補助動詞：
  （もらいます⇒可能形[もらえます]的現在否定形）
  ＊ 動詞て形＋もらいます：請您（為我）[做]～
* か…助詞：表示疑問

用法

請別人幫自己拍照的說法。

只要按一下這個快門鍵就好。

このシャッターボタンを押^おすだけです。

このシャッターボタンを 押す だけ です。

只是 按壓 這個 快門按鈕 而已 。

* この…連體詞：這個

* シャッターボタン…名詞：快門按鈕

* を…助詞：表示動作作用對象

* 押す…動詞：按、推（押します⇒辭書形）

* だけ…助詞：只是～而已、只有

* です…助動詞：表示斷定（現在肯定形）

用法

請別人幫忙拍照時，說明如何操作相機。

可以把東京鐵塔也一起拍進去嗎？

<ruby>東 京<rt>とうきょう</rt></ruby> タワーもバックに<ruby>入<rt>い</rt></ruby>れて<ruby>写<rt>うつ</rt></ruby>して

もらえますか。

東京タワー　も　バックに入れて　写して　もらえます　か。

東京鐵塔　也　放入　背後　可以請你為我　拍攝　　　　嗎？

＊ 東京タワー…（地名）東京鐵塔

　（使用時可替換為其他地名）

＊ も…助詞：表示並列

＊ バック…名詞：背後、背景

＊ に…助詞：表示動作歸著點

＊ 入れて…動詞：放入（入れます⇒て形）

＊ 写して…動詞：拍攝（写します⇒て形）

＊ もらえます…補助動詞：（もらいます⇒可能形）

　　＊ 動詞て形＋もらいます：請您（為我）[做]～

＊ か…助詞：表示疑問

用法

請別人幫自己拍照時，希望將建築物等當作相片背景
一起拍進去的說法。

我想要體驗一下茶道。

<ruby>茶道<rt>さ どう</rt></ruby>を<ruby>体験<rt>たいけん</rt></ruby>してみたいんですが。

茶道を　体験して　み　たい　んです　が。

想要　體驗看看　茶道。

＊ 茶道…名詞：茶道
＊ を…助詞：表示動作作用對象
＊ 体験して…動詞：體驗（体験します⇒て形）
＊ み…補助動詞：（みます⇒ます形除去[ます]）
　　＊ 動詞て形＋みます：[做]～看看
＊ たい…助動詞：表示希望
　　＊ 動詞ます形除去[ます]＋たい：想要[做]～
＊ んです…連語：ん＋です：表示強調
　　＊ ん…形式名詞（の⇒縮約表現）
　　＊ です…助動詞：表示斷定（現在肯定形）
＊ が…助詞：表示前言

用法
表示想要體驗日本的特有文化的說法。

筆記頁

空白一頁，讓你記錄學習心得，
也讓下一個單元能以跨頁呈現，方便於對照閱讀。

如果你要來台灣玩，請務必和我聯絡。

台湾_{たいわん}に遊_{あそ}びに来_くるならぜひ連絡_{れんらく}して
ください

ね。

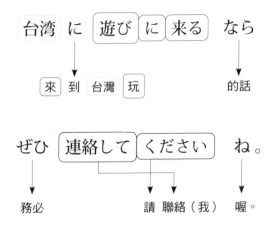

台湾 に 遊び に 来る なら

↓

來 到 台灣 玩　　　　　　的話

ぜひ 連絡して ください ね。

↓　　　　　　　　　↓　↓　　　　↓

務必　　　　　　請 聯絡（我）　喔。

＊台湾…名詞：台灣

＊に…助詞：表示到達點

＊遊び…動詞：玩（遊びます⇒ます形除去[ます]）

＊に…助詞：表示目的

＊来る…動詞：來（来ます⇒辭書形）

＊なら…助動詞：表示斷定（だ⇒條件形）

＊ぜひ…副詞：務必

＊連絡して…動詞：連絡（連絡します⇒て形）

＊ください…補助動詞：請

　（くださいます⇒命令形[くださいませ]除去[ませ]）

　＊動詞て形＋ください：請[做]〜

＊ね…助詞：表示留住注意

<hr>

用法

希望外國朋友來台灣時能和自己聯絡的說法。

開演時間是幾點？

かいじょう　　なんじ
開 場 は何時ですか。

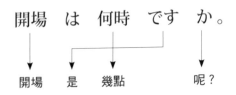

開場	は	何時	です	か。
開場	是	幾點		呢？

* 開場…名詞：開場
* は…助詞：表示主題
* 何時…名詞（疑問詞）：幾點
* です…助動詞：表示斷定（現在肯定形）
* か…助詞：表示疑問

用法
確認開場時間的說法。

可以買今天晚上的票嗎？

<ruby>今晩<rt>こんばん</rt></ruby>のチケットを<ruby>購入<rt>こうにゅう</rt></ruby>できますか。

今晚 の チケット を購入できます か。

可以購買　　　今晚的票　　嗎？

＊今晩…名詞：今晚

＊の…助詞：表示所屬

＊チケット…名詞：票

＊を…助詞：表示動作作用對象

＊購入できます…動詞：購買（購入します⇒可能形）

＊か…助詞：表示疑問

用法

要購買票券時的說法。

可以的話，我想要最前排的座位。

できれば 最前列（さいぜんれつ）のチケットが 欲（ほ）しいのですが。

できれば 最前列 の チケット が ┃ 欲しい ┃ のです ┃ が。

↓　　　 ↓　　　 ↓　　 ↓　　　　　 ↓

可以的話 最前排 的　 票　　　　　 想要。

* できれば…動詞：可以、能夠、會
  （します⇒可能形[できます]的條件形）
* 最前列…名詞：最前排
* の…助詞：表示所屬
* チケット…名詞：票
* が…助詞：表示焦點
* 欲しい…い形容詞：想要
* のです…連語：の＋です＝んです：表示強調
  * の…形式名詞
  * です…助動詞：表示斷定（現在肯定形）
* が…助詞：表示前言

用法
想要購買最前排座位的說法。

512

這個座位是在哪裡呢？

この座席はどの辺の席ですか。

この　座席　は　どの辺　の　席　です　か。

這個　座位　是　哪一帶　的　位子　　呢？

* この…連體詞：這個
* 座席…名詞：座位
* は…助詞：表示主題
* どの辺…名詞（疑問詞）：哪邊、哪一帶
* の…助詞：表示所屬
* 席…名詞：位子
* です…助動詞：表示斷定（現在肯定形）
* か…助詞：表示疑問

用法

取得票券後，如果不知道座位在哪裡，可以這樣詢問
工作人員。

可以整個承租包下來嗎？

^か　^き
貸し切りができますか。

貸し切り	が	できます	か。
↓		↓	↓
包場		可以	嗎？

* 貸し切り…名詞：包場

* が…助詞：表示焦點

* できます…動詞：可以、能夠、會

　（します⇒可能形）

* か…助詞：表示疑問

用法

希望只有自己的人能夠使用某個場所或交通工具時的
詢問說法。

跨年晚會的會場在哪裡？

年越しカウントダウン会場はどこですか。

年越し　カウントダウン　会場　は　どこ　です　か。

↓　　　　↓　　　　↓　↓　↓　　↓

跨年　　倒數　　會場　在　那裡　　呢？

＊ 年越し…名詞：跨年
＊ カウントダウン…名詞：倒數
＊ 会場…名詞：會場
＊ は…助詞：表示主題
＊ どこ…名詞（疑問詞）：哪裡
＊ です…助動詞：表示斷定（現在肯定形）
＊ か…助詞：表示疑問

用法
詢問特定場所地點的說法。

這個位子沒人坐嗎？

この席、空いていますか。

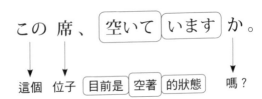

この　席、　[空いて]　[います]　か。

↓　　　↓　　　[目前是]　[空著]　[的狀態]　　　↓

這個　位子　　　　　　　　　　　　嗎？

* この…連體詞：這個
* 席…名詞：位子
* 空いて…動詞：空（空きます⇒て形）
* います…補助動詞
　* 動詞て形＋います：目前狀態
* か…助詞：表示疑問

用法
向旁人確認眼前的座位是否有人坐的說法。

這附近有吸菸區嗎？

この<ruby>近<rt>ちか</rt></ruby>くに<ruby>喫煙所<rt>きつえんじょ</rt></ruby>はありますか。

この　近く　に　喫煙所　は　あります　か　。

這個　　附近　　　有　吸菸區　　　　　　　　　嗎？

* この…連體詞：這個
* 近く…名詞：附近
* に…助詞：表示存在位置
* 喫煙所…名詞：吸菸區
* は…助詞：表示對比（區別）
* あります…動詞：有、在
* か…助詞：表示疑問

用法
詢問附近是否有可以抽菸的場所的說法。

附近有網咖嗎？

近<ruby>近<rt>ちか</rt></ruby>くにネットカフェはありませんか。

近く に　ネットカフェ は　ありません か。

附近　　　網咖　　　　　沒有　　嗎？

* 近く…名詞：附近
* に…助詞：表示存在位置
* ネットカフェ…名詞：網咖
* は…助詞：表示對比（區別）
* ありません…動詞：有、在（あります⇒現在否定形）
* か…助詞：表示疑問

用法

詢問附近是否有網咖的說法。

有可以上網的電腦嗎？

インターネットにアクセスできるパソコンはありませんか。

インターネット に アクセスできる　パソコン は ありません か 。

可以連結　網路（的）　　　電腦　　　沒有　嗎？

＊インターネット…名詞：網路

＊に…助詞：表示到達點

＊アクセスできる…動詞：連結（アクセスします⇒可能形）

＊パソコン…名詞：電腦

＊は…助詞：表示對比（區別）

＊ありません…動詞：有、在（あります⇒現在否定形）

＊か…助詞：表示疑問

用法

想要使用網路時，可以這樣詢問。

什麼時候可以取件？

仕^し上^あがりはいつになりますか。

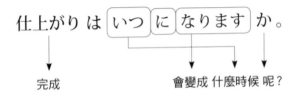

仕上がり は ｜ いつ ｜ に ｜ なります ｜ か 。

↓　　　　　　　　　　　　↓　　↓　　　　↓

完成　　　　　　　　會變成 什麼時候 呢？

* 仕上がり…名詞：完成
* は…助詞：表示主題
* いつ…名詞（疑問詞）：什麼時候
* に…助詞：表示變化結果
* なります…動詞：變成
* か…助詞：表示疑問

用法
在相館或是洗衣店詢問何時可以取件的說法。

現在還在營業嗎？

まだやってますか。

まだ	やって	[い]ます	か。
↓	↓	↓
還有	在做的狀態	嗎？

* まだ…副詞：還、尚未
* やって…動詞：做（やります⇒て形）
* [い]ます…補助動詞：（口語時可省略い）
  * 動詞て形＋います：目前狀態
* か…助詞：表示疑問

用法
確認店家目前是否仍在營業中的說法。

營業時間是幾點到幾點呢？

<ruby>営<rt>えい</rt></ruby><ruby>業<rt>ぎょう</rt></ruby><ruby>時<rt>じ</rt></ruby><ruby>間<rt>かん</rt></ruby>は<ruby>何<rt>なん</rt></ruby><ruby>時<rt>じ</rt></ruby>から<ruby>何<rt>なん</rt></ruby><ruby>時<rt>じ</rt></ruby>までですか。

營業時間 是 從 幾點 到 幾點 呢？

* 営業時間…名詞：營業時間
* は…助詞：表示主題
* 何時…名詞（疑問詞）：幾點
* から…助詞：表示起點
* 何時…名詞（疑問詞）：幾點
* まで…助詞：表示界限
* です…助動詞：表示斷定（現在肯定形）
* か…助詞：表示疑問

用法
詢問店家的營業時間的說法。

公休日是哪一天？

ていきゅうび
定 休 日はいつですか。

定休日	は	いつ	です	か。
↓	↓	↓		↓
公休日	是	什麼時候		呢？

* 定休日…名詞：公休日
* は…助詞：表示主題
* いつ…名詞（疑問詞）：什麼時候
* です…助動詞：表示斷定（現在肯定形）
* か…助詞：表示疑問

用法

詢問不營業的休假日是哪一天的說法。

這附近晚上的治安沒問題嗎？

この辺(あた)りの夜(よる)の治安(ちあん)はだいじょうぶですか。

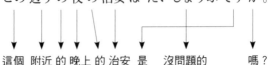

この 辺り の 夜 の 治安 は　だいじょうぶ です か。

這個 附近 的 晚上 的 治安 是　沒問題的　　嗎？

* この…連體詞：這個
* 辺り…名詞：附近
* の…助詞：表示所屬
* 夜…名詞：晚上
* の…助詞：表示所屬
* 治安…名詞：治安
* は…助詞：表示主題
* だいじょうぶ…な形容詞：沒問題、沒事
* です…助動詞：表示斷定（現在肯定形）
* か…助詞：表示疑問

用法

確認治安狀況是否良好的說法。

方便的話，能不能告訴我你的e-mail呢？

よかったら、メールアドレスを<ruby>教<rt>おし</rt></ruby>えて
くれませんか。

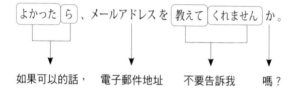

| よかった | ら | 、メールアドレス を | 教えて | くれません | か。 |

如果可以的話，　電子郵件地址　不要告訴我　嗎？

＊ よかったら…い形容詞：好（よい⇒た形＋ら）

＊ メールアドレス…名詞：電子郵件地址

＊ を…助詞：表示動作作用對象

＊ 教えて…動詞：告訴、教（教えます⇒て形）

＊ くれません…補助動詞：（くれます⇒現在否定形）

　　＊ 動詞て形＋くれます：別人為我[做]〜

＊ か…助詞：表示疑問

用法

認識新朋友時，詢問對方的聯絡方式的說法。

（拿出一千日圓鈔票）
可以請你幫我換成 500 日圓銅板一個、100 日圓的銅板五個嗎？

ごひゃくえんだまいちまい　ひゃくえんだまごまい
５００円玉１枚と100円玉５枚に

くずしてもらえますか。

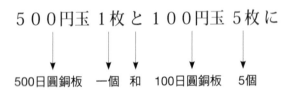

５００円玉	１枚	と	１００円玉	５枚	に
500日圓銅板	一個	和	100日圓銅板	5個	

くずして	もらえます	か。
可以請你為我	換成零錢	嗎？

* ５００円玉…名詞：500日圓銅板
* １枚…名詞：1個
* と…助詞：表示並列
* １００円玉…名詞：100日圓銅板
* ５枚…名詞：5個
* に…助詞：表示變化結果
* くずして…動詞：換成零錢（くずします⇒て形）
* もらえます…補助動詞：（もらいます⇒可能形）
  * 動詞て形＋もらいます：請您（為我）[做]～
* か…助詞：表示疑問

用法

想把大鈔換成零錢的說法。

這附近有沒有可以換外幣的地方？

この辺で外貨を両替できるところはどこでしょうか。

この辺で 外貨を 両替できる ところは どこ でしょうか。

在 這附近 可以 兌換 外幣(的)地方(是)哪裡　　呢？

* この辺…名詞：這附近
* で…助詞：表示動作進行地點
* 外貨…名詞：外幣
* を…助詞：表示動作作用對象
* 両替できる…動詞：換（錢）
　（両替します⇒可能形[両替できます]的辭書形）
* ところ…名詞：地方
* は…助詞：表示主題
* どこ…名詞（疑問詞）：哪裡
* でしょう…助動詞：表示斷定（です⇒意向形）
* か…助詞：表示疑問
　* ～でしょうか：表示鄭重問法

用法

詢問兌換外幣的場所的說法。

528

今天台幣對日幣的匯率是多少？

<ruby>今日<rt>きょう</rt></ruby>の<ruby>台湾<rt>たいわん</rt></ruby>ドル対<ruby>円<rt>たいえん</rt></ruby>の<ruby>為替<rt>かわせ</rt></ruby>レートは
いくらですか。

今日 の 台湾ドル 対 円 の 為替レート は いくら です か。

↓　↓　　↓　↓　↓　↓　　↓　　↓　　↓　　　↓

今天 的　台幣 對 日幣 的　匯率　是　多少錢　　呢？

* 今日…名詞：今天
* の…助詞：表示所屬
* 台湾ドル…名詞：台幣
* 対…名詞：相對、對於
* 円…名詞：日幣
* の…助詞：表示所屬
* 為替レート…名詞：匯率
* は…助詞：表示主題
* いくら…名詞（疑問詞）：多少錢
* です…助動詞：表示斷定（現在肯定形）
* か…助詞：表示疑問

用法

詢問外幣兌換匯率的說法。

我想把台幣換成日幣。

台湾元を日本円に 両 替したいんですが。

台湾元を　日本円 に　両替し　たい　んです　が

（把）台幣　　（我）想要 兌換　成為 日幣 。

＊台湾元…名詞：台幣
＊を…助詞：表示動作作用對象
＊日本円…名詞：日幣
＊に…助詞：表示變化結果
＊両替し…動詞：換（錢）（両替します⇒ます形除去[ます]）
＊たい…助動詞：表示希望
　＊お＋動詞ます形除去[ます]＋たい：想要[做]～
＊んです…連語：ん＋です：表示強調
　＊ん…形式名詞（の⇒縮約表現）
　＊です…助動詞：表示斷定（現在肯定形）
＊が…助詞：表示前言

用法
想把外幣兌換成日幣的說法。

我把東西遺忘在電車裡了。

でんしゃ　なか　わす　もの
電車 の 中 に 忘れ物 をしてしまったんですが。

電車 の 中 に 忘れ物 を　して　しまった　んです が。

電車 的 裡面　不小心 做了 遺忘東西。

＊電車…名詞：電車
＊の…助詞：表示所在
＊中…名詞：裡面
＊に…助詞：表示動作歸著點
＊忘れ物…名詞：遺失物品
＊を…助詞：表示動作作用對象
＊して…動詞：做（します⇒て形）
＊しまった…補助動詞（しまいます⇒た形）
　＊動詞て形＋しまいます：（無法挽回的）遺憾
＊んです…連語：ん＋です：表示強調
　＊ん…形式名詞（の⇒縮約表現）
　＊です…助動詞：表示斷定（現在肯定形）
＊が…助詞：表示前言

用法
東西遺忘在電車上時，向車站人員尋求協助的說法。

我掉了東西，請問有被送到這裡來嗎？

落し物したんですが、こちらに届いて
いませんか。

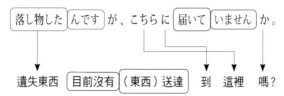

| 落し物した | んです | が、こちらに | 届いて | いません | か。 |

遺失東西　目前沒有　（東西）送達　到　這裡　嗎？

* 落し物した…動詞：遺失東西（落し物します⇒た形）
* んです…連語：ん＋です：表示強調
　* ん…形式名詞（の⇒縮約表現）
　* です…助動詞：表示斷定（現在肯定形）
* が…助詞：表示前言
* こちら…名詞：這裡
* に…助詞：表示到達點
* 届いて…動詞：送到（届きます⇒て形）
* いません…補助動詞：（います⇒現在否定形）
　* 動詞て形＋います：目前狀態
* か…助詞：表示疑問

用法

遺失東西時，到失物招領處或管理處詢問的說法。

請幫我叫救護車。

きゅうきゅうしゃ　　よ
救 急 車を呼んでください。

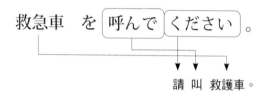

救急車　を　呼んで　ください　。

請　叫　救護車。

* 救急車…名詞：救護車
* を…助詞：表示動作作用對象
* 呼んで…動詞：呼喚、叫來（呼びます⇒て形）
* ください…補助動詞：請
  （くださいます⇒命令形[くださいませ]除去[ませ]）
  * 動詞て形＋ください：請[做]～

用法
受傷或突發疾病等危急狀況，尋求協助的呼救方法。

不好意思，能不能拜託你帶我到附近的醫院。

すみませんが、私<ruby>わたし</ruby>を近<ruby>ちか</ruby>くの病院<ruby>びょういん</ruby>まで
連<ruby>つ</ruby>れて行<ruby>い</ruby>ってくれませんか。

すみませんが、私を近くの病院まで

不好意思　　（帶）我　到　附近　的　醫院

連れて行って　くれません　か。

不幫忙　帶我去　嗎？

＊ すみません…招呼用語：對不起、不好意思

＊ が…助詞：表示前言

＊ 私…名詞：我

＊ を…助詞：表示動作作用對象

＊ 近く…名詞：附近

＊ の…助詞：表示所屬

＊ 病院…名詞：醫院

＊ まで…助詞：表示界限

＊ 連れて行って…動詞：帶去

　　（連れて行きます⇒て形）

＊ くれません…補助動詞：（くれます⇒現在否定形）

　　＊ 動詞て形＋くれます：別人為我[做]〜

＊ か…助詞：表示疑問

用法
因疾病或受傷，拜託別人帶自己去醫院就診的說法。

可以開立診斷書嗎？

しんだんしょ　か
診断書を書いてもらえますか。

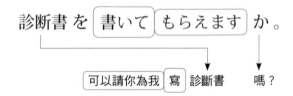

診断書 を ｜書いて｜ ｜もらえます｜ か。

可以請你為我 ｜寫｜ 診断書 　　嗎？

＊診断書…名詞：診斷書

＊を…助詞：表示動作作用對象

＊書いて…動詞：寫（書きます⇒て形）

＊もらえます…補助動詞：（もらいます⇒可能形）

　＊動詞て形＋もらいます：請您（為我）[做]～

＊か…助詞：表示疑問

用法

在日本就診時，請醫師開立診斷書的說法。

筆記頁

空白一頁，讓你記錄學習心得，
也讓下一個單元能以跨頁呈現，方便於對照閱讀。

我現在在地圖上的什麼位置，可以請你告訴我嗎？

今、私はこの地図のどこにいるのか教えてもらえますか。

今、私はこの地図のどこに いる の か

現在　我　在　這個　地圖　的　哪裡　　　呢？

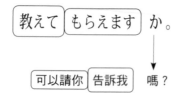

教えて もらえます か。

可以請你 告訴我 嗎？

* 今…名詞：現在
* 私…名詞：我
* は…助詞：表示主題
* この…連體詞：這個
* 地図…名詞：地圖
* の…助詞：表示所在
* どこ…名詞（疑問詞）：哪裡
* に…助詞：表示存在位置
* いる…動詞：有、在（います⇒辭書形）
* の…形式名詞：＝んです
* か…助詞：表示疑問
  * ～んですか：關心好奇、期待回答
* 教えて…動詞：告訴、教（教えます⇒て形）
* もらえます…補助動詞：（もらいます⇒可能形）
  * 動詞て形＋もらいます：請您（為我）[做]～
* か…助詞：表示疑問

用法

詢問周遭的人自己目前在地圖上的什麼地方的說法。

我跟朋友走散了。

<ruby>友<rt>とも</rt></ruby><ruby>達<rt>だち</rt></ruby>と<ruby>離<rt>はな</rt></ruby>れ<ruby>離<rt>ばな</rt></ruby>れになってしまったんですが…。

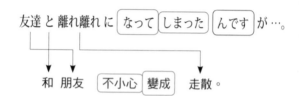

友達 と 離れ離れ に　なって　しまった　んです　が…。

和　朋友　不小心　變成　走散。

＊友達…名詞：朋友
＊と…助詞：表示動作夥伴
＊離れ離れ…名詞：走散
＊に…助詞：表示變化結果
＊なって…動詞：變成（なります⇒て形）
＊しまった…補助動詞（しまいます⇒た形）
　＊動詞て形＋しまいます：（無法挽回的）遺憾
＊んです…連語：ん＋です：表示強調
　＊ん…形式名詞（の⇒縮約表現）
　＊です…助動詞：表示斷定（現在肯定形）
＊が…助詞：表示前言

用法

和同行的友人走散時的求助說法。

要怎麼撥打國際電話呢？

<ruby>国際電話<rt>こくさいでんわ</rt></ruby>はどうやってかけますか。

国際電話　は　どうやって　かけます　か。

國際電話　　　　怎麼　　　撥打　　呢？

＊ 国際電話…名詞：國際電話

＊ は…助詞：表示對比（區別）

＊ どうやって…連語（疑問詞）：怎麼

＊ かけます…動詞：打（電話）

＊ か…助詞：表示疑問

用法

詢問如何撥打國際電話的說法。

可以借個廁所嗎？

トイレをお借りできますか。

* トイレ…名詞：廁所
* を…助詞：表示動作作用對象
* お…接頭辭：表示美化、鄭重
* 借り…動詞：借入（借ります⇒ます形除去[ます]）
* できます…動詞：可以、能夠、會（します⇒可能形）
* か…助詞：表示疑問
    * お＋動詞ます形除去[ます]＋できますか…謙讓表現：
      （動作涉及對方的）可以[做]～嗎？

用法

希望借用廁所的說法。

139 旅行會話篇

我有麻煩，你能幫我嗎？

困<ruby>こま<rt></rt></ruby>っています。助<ruby>たす<rt></rt></ruby>けてもらえませんか。

| 困って | います | 。 | 助けて | もらえません | か。 |

| 目前處於 | 困擾 | 的狀態 | 不可以請你 | 幫助我 | 嗎？ |

＊困って…動詞：困擾（困ります⇒て形）

＊います…補助動詞

　＊動詞て形＋います：目前狀態

＊助けて…動詞：幫助、救（助けます⇒て形）

＊もらえません…補助動詞：

　（もらいます⇒可能形[もらえます]的現在否定形）

　＊動詞て形＋もらいます：請您（為我）[做]～

＊か…助詞：表示疑問

用法

遭遇麻煩時請求別人協助的說法。

不好意思，請再稍等一下。

すみません、もうちょっと待ってください。

すみません、もうちょっと　待って　ください。

不好意思 請 再　稍微　等待 。

* すみません…招呼用語：對不起、不好意思
* もう…副詞：再～一些　* ちょっと…副詞：一下、有點、稍微
* 待って…動詞：等待（待ちます⇒て形）
* ください…補助動詞：請　* 動詞て形＋ください：請[做]～
　（くださいます⇒命令形[くださいませ]除去[ませ]）

用法　旅行中的團體活動行程，麻煩其他人稍等一下的說法。

這個人就是嫌犯。　この人が犯人です。

この　人　が　犯人　です。

這個　人　是　嫌犯。

* この…連體詞：這個　* 人…名詞：人
* が…助詞：表示主格　* 犯人…名詞：嫌犯
* です…助動詞：表示斷定（現在肯定形）

用法　如果目擊犯罪現場知道嫌犯身份時，可以這樣告知警方。

Part 4

談情說愛篇

我 2 年沒有交女朋友了。

彼女（かのじょ）いない歴（れきにねん）2 年です。

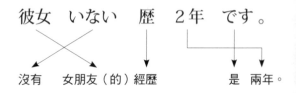

彼女　　いない　　歴　　2年　　です。

沒有　　女朋友（的）經歷　　　　　是　兩年。

* 彼女…名詞：女朋友
* いない…動詞：有、在（います⇒ない形）
* 歴…接尾辭：〜經歷
* 2 年…名詞：兩年
* です…助動詞：表示斷定（現在肯定形）

用法

說明自己已經多久沒有女朋友了。

好想有人陪我一起過聖誕節啊。

誰(だれ)かと 一緒(いっしょ)にクリスマスを過(す)ごしたいなあ。

* 誰…名詞（疑問詞）：誰
* か…助詞：表示不特定
* と…助詞：表示動作夥伴
* 一緒に…副詞：一起
* クリスマス…名詞：聖誕節
* を…助詞：表示經過點
* 過ごし…動詞：度過
　（過ごします⇒ます形除去[ます]）
* たい…助動詞：表示希望
　＊ 動詞ます形除去[ます]＋たい…想要[做]～
* なあ…助詞：表示感嘆

用法
表明自己沒有人陪伴過聖誕節。

有沒有好對象可以介紹給我呢？

<ruby>誰<rt>だれ</rt></ruby>かいい<ruby>人<rt>ひと</rt></ruby><ruby>紹介<rt>しょうかい</rt></ruby>してくれない？

誰 か い い 人 [を] 紹介して くれない ？

某位　好的　人　　不為我　介紹　　　嗎？

* 誰…名詞（疑問詞）：誰
* か…助詞：表示不特定
* いい…い形容詞：好、良好
* 人…名詞：人
* [を]…助詞：表示動作作用對象（口語時可省略）
* 紹介して…動詞：介紹（紹介します⇒て形）
* くれない…補助動詞：（くれます⇒ない形）
  * 動詞て形＋くれます：別人為我[做]～

用法

請別人替自己介紹男女朋友的說法。

其實我很在乎你。

あなたのことがいつも気^きになってたんだ。

あなた の こと が いつも ｜気になって｜ [い]た ｜んだ｜。

你　　的 事情　　總是　　　處於在乎的狀態。

* あなた…名詞：你
* の…助詞：表示所屬
* こと…名詞：事情
* が…助詞：表示焦點
* いつも…副詞：總是
* 気になって…慣用語：在乎（気になります⇒て形）
* [い]た…補助動詞：（います⇒た形）（口語時可省略い）
　　* 動詞て形＋います：目前狀態
* んだ…連語：ん＋だ＝んです的普通體：表示強調
　　* ん…形式名詞：（の⇒縮約表現）
　　* だ…助動詞：表示斷定（です⇒普通形-現在肯定形）

用法

對在意的人告白的說法（此為女性用語，只有女性會稱呼情人「あなた」）。

請你以結婚為前提跟我交往。

<ruby>結婚<rt>けっこん</rt></ruby>を<ruby>前提<rt>ぜんてい</rt></ruby>に<ruby>付<rt>つ</rt></ruby>き<ruby>合<rt>あ</rt></ruby>ってください。

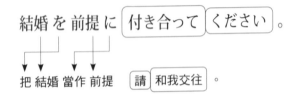

結婚 を 前提 に ｜付き合って｜ ｜ください｜ 。

把 結婚 當作 前提 ｜請｜ ｜和我交往｜ 。

＊結婚…名詞：結婚

＊を…助詞：表示動作作用對象

＊前提…名詞：前提

＊に…動詞：表示決定結果

＊付き合って…助詞：交往（付き合います⇒て形）

＊ください…補助動詞：請

　（くださいます⇒命令形[くださいませ]除去[ませ]）

　＊動詞て形＋ください：請[做]～

用法

把結婚考慮在內，希望跟對方認真交往的說法。

006 談情說愛篇 告白

我對你是一見鍾情。 あなたに 一目惚れしちゃった。

あなた に 一目惚れ して しまった 。

對 你 無法抵抗地 一見鍾情。

＊あなた…名詞：你 ＊に…助詞：表示動作的對方
＊一目惚れ…名詞：一見鍾情
＊して…動詞：做（します⇒て形）
＊しまった…補助動詞：（しまいます⇒た形）
　＊動詞て形＋しまいます：無法抵抗、無法控制
　＊一目惚れしちゃった…縮約表現：無法抵抗地一見鍾情
　（一目惚れしてしまった⇒縮約表現）

用法 初次見面就愛上對方的告白宣言（此為女性用語，
只有女性會稱呼情人「あなた」）。

007 談情說愛篇 告白

是我很喜歡的類型。 すごくタイプです。

すごく タイプ です 。

是 非常（喜歡的） 類型。

＊すごく…い形容詞：非常（すごい⇒副詞用法）
　（後面省略了「好きな」）
＊タイプ…名詞：類型 ＊です…助動詞：表示斷定（現在肯定形）

用法 直接告白對方是自己喜歡的類型的說法。

非妳不可了。

君<ruby>きみ</ruby>じゃなきゃ、だめなんだ。

君　じゃなければ、　だめな　んだ　。

不是妳的話　　　　　　　　　不行。

* 君…名詞：妳
  * 戀愛關係中，通常是男生稱呼女生「君」，女生不會稱呼男生「君」。在職場上，男性可能稱呼晚輩的男性或女性為「君」，但此用法較不常見。
* じゃなければ…連語：表示斷定
  （だ⇒現在否定形[じゃない]的條件形）
  * 君じゃなきゃ…縮約表現：不是妳的話
    （君じゃなければ⇒縮約表現）
    （口語時常使用「縮約表現」）
* だめな…な形容詞：不行（だめ⇒名詞接續用法）
* んだ…連語：ん＋だ＝んです的普通體：表示強調
  * ん…形式名詞（の⇒縮約表現）
  * だ…助動詞：表示斷定（です⇒普通形-現在肯定形）

用法

表示「除了妳，沒有人比你重要」的告白說法。

沒辦法，我就是喜歡上了嘛。

好きになっちゃったんだから、しょうがないでしょ。

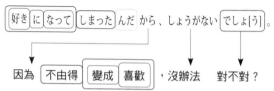

因為　不由得　變成　喜歡　，沒辦法　對不對？

＊ 好き…な形容詞：喜歡
＊ に…助詞：表示變化結果
＊ なって…動詞：變成（なります⇒て形）
＊ しまった…補助動詞：（しまいます⇒た形）
　＊ 動詞て形＋しまいます：無法抵抗、無法控制
　＊ 好きになっちゃった…縮約表現：無法抵抗地喜歡上
　　（好きになってしまった⇒縮約表現）
　　（口語時常使用「縮約表現」）
＊ んだ…連語：ん＋だ＝んです的普通體：表示強調
　＊ ん…形式名詞（の⇒縮約表現）
　＊ だ…助動詞：表示斷定（です⇒普通形-現在肯定形）
＊ から…助詞：表示原因理由
＊ しょうがない…慣用語：沒辦法
＊ でしょ[う]…助動詞：表示斷定（です⇒意向形）
　（口語時可省略う）

用法
喜歡的感覺已經超越一切，理智無法左右的說法。

感覺我們是比朋友還要好了…。

ともだち い じょうこいびと み まん　　かん
友達以 上 恋人未満って 感じかな…。

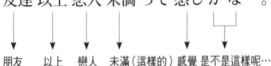

友達　　以上　　恋人　　未満　って　　感じ　　かな…。

朋友　　以上　　戀人　　未滿（這樣的）感覺　是不是這樣呢…

* 友達…名詞：朋友
* 以上…名詞：以上
* 恋人…名詞：戀人
* 未満…名詞：未滿
* って…助詞：表示提示內容（＝という）
* 感じ…名詞：感覺（動詞[感じます]的名詞化）
* か…助詞：表示不確定
* な…助詞：表示感嘆（自言自語）

用法
表示目前兩人處於曖昧關係的說法。

能夠遇見你真是太好了。あなたに会<ruby>会<rt>あ</rt></ruby>えてよかった。

あなた　　に　[会えて]　よかった。

[因為可以遇見]　你　[所以]　　　　　　　很好。

* あなた…名詞：你　　* に…助詞：表示接觸點
* 会えて…動詞：見面（て形表示原因）
　（会います⇒可能形[会えます]的て形）
* よかった…い形容詞：好、良好（よい⇒過去肯定形）

用法　很高興能夠認識對方的說法（此為女性用語，只有女性會稱呼情人「あなた」）。

能夠遇見你真的很幸福。あなたと出会<ruby>出会<rt>であ</rt></ruby>えて 幸<ruby>幸<rt>しあわ</rt></ruby>せ。

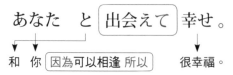

あなた　　と　[出会えて]　幸せ。

和　你 [因為可以相逢 所以]　　　很幸福。

* あなた…名詞：你　　* と…助詞：表示動作夥伴
* 出会えて…動詞：相逢（て形表示原因）
　（出会います⇒可能形[出会えます]的て形）
* 幸せ…な形容詞：幸福

用法　表示遇見對方是件幸福的事（此為女性用語）。

555

能夠和你交往真的很好，謝謝你。

付き合えてよかった。感謝してる。

| 付き合えて | よかった。 | 感謝して | [い]る。 |

↓

| 因為可以交往所以 | 很好， | 目前是 | 感謝 | 的狀態。 |

＊付き合えて…動詞：交往

　（付き合います⇒可能形[付き合えます]的て形）

　（て形表示原因）

＊よかった…助詞：好、良好（よい⇒過去肯定形）

＊感謝して…動詞：感謝（感謝します⇒て形）

＊[い]る…補助動詞：（います⇒辭書形）

　（口語時可省略い）

　＊動詞て形＋います：目前狀態

用法

對於能夠和對方交往表達感謝。交往中、或是即將分手時都適用。

556

與其說是喜歡，應該說是愛吧。

好_すきっていうか愛_{あい}してる。

好き | っていうか | 愛して | [い]る 。

與其說 喜歡 不如說　　目前是 愛 的狀態 。

＊ 好き…な形容詞：喜歡
＊ っていうか…連語：與其說～不如～
＊ 愛して…動詞：愛（愛します⇒て形）
＊ [い]る…補助動詞：（います⇒辭書形）
　（口語時可省略い）
　＊ 動詞て形＋います：目前狀態

用法
已經超越喜歡，到達愛的程度時所做的濃烈告白。

超愛你的！　大好き！

大　好き！

↓　　　↓

非常　喜歡！

* 大…接頭辭：非常、極度
* 好き…な形容詞：喜歡

用法 直率表達好感的說法。對喜歡的人大聲說出來吧。

我眼裡只有你。　もうあなたしか見えない。

もう　あなた　しか　見えない　。

↓　　　　　↓

已經　　只有看見　　你。

* もう…副詞：已經
* あなた…名詞：你
* しか…助詞：表示限定
* 見えない…動詞：看得見（見えます⇒ない形）

用法 只喜歡你，對其他人事物都興趣缺缺的說法（此為女性用語，只有女性會稱呼情人「あなた」）。

如果沒有你，我會寂寞死。

あなたがいなかったら、寂^{さび}しくて死^しんじゃう。

* あなた…名詞：你
* が…助詞：表示焦點
* いなかったら…動詞：有、在（います⇒なかった形＋ら）
* 寂しくて…い形容詞：寂寞（寂しい⇒て形）
  （て形表示原因）
* 死んで…動詞：死（死にます⇒て形）
* しまう…補助動詞：（しまいます⇒辞書形）
  * 動詞て形＋しまいます：無法抵抗、無法控制
  * 死んじゃう…縮約表現：不由得死掉
    （死んでしまう⇒縮約表現）
    （口語時常使用「縮約表現」）

用法
表示「對我而言，你是不可或缺的存在」的說法。

死而無憾。

ああ、もう死んでもいい。

ああ、　もう　死んで　も　いい。

啊～　　　已經　即使死掉　也　可以。

* ああ…感嘆詞：啊～
* もう…副詞：已經
* 死んで…動詞：死（死にます⇒て形）
* も…助詞：表示逆接
  * 動詞て形＋も：即使～，也～
* いい…い形容詞：好、良好

用法
表達「死而無憾的幸福感」的說法。

謝謝你總是陪著我。いつも一緒にいてくれてありがとう。

いつも 一緒に いて くれて ありがとう。

因為 總是 為我 在 一起 謝謝。

* いつも…副詞：總是　　* 一緒に…副詞：一起
* いて…動詞：有、在（います⇒て形）
* くれて…補助動詞：（くれます⇒て形）（て形表示原因）
　* 動詞て形＋くれます：別人為我[做]〜
* ありがとう…招呼用語：謝謝

用法 感謝對方在感情路上一路陪伴的說法。

我不想離開（你）…。　離れたくない…。

離れ たくない …。

不想要 離開…。

* 離れ…動詞：離開（離れます⇒ます形除去[ます]）
* たくない…助詞：表示希望（たい⇒現在否定形-くない）
　* 動詞ます形除去[ます]＋たい：想要[做]〜

用法 想要一直待在對方身邊或一直靠得很近的說法。

你問我喜歡你什麼？當然是你的全部囉。

どこが好きって？　全部に決まってるじゃん。

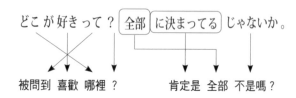

どこが好きって？　全部 に決まってる じゃないか。

被問到　喜歡　哪裡　？　　　肯定是　全部　不是嗎？

* どこ…名詞（疑問詞）：哪裡
* が…助詞：表示焦點
* 好き…な形容詞：喜歡
* って…助詞：提示內容（＝と言われても）
* 全部…名詞：全部
* に決まってる…連語：肯定是～
* じゃないか…連語：不是～嗎（反問表現）
    * じゃん…「じゃないか」的「縮約表現」。
    （口語時常使用「縮約表現」）

用法

被問到喜歡對方哪一點時，最安全的回答方法。

562

短時間不能見面，我們就每天講電話吧。

しばらく会<ruby>あ</ruby>えないけど毎日<ruby>まいにちでんわ</ruby>電話しようね。

しばらく 会えない けど 毎日 電話しようね。

雖然 暫時 不能見面 ， 但是 每天 講電話吧。

＊ しばらく…副詞：暫時

＊ 会えない…動詞：見面

　（会います⇒可能形[会えます]的ない形）

＊ けど…助詞：表示逆接

＊ 毎日…名詞：每天

＊ 電話しよう…動詞：打電話（電話します⇒意向形）

＊ ね…助詞：表示期待同意

用法

暫時無法見面時，雙方約定用電話時常連絡的說法。

下次什麼時候可以見面？

こんど　　あ
今度いつ会えるの？

今度　　いつ　会える　の？

↓　　　　↓　　　　↓　　　　↓

下次　什麼時候　可以見面　呢？

＊ 今度…名詞：下次

＊ いつ…名詞（疑問詞）：什麼時候

＊ 会える…動詞：見面

　（会います⇒可能形[会えます]的辭書形）

＊ の…形式名詞：（～んですか的口語說法）

　＊ ～んですか：關心好奇、期待回答

用法

道別時約定下次見面時間的說法。

下次我們一起去賞櫻吧。

今度 桜 の花を見に行こうよ。
<small>こんどさくら　はな　み　い</small>

今度 桜 の 花 を 見 に 行こう よ。

下次　　　　　　　　去 看 櫻花 吧 。

* 今度…名詞：下次
* 桜…名詞：櫻花
* の…助詞：表示所屬
* 花…名詞：花
* を…助詞：表示動作作用對象
* 見…動詞：看（見ます⇒ます形除去[ます]）
* に…助詞：表示目的
* 行こう…動詞：去（行きます⇒意向形）
* よ…助詞：表示勸誘

用法

邀約對方去賞花的說法。

下次可以去你家玩嗎？

今度、うちへ遊びに行ってもいい？

今度、うち へ 遊び に 行って も いい？

下次　即使 去　你家 玩 也　　可以 嗎？

* 今度…名詞：下次
* うち…名詞：你家
* へ…助詞：表示移動方向
* 遊び…動詞：玩（遊びます⇒ます形除去[ます]）
* に…助詞：表示目的
* 行って…動詞：去（行きます⇒て形）
* も…助詞：表示逆接
    * 動詞て形＋も：即使～，也～
* いい…い形容詞：好、良好

用法

想去對方家裡玩的說法。適用於關係親密的狀態。

有煙火大會，要不要一起去看？

はなび たいかい　　　　　　　み　い
花火大会があるから見に行かない？

花火大会がある　から　見　に　行かない　？

因為　有　煙火　大會　　不去　看　　　　嗎？

* 花火…名詞：煙火
* 大会…名詞：大會
* が…助詞：表示焦點
* ある…動詞：有、在（あります⇒辭書形）
* から…助詞：表示原因理由
* 見…動詞：看（見ます⇒ます形除去[ます]）
* に…助詞：表示目的
* 行かない…動詞：去（行きます⇒ない形）

用法
邀約對方「要不要一起去看…」的說法。

へ，你帶人家去吃好吃的東西嘛。

ねえ、どこかおいしいもの食べに連れてってよ。

ねえ、どこか おいしい もの [を] 食べ に 連れて[行]って [ください] よ。

へ　哪裡　好吃的 東西 [請] 帶我去 吃　　　　嘛。

* ねえ…感嘆詞：喂
* どこ…名詞（疑問詞）：哪裡
* か…助詞：表示不特定
* おいしい…い形容詞：好吃
* もの…名詞：東西
* [を]…助詞：表示動作作用對象（口語時可省略）
* 食べ…動詞：吃（食べます⇒ます形除去[ます]）
* に…助詞：表示目的
* 連れて[行]って…動詞：帶去
  （連れて行きます⇒て形）（口語時可省略[行]）
* [ください]…補助動詞：請（口語時可省略）
  （くださいます⇒命令形[くださいませ]除去[ませ]）
  * 動詞て形＋ください：請[做]～
* よ…助詞：表示感嘆

用法

希望對方帶自己去吃美食的說法。

568

へ，帶人家去什麼好玩的地方嘛。

ねえ、どこか面白い所へ連れて行ってよ。

* ねえ…感嘆詞：喂
* どこ…名詞（疑問詞）：哪裡
* か…助詞：表示不特定
* 面白い…い形容詞：有趣
* 所…名詞：地方
* へ…助詞：表示移動方向
* 連れて行って…動詞：帶去（連れて行きます⇒て形）
* [ください]…補助動詞：請（口語時可省略）
  （くださいます⇒命令形[くださいませ]除去[ませ]）
* よ…助詞：表示感嘆

用法

希望對方帶自己出去玩的說法。

帶我去兜風嘛。　ドライブに連れてってよ。

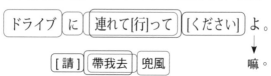

| ドライブ | に | 連れて[行]って | [ください] | よ。

↓

[請] | 帶我去 | 兜風

↓

嘛。

* ドライブ…名詞：兜風　　* に…助詞：表示目的
* 連れて[行]って…動詞：帶去
　（連れて行きます⇒て形）（口語時可省略[行]）
* [ください]…補助動詞：請（口語時可省略）
　（くださいます⇒命令形[くださいませ]除去[ませ]）
　　* 動詞て形＋ください：請[做]～
* よ…助詞：表示感嘆

用法　希望對方帶自己去兜風的說法。

今天晚上有空嗎？　今晩空いてる？

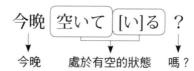

今晚 | 空いて | [い]る | ？

↓　　　↓　　　　　　　　↓

今晚　　處於有空的狀態　　嗎？

* 今晩…名詞：今晩　　* 空いて…動詞：有空（空きます⇒て形）
* [い]る…補助動詞：（います⇒辭書形）（口語時可省略い）
　　* 動詞て形＋います：目前狀態

用法　想和對方約會，詢問對方有沒有空的說法。

031 談情說愛篇

突然好想見你喔，現在可以見面嗎？

急 に会いたくなっちゃったんだけど、今会える？

急に｜会い｜たく｜なって｜しまった｜んだ｜けど、今会える？

突然　不由得　變成　想要　見面　　現在 可以見面 嗎

* 急に…副詞：突然、忽然
* 会い…動詞：見面（会います⇒ます形除去[ます]）
* たく…助動詞：表示希望（たい⇒副詞用法）
    * 動詞ます形除去[ます]＋たい：想要[做]〜
* なって…動詞：變成（なります⇒て形）
* しまった…補助動詞：（しまいます⇒た形）
    * 動詞て形＋しまいます：無法抵抗、無法控制
    * 会いたくなっちゃった……縮約表現：不由得變成想要見面
      （会いたくなってしまった⇒縮約表現）
      （口語時常使用「縮約表現」）
* んだ…連語：ん＋だ＝んです的普通體：表示強調
    * ん…形式名詞（の⇒縮約表現）
    * だ…助動詞：表示斷定（です⇒普通形-現在肯定形）
* けど…助詞：表示前言
* 今…名詞：現在
* 会える…動詞：見面（会います⇒可能形[会えます]的辭書形）

用法

突然想見對方的說法。

571

我很想見到你，所以來了…。

どうしても<ruby>会<rt>あ</rt></ruby>いたかったから<ruby>来<rt>き</rt></ruby>ちゃった…。

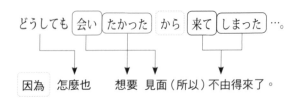

| どうしても | 会い | たかった | から | 来て | しまった | … |

因為　怎麼也　　　想要　見面（所以）不由得來了。

* どうしても…副詞：怎麼也
* 会い…動詞：見面（会います⇒ます形除去[ます]）
* たかった…助動詞：表示希望（たい⇒た形）
　* 動詞ます形除去[ます]＋たい：想要[做]～
* から…助詞：表示原因理由
* 来て…動詞：來（来ます⇒て形）
* しまった…補助動詞：（しまいます⇒た形）
　* 動詞て形＋しまいます：無法抵抗、無法控制
　* 来ちゃった…縮約表現：不由得來了
　　（来てしまった⇒縮約表現）
　　（口語時常使用「縮約表現」）

用法
沒有事先聯絡就直接去找對方，見到對方時的說法。

今天可以跟你見面，真的很高興。

今日は会えてうれしかった。

今日	は	会えて	うれしかった。
今天		因為可以見面	很高興。

＊今日…名詞：今天

＊は…助詞：表示主題

＊会えて…動詞：見面

　（会います⇒可能形[会えます]的て形）

　（て形表示原因）

＊うれしかった…い形容詞：高興（うれしい⇒た形）

用法

道別時，告訴對方很高興見到他的說法。

和你在一起的時間，總覺得過得特別快。

一緒にいると時間があっという間に
感じるね。

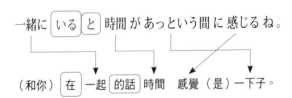

一緒に いる と 時間 が あっという間 に 感じる ね。

（和你） 在 一起 的話 時間　感覺（是）一下子。

* 一緒に…副詞：一起
* いる…動詞：有、在（います⇒辭書形）
* と…助詞：表示條件表現
* 時間…名詞：時間
* が…助詞：表示焦點
* あっという間…連語：一下子、一眨眼
* に…助詞：表示結果（在這裡表示「感受到的內容」）
* 感じる…動詞：感覺（感じます⇒辭書形）
* ね…助詞：表示期待同意

用法

在一起時很開心，覺得時間過得特別快的說法。

跟你在一起真的感覺很輕鬆。

_{いっしょ}
一緒にいるとホッとするよ。

一緒に ｜いる｜と｜ ホッとする よ。

｜在｜ 一起 ｜的話｜ 就會放心 耶。

* 一緒に…副詞：一起
* いる…動詞：有、在（います⇒辭書形）
* と…助詞：表示條件表現
* ホッとする…動詞：放心（ホッとします⇒辭書形）
* よ…助詞：表示感嘆

用法

表示「跟你在一起覺得很安心」的說法。對方聽了一定很開心。

我希望你一直在我身邊。

いつも 私のそばにいてほしいの。

いつも 私のそばに　いて　ほしい　の　。

總是　希望你　在　我　的　身邊。

* いつも…副詞：總是
* 私…名詞：我
* の…助詞：表示所在
* そば…名詞：身邊
* に…助詞：表示存在位置
* いて…動詞：有、在（います⇒て形）
* ほしい…補助い形容詞：希望～
* の…形式名詞：（～んです的口語說法）：表示強調

用法

希望能和對方隨時都在一起的說法。

你要一直陪在我旁邊喔。

ずっとそばにいてね。

ずっと そば に [いて] [ください] ね。

[請] 一直 [在] （我）身邊 喔。

* ずっと…副詞：一直
* そば…名詞：身邊
* に…助詞：表示存在位置
* いて…動詞：有、在（います⇒て形）
* [ください]…補助動詞：請
　（くださいます⇒命令形[くださいませ]除去[ませ]）
　（口語時可省略）
　＊ 動詞て形＋ください：請[做]～
* ね…助詞：表示期待同意

用法

希望對方今後都能陪伴在自己身邊的說法。

看著我的眼睛對我說。

目を見て話してよ。

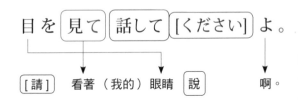

目を [見て] [話して] [ください] よ。

[請]　　看著（我的）眼睛　說　　　　啊。

* 目…名詞：眼睛
* を…助詞：表示動作作用對象
* 見て…動詞：看（見ます⇒て形）
  （て形表示附帶狀況）
* 話して…助詞：說（話します⇒て形）
* [ください]…補助動詞：請
  （くださいます⇒命令形[くださいませ]除去[ませ]）
  （口語時可省略）
  * 動詞て形＋ください：請[做]～
* よ…助詞：表示感嘆

用法

要求對方看著自己的眼睛說話的說法。

578

不要對我有所隱瞞喔。

わたし　　　　かく　ごと
私 には 隠し事 しないで。

私には ｜隠し事しない｜ で ｜[ください]｜。

對我的話 [請] 不要隱瞞。

＊ 私…名詞：我
＊ に…助詞：表示動作的對方
＊ は…助詞：表示對比（區別）
＊ 隠し事しない…動詞：隱瞞（隠し事[を]します⇒ない形）
＊ で…助詞：表示樣態
＊ [ください]…補助動詞：請
　　（くださいます⇒命令形[くださいませ]除去[ませ]）
　　（口語時可省略）
　　＊ 動詞ない形＋で＋ください：請不要[做]～

用法

希望對方把所有事情都老實說出來的說法。

你老實說，我不會生氣。

怒(おこ)らないから　正直(しょうじき)に言(い)って。

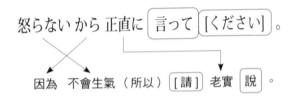

怒らないから 正直に 言って [ください]。

因為　不會生氣（所以）[請] 老實 說。

* 怒らない…動詞：生氣（怒ります⇒ない形）
* から…助詞：表示原因理由
* 正直に…な形容詞：老實（正直⇒副詞用法）
* 言って…動詞：說（言います⇒て形）
* [ください]…補助動詞：請
　（くださいます⇒命令形[くださいませ]除去[ませ]）
　（口語時可省略）
　* 動詞て形＋ください：請[做]～

用法
知道對方有所隱瞞，要求全盤托出的說法。

你直接叫我的名字就好了。

名前で呼んでよ。

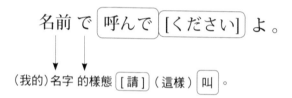

名前 で [呼んで] [ください] よ。

(我的)名字 的樣態 [請] (這樣) 叫。

* 名前…名詞：名字
* で…助詞：表示樣態
* 呼んで…動詞：呼喚、叫（呼びます⇒て形）
* [ください]…補助動詞：請
  （くださいます⇒命令形[くださいませ]除去[ませ]）
  （口語時可省略）
  * 動詞て形＋ください：請[做]～
* よ…助詞：表示勸誘

用法

希望和對方進入直接稱呼名字的親密關係的說法。

042 談情說愛篇

親我一下。　ねえ、チューして。

ねえ、 チューして [ください] 。

↓

ㄟ， [請] 親吻（我）。

* ねえ…感嘆詞：喂
* チューして…動詞：親吻（チューします⇒て形）
* [ください]…補助動詞：請（口語時可省略）
　（くださいます⇒命令形[くださいませ]除去[ませ]）
　* 動詞て形＋ください：請[做]～

用法 索吻的說法。如果不是情侶，可能變成性騷擾喔。

---

043 談情說愛篇

你背我好嗎？　ねえ、おんぶして。

ねえ、 おんぶして [ください] 。

↓

ㄟ， [請] 背（我）。

* ねえ…感嘆詞：喂
* おんぶして…動詞：背（おんぶします⇒て形）
* [ください]…（相關說明同上）

用法 希望對方背的說法。

嘴巴張開「阿～」。

はい、「あ～ん」して。

はい、「あ～ん」 して [ください]。

好，　[請] 做（出） 把嘴巴張開（的動作）。

* はい…感嘆詞：好
* あ～ん…副詞（特殊）：把嘴張開
* して…動詞：做（します⇒て形）
* [ください]…補助動詞：請
   （くださいます⇒命令形[くださいませ]除去[ませ]）
   （口語時可省略）
   * 動詞て形＋ください：請[做]～

用法
要餵對方吃東西時的說法。

你要握緊我的手喔。

ねえ、手をギュッて握って。

ねえ、手をギュッて 握って [ください]。

へ、 [請] 緊緊地 握住 （我的）手。

* ねえ…感嘆詞：喂
* 手…名詞：手
* を…助詞：表示動作作用對象
* ギュッて…副詞：緊緊地（＝ギュッと）
* 握って…動詞：握（握ります⇒て形）
* [ください]…補助動詞：請
  （くださいます⇒命令形[くださいませ]除去[ませ]）
  （口語時可省略）
  * 動詞て形＋ください：請[做]～

用法

希望對方緊握自己的手的說法。

046 談情說愛篇

走路的時候你要牽我啊。

いっしょ　ある　とき　て
一緒に歩く時は手をつないでよ。

一緒に [歩く] [時] は手を [つないで] [ください] よ。

一起　走路的時候 [請] 牽 （我的）手　　　　　啊。

* 一緒に…副詞：一起
* 歩く…動詞：走路（歩きます⇒辞書形）
* 時…名詞：～的時候
* は…助詞：表示對比（區別）
* 手…名詞：手
* を…助詞：表示動作作用對象
* つないで…動詞：牽（手）（つなぎます⇒て形）
* [ください]…補助動詞：請（口語時可省略）
　（くださいます⇒命令形[くださいませ]除去[ませ]）
　　* 動詞て形+ください：請[做]～
* よ…助詞：表示感嘆

用法

希望和對方手牽手走著的說法。

你要負責任喔。

せきにん と
責任取ってよ。

責任 [を] [取って] [ください] よ。

[請] 負起 責任

喔。

* 責任…名詞：責任
* [を]…助詞：表示動作作用對象（口語時可省略）
* 取って…動詞：負（責任）（取ります⇒て形）
* [ください]…補助動詞：請（口語時可省略）
   （くださいます⇒命令形[くださいませ]除去[ませ]）
   * 動詞て形＋ください：請[做]～
* よ…助詞：表示感嘆

用法

因為懷孕等原因，要求對方要負責任的說法。

下次能不能只有我們兩個談一談呢？

<ruby>今度<rt>こんどふたり</rt></ruby>二人きりで<ruby>話<rt>はなし</rt></ruby>がしたい。

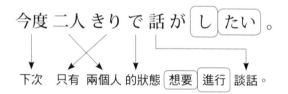

今度 二人 きり で 話 が [し][たい] 。

下次　只有　兩個人　的狀態　[想要][進行]　談話。

* 今度…名詞：下次
* 二人…名詞：兩個人
* きり…助詞：表示限定
* で…助詞：表示樣態
* 話…名詞：談話
* が…助詞：表示焦點
* し…動詞：做（します⇒ます形除去[ます]）
* たい…助動詞：表示希望
  * 動詞ます形除去[ます]＋たい：想要[做]～

用法

想要兩個人單獨談重要的事或是親密說話的說法。

587

待會我有件事想要跟你說…。

ちょっとあとで話したいことがあるんだ
けど…。

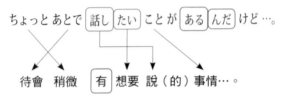

待會　稍微　　有　想要　說（的）事情…。

* ちょっと…副詞：一下、有點、稍微
* あとで…副詞：待會、等一下
* 話し…動詞：說（話します⇒ます形除去[ます]）
* たい…助動詞：表示希望
    * 動詞ます形除去[ます]＋たい：想要[做]～
* こと…名詞：事情
* が…助詞：表示焦點
* ある…動詞：有、在（あります⇒辭書形）
* んだ…連語：ん＋だ＝んです的普通體：表示強調
    * ん…形式名詞（の⇒縮約表現）
    * だ…助動詞：表示斷定（です⇒普通形-現在肯定形）
* けど…助動詞：表示前言

用法

想跟對方說什麼重要事情的說法。

我今天有很重要的事情要說。

今日は大事な 話 があるの。

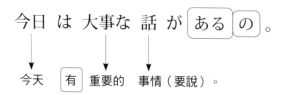

今日 は 大事な 話 が ある の 。

今天　有　重要的　事情（要說）。

＊今日…名詞：今天

＊は…助詞：表示主題

＊大事な…な形容詞：重要（大事⇒名詞接續用法）

＊話…名詞：事情

＊が…助詞：表示焦點

＊ある…動詞：有、在（あります⇒辭書形）

＊の…形式名詞：（〜んです的口語說法）表示強調

用法

表示「我有重要事情要跟你說」的說法。

589

你還年輕，多談點戀愛嘛。

若<ruby>わか</ruby>いんだからもっと恋愛<ruby>れんあい</ruby>すればいいのに。

若い	んだ	から	もっと	恋愛すれば	いい のに
因為	年輕		多	談戀愛的話	很好 卻…。

* 若い…い形容詞：年輕
* んだ…連語：ん＋だ＝んです的普通體：表示強調
  * ん…形式名詞（の⇒縮約表現）
  * だ…助動詞：表示斷定（です⇒普通形-現在肯定形）
* から…助詞：表示原因理由
* もっと…副詞：更
* 恋愛すれば…動詞：談戀愛（恋愛します⇒條件形）
* いい…い形容詞：好、良好
* のに…助詞：表示逆接

用法

對不打算談戀愛的年輕人說的話。

我想早點見到你…。

早く会いたい…。

* 早く…い形容詞：早（早い⇒副詞用法）

* 会い…動詞：見面（会います⇒ます形除去[ます]）

* たい…助動詞：表示希望

　* 動詞ます形除去[ます]＋たい：想要[做]～

用法

告訴對方「想早點見到他」的說法。

我好希望明年的聖誕節還能和你一起度過。

来年のクリスマスもあなたと一緒に
過ごしたい。

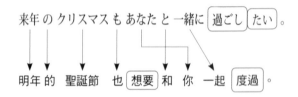

来年 の クリスマス も あなた と 一緒に 過ごし たい 。

明年 的 聖誕節 也 想要 和 你 一起 度過 。

＊ 来年…名詞：明年
＊ の…助詞：表示所屬
＊ クリスマス…名詞：聖誕節
＊ も…助詞：表示同列
＊ あなた…名詞：你
＊ と…助詞：表示動作夥伴
＊ 一緒に…副詞：一起
＊ 過ごし…動詞：度過（過ごします⇒ます形除去[ます]）
＊ たい…助動詞：表示希望
　＊ 動詞ます形除去[ます]＋たい：想要[做]～

用法

希望明年依然是男女朋友關係的說法（此為女性用語，只有女性會稱呼情人「あなた」）。

希望時間永遠停留在這一刻。

時間が今のまま止まったらいいのに…。

時間 が 今のまま 止まった ら いい のに …。

時間　現在 的 狀態 如果 停止 的話 很好，卻…。

* 時間…名詞：時間
* が…助詞：表示主格
* 今…名詞：現在
* の…助詞：表示所屬
* まま…名詞（特殊）：保持某種狀態
* 止まったら…動詞：停止（止まります⇒た形＋ら）
* いい…い形容詞：好、良好
* のに…助詞：表示逆接

用法

喜歡的人在身旁，希望能夠一直享受當下幸福的說法。

好想跟你一直這樣下去。

いつまでもこうしていたいなあ。

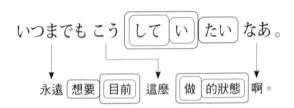

いつまでも こう [して] [い] [たい] なあ。

永遠 [想要] [目前] 這麼 [做] [的狀態] 啊。

* いつまでも…副詞：永遠
* こう…副詞：這麼
* して…動詞：做（します⇒て形）
* い…補助動詞：（います⇒ます形除去[ます]）
  * 動詞て形+います：目前狀態
* たい…助動詞：表示希望
  * 動詞ます形除去[ます]+たい：想要[做]〜
* なあ…助詞：表示感嘆

用法

很珍惜兩個人在一起的當下時光的說法。

594

多麼希望一輩子都能牽著妳的手。

いっしょうきみ　　て
一生 君と手をつないでいたい。

一生 君 と 手 を [つないで] [い] [たい]。

[想要] 一輩子 和 妳 [牽著] 手 [的狀態]。

* 一生…副詞：一輩子
* 君…名詞：妳（請參考「談情說愛篇」單元008）
* と…助詞：表示動作夥伴
* 手…名詞：手
* を…助詞：表示動作作用對象
* つないで…動詞：牽（手）（つなぎます⇒て形）
* い…補助動詞：（います⇒ます形除去[ます]）
　　* 動詞て形＋います：目前狀態
* たい…助詞：表示希望
　　* 動詞ます形除去[ます]＋たい：想要[做]～

用法

覺得「牽著對方的手，感覺很幸福」的說法。

下輩子還想跟你在一起。

生<ruby>う<rt></rt></ruby>まれ変<ruby>か<rt></rt></ruby>わってもまた一緒<ruby>いっしょ<rt></rt></ruby>になりたい。

| 生まれ変わって | も | また | 一緒 | に | なり | たい |

| 即使投胎轉世 | 也 | 再（度） | 想要 | 變成 | 結果是 | 在一起 |

* 生まれ変わって…動詞：投胎轉世
  （生まれ変わります⇒て形）
* も…助詞：表示逆接
  * 動詞て形＋も：即使～，也～
* また…副詞：再
* 一緒…名詞：一起
* に…助詞：表示變化結果
* なり…動詞：變成（なります⇒ます形除去[ます]）
* たい…助動詞：表示希望
  * 動詞ます形除去[ます]＋たい：想要[做]～

用法

表示非常喜歡對方，甚至希望下輩子也要在一起。

只要你在我身邊，我什麼都不需要。

あなたさえそばにいてくれれば、他_{ほか}には
何_{なに}も要_いらない。

あなた さえ そば に いて くれれば 、他 には 何 も 要らない 。

只要 你 有在 身邊 陪我的話 ， 另外 什麼 也 不需要 。

* あなた…名詞：你
* さえ…助詞：表示限定
* そば…名詞：身邊
* に…助詞：表示存在位置
* いて…動詞：有、在（います⇒て形）
* くれれば…補助動詞：（くれます⇒條件形）
  * 動詞て形＋くれます：別人為我[做]～
* 他…名詞：另外
* に…助詞：表示累加
* は…助詞：表示對比（區別）
* 何…名詞（疑問詞）：什麼、任何
* も…助詞：表示全否定
* 要らない…動詞：需要（要ります⇒ない形）

用法

表達「我只要你」的強烈情感（此為女性用語，只有
女性會稱呼情人「あなた」）。

597

結婚後我最少想要三個小孩耶。

結婚したら子供は三人は欲しいなあ。

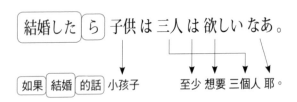

結婚した ら 子供は 三人は 欲しい なあ。

如果 結婚 的話 小孩子　　至少 想要 三個人 耶。

* 結婚したら…動詞：結婚（結婚します⇒た形＋ら）
* 子供…名詞：小孩子
* は…助詞：表示對比（區別）
* 三人…名詞：三個人
* は…助詞：表示區別（至少）
* 欲しい…い形容詞：想要
* なあ…助詞：表示感嘆

用法

表達婚後的願望之一。希望大家也多多增產報國喔。

598

如果妳會冷的話，要不要穿上我的外套？

寒^{さむ}かったら、僕^{ぼく}のコート着^きる？

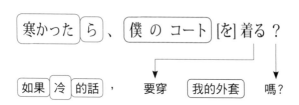

| 寒かった | ら | 、 | 僕 の コート | [を] 着る？ |

| 如果 | 冷 | 的話 | ， | 要穿 | 我的外套 | 嗎？ |

---

* 寒かったら…い形容詞：寒冷（寒い⇒た形＋ら）

* 僕…名詞：我

* の…助詞：表示所屬

* コート…名詞：外套

* [を]…助詞：表示動作作用對象（口語時可省略）

* 着る…動詞：穿（着ます⇒辭書形）

用法

對方好像很冷，打算把自己的外套借給對方穿的說法。

我送你回家好了。

家まで送るよ。

家 まで 送る よ。

↓

送 到 家裡。

＊家…名詞：家裡

＊まで…助詞：表示界限

＊送る…動詞：送行（送ります⇒辭書形）

＊よ…助詞：表示提醒

用法

打算送對方回家的說法。

你等我，工作結束後我會去接你。

しごと お　　　　 むか　　い　　　　 ま
仕事終わったら迎えに行くから待ってて。

仕事 [が] 終わった ら 迎え に 行く から 待って [い]て [ください]。

因為　工作 結束之後　會去　迎接（你）　[請]　等著　。

* 仕事…名詞：工作
* [が]…助詞：表示焦點（口語時可省略）
* 終わったら…動詞：結束（終わります⇒た形＋ら）
  * 動詞た形＋ら：[做]～之後，～（順接確定條件）
* 迎え…動詞：迎接（迎えます⇒ます形除去[ます]）
* に…助詞：表示目的
* 行く…動詞：去（行きます⇒辭書形）
* から…助詞：表示宣言
* 待って…動詞：等待（待ちます⇒て形）
* [い]て…動詞：（います⇒て形）（口語時可省略い）
* [ください]…補助動詞：請（口語時可省略）
  （くださいます⇒命令形[くださいませ]除去[ませ]）
  * 動詞て形＋います：目前狀態

用法
要去接送男女朋友的說法。

我煮好飯等你喔。

ご飯作って待ってるからね。

ご飯 [を] 作って　待って　[い]る から ね。

煮飯的狀態下　　等著（你）

喔。

* ご飯…名詞：飯
* [を]…助詞：表示動作作用對象（口語時可省略）
* 作って…動詞：煮（作ります⇒て形）
　（て形表示附帶狀況）
* 待って…動詞：等待（待ちます⇒て形）
* [い]る…補助動詞：（います⇒辭書形）
　（口語時可省略い）
　* 動詞て形+います：正在[做]～
* から…助詞：表示宣言
* ね…助詞：表示留住注意

用法
要為對方做飯的說法。

（送禮物時）
因為我覺得這個很適合妳…。

（プレゼントを贈る時）
これ、君に似合うと思って…。

これ、君に 似合う と 思って …。

↓　　　　　　　　　　　　　↓
這個　　　因為覺得 適合　　妳…。

* これ…名詞：這個
* 君…名詞：妳（請參考「談情說愛篇」單元008）
* に…助詞：表示方面
* 似合う…動詞：適合（似合います⇒辭書形）
* と…助詞：表示提示內容
* 思って…動詞：覺得（思います⇒て形）
　（て形表示原因）

用法

送禮物給對方時的說法。

有我在，妳不用擔心。

僕が付いているからだいじょうぶだよ。

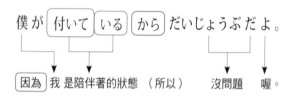

僕 が 付いて いる から だいじょうぶだよ。

因為 我 是陪伴著的狀態 （所以） 沒問題 喔。

* 僕…名詞：我
* が…助詞：表示主格
* 付いて…動詞：陪伴（付きます⇒て形）
* いる…補助動詞：（います⇒辭書形）
    * 動詞て形＋います：目前狀態
* から…助詞：表示原因理由
* だいじょうぶ…な形容詞：沒問題、沒事
* だ…な形容詞語尾：表示斷定（現在肯定形）
* よ…助詞：表示提醒

用法

發生了令人害怕的事情，可以這樣說讓對方安心。

妳不要哭，不然我也會跟著妳難過。

泣かないで、僕も悲しくなっちゃうよ。

* 泣かない…動詞：哭泣（泣きます⇒ない形）
* で…助詞：表示樣態
* [ください]…補助動詞：請（口語時可省略）
　（くださいます⇒命令形[くださいませ]除去[ませ]）
　　* 動詞ない形＋で＋ください：請不要[做]～
* 僕…名詞：我
* も…助詞：表示並列
* 悲しく…い形容詞：悲傷（悲しい⇒副詞用法）
* なって…動詞：變成（なります⇒て形）
* しまう…補助動詞：（しまいます⇒辭書形）
　　* 動詞て形＋しまいます：無法抵抗、無法控制
　　* 悲しくなっちゃう…縮約表現：忍不住變悲傷
　　　（悲しくなってしまう⇒縮約表現）
　　　（口語時常使用「縮約表現」）
* よ…助詞：感嘆

用法

安慰哭泣中的對方，表示自己也感同身受覺得難過。

605

怎麼了？有什麼不高興的事嗎？

どうしたの？　何か嫌_{いや}なことでもあったの？

| どう　した | の？ | 何 か 嫌な こと でも | あった | の？ |

怎麼了　　　　　　嗎？　什麼 討厭的 事情 之類的 有　　　　嗎？

* どう…副詞（疑問詞）：怎麼樣、如何
* した…動詞：做（します⇒た形）
* の…形式名詞：（〜んですか的口語說法）
* 何…名詞（疑問詞）：什麼、任何
* か…助詞：表示不特定
* 嫌な…な形容詞：討厭（嫌⇒名詞接續用法）
* こと…名詞：事情
* でも…助詞：表示舉例
* あった…動詞：有、在（あります⇒た形）
* の…形式名詞：（〜んですか的口語說法）
  * 〜んですか：關心好奇、期待回答

用法

感覺對方似乎心情不好，可以用這句話表示關心。

昨天晚上你的手機打不通，怎麼了？

昨日の夜、携帯つながらなかったけど、
何かあったの？

昨日 の 夜、携帯 [が] つながらなかったけど、何か あった の?

昨天 的 晚上 手機　　　沒有接通，　　　什麼事 發生了 嗎?

＊昨日…名詞：昨天
＊の…助詞：表示所屬
＊夜…名詞：晚上
＊携帯…名詞：手機
＊[が]…助詞：表示主格（口語時可省略）
＊つながらなかった…動詞：連接（つながります⇒なかった形）
＊けど…助詞：表示前言
＊何…名詞（疑問詞）：什麼、任何
＊か…助詞：表示不特定
＊あった…動詞：有、在（あります⇒た形）
＊の…形式名詞：（～んですか的口語說法）
　＊～んですか：關心好奇、期待回答

用法

無法取得聯絡，關心對方是否發生什麼事的說法。

到家的話，要打電話給我喔。

家に着いたら電話してよ。

家に [着いた] ら [電話して] [ください] よ。

到達 家裡 之後 [請] 打電話　喔。

* 家…名詞：家裡
* に…助詞：表示到達點
* 着いたら…動詞：到達（着きます⇒た形＋ら）
  * 動詞た形＋ら：[做]～之後，～（順接確定條件）
* 電話して…動詞：打電話（電話します⇒て形）
* [ください]…補助動詞：請（口語時可省略）
  （くださいます⇒命令形[くださいませ]除去[ませ]）
  * 動詞て形＋ください：請[做]～
* よ…助詞：表示提醒

用法

道別時，希望對方到家後打電話報平安的說法。

下班之後，早點回家喔。

しごと お　　　　　　　　　はや　かえ
仕事終わったら、早く帰ってきてね。

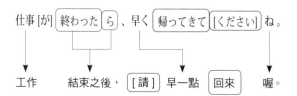

仕事 [が] [終わった] [ら] 、早く [帰ってきて] [ください] ね。

工作　　　結束之後，　[請] 早一點　回來　　　喔。

＊ 仕事…名詞：工作

＊ [が]…助詞：表示焦點（口語時可省略）

＊ 終わったら…動詞：結束（終わります⇒た形＋ら）

　＊ 動詞た形＋ら：[做]～之後、～（順接確定條件）

＊ 早く…い形容詞：早（早い⇒副詞用法）

＊ 帰ってきて…動詞：回來（帰ってきます⇒て形）

＊ [ください]…補助動詞：請（口語時可省略）

　（くださいます⇒命令形[くださいませ]除去[ませ]）

　＊ 動詞て形＋ください：請[做]～

＊ ね…助詞：表示留住注意

用法
希望對方下班後不要到處溜達，要早點回家的說法。

今天很晚了，要不要留在我這裡過夜？

今日はもう遅いから泊まっていけば？

今日 は もう 遅い から 泊まって いけば ？

因為 今天 已經 很晚　住一晚再走的話（怎麼樣）？

* 今日…名詞：今天
* は…助詞：表示主題
* もう…副詞：已經
* 遅い…い形容詞：晚
* から…助詞：表示原因理由
* 泊まって…動詞：住宿（泊まります⇒て形）
* いけば…補助動詞：（いきます⇒條件形）
    * 動詞て形＋いきます：動作和移動（做～，再去）

用法

建議對方留在自己家過夜的說法。適用於關係親密的狀態。

610

你要先吃飯？還是先洗澡？

ご飯にする？　それともお風呂？

* ご飯…名詞：飯
* に…助詞：表示決定結果
* する…動詞：做（します⇒辭書形）
* それとも…接續詞：還是（二選一）
* お…接頭辭：表示美化、鄭重
* 風呂…名詞：洗澡

用法

晚餐和熱水都準備好了，詢問回到家的人要先做什麼的說法。是宛如夫妻一般的對話。

611

你的笑容真的是很棒。

あなたの笑顔って素敵だね。

あなた　　の　　笑顔　　って　　素敵　だ　ね。

你　　　的　　笑容　　　　　　　很棒　　耶。

* あなた…名詞：你
* の…助詞：表示所屬
* 笑顔…名詞：笑容
* って…助詞：表示主題（＝は）
* 素敵…な形容詞：很棒
* だ…な形容詞語尾：表示斷定（現在肯定形）
* ね…助詞：表示感嘆

用法

讚美對方笑容的說法。笑容受到誇讚，一定讓人很開心（此為女性用語，只有女性會稱呼情人「あなた」）。

看到你的笑容，我就覺得很療癒。

笑顔を見てると癒されるなあ。

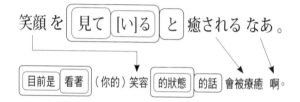

笑顔を｜見て [い]る｜と 癒される なあ。

目前是 看著 （你的）笑容 的狀態 的話 會被療癒 啊。

* 笑顔…名詞：笑容
* を…助詞：表示動作作用對象
* 見て…動詞：看（見ます⇒て形）
* [い]る…補助動詞：（います⇒辭書形）
  （口語時可省略い）
  * 動詞て形＋います：目前狀態
* と…助詞：表示條件表現
* 癒される…動詞：療癒
  （癒します⇒受身形[癒されます]的辭書形）
* なあ…助詞：表示感嘆

用法
讚美對方笑容的說法之一。

613

你穿什麼都很好看。

どんな服を着ても似合うね。

どんな　服　を　着て　も　似合う　ね。

即使穿　什麼樣的　衣服　也　適合　耶。

* どんな…連體詞（疑問詞）：什麼樣的
* 服…名詞：衣服
* を…助詞：表示動作作用對象
* 着て…動詞：穿（着ます⇒て形）
* も…助詞：表示逆接
    * 動詞て形＋も：即使～，也～
* 似合う…動詞：適合（似合います⇒辭書形）
* ね…助詞：表示主張

用法

稱讚對方所穿的衣服很適合他的說法。

我會保護妳的。

<ruby>僕<rt>ぼく</rt></ruby>が<ruby>守<rt>まも</rt></ruby>ってあげる。

僕　が　守って　あげる　。

→
我　　　　（會）給予保護。

＊ 僕…名詞：我

＊ が…助詞：表示主格

＊ 守って…動詞：保護（守ります⇒て形）

＊ あげる…補助動詞：（あげます⇒辭書形）

　＊ 動詞て形＋あげます：為別人[做]～

用法

這是男生對女生說的話。女生聽了一定很有安全感。

我一定會讓妳幸福。

僕^{ぼく}はきっとあなたを 幸^{しあわ}せにします。

僕 は きっと あなた を | 幸せ | に | します | 。

我　　一定　　　　　　　　　　　　會讓　妳　幸福　。

* 僕…名詞：我
* は…助詞：表示動作主
* きっと…副詞：一定
* あなた…名詞：你
    * 原本只有女性會稱呼情人「あなた」，但此句是發誓的感覺，用「あなた」比較正式。
* を…助詞：表示動作作用對象
* 幸せ…な形容詞：幸福
* に…助詞：表示決定結果
* します…動詞：做

用法
求婚用語之一。

078 談情說愛篇

我一有時間，就馬上去看你。

時間<ruby>時<rt>じ</rt></ruby><ruby>間<rt>かん</rt></ruby>ができたら、すぐ<ruby>会<rt>あ</rt></ruby>いに<ruby>行<rt>い</rt></ruby>くから。

* 時間…名詞：時間

* が…助詞：表示焦點

* できたら…動詞：有、出現（できます⇒た形＋ら）

* すぐ…副詞：馬上

* 会い…動詞：見面（会います⇒ます形除去[ます]）

* に…助詞：表示目的

* 行く…動詞：去（行きます⇒辭書形）

* から…助詞：表示宣言

用法

表示「現在雖然沒有時間，但一有空會立刻去看你」的說法。

（對花子說）我願意為你做任何事。

<ruby>花子<rt>はなこ</rt></ruby>のためなら、<ruby>何<rt>なん</rt></ruby>でもするよ。

| 花子 | の | ため | なら | 、 | 何 | でも | する | よ |

| 要是 | 為了 | 花子 | 的話 | ， | 什麼 | 都 | 做 | 喔 |

* 花子…（人名）花子
* の…助詞：表示所屬（屬於文型上的用法）
* ため…形式名詞：為了～
* なら…助動詞：表示斷定（だ⇒條件形）
* 何…名詞（疑問詞）：什麼、任何
* でも…助詞：表示全肯定
* する…動詞：做（します⇒辭書形）
* よ…助詞：表示提醒

用法

「你說什麼，我都照辦」的愛的宣言。表示「是那麼地喜歡你」的意思。

我願意為你付出一切。　あなたに尽くします。

あなた　に　尽くします。

對　你　貢獻力量。

* あなた…名詞：你
* に…助詞：表示動作的對方
* 尽くします…動詞：貢獻力量

用法　願意為對方做任何事的說法（此為女性用語，只有女性會稱呼情人「あなた」）。

我是相信你的。　信じてるから…。

信じて [い]る から …。

我要　處於　相信你　的狀態　。

* 信じて…動詞：相信（信じます⇒て形）
* [い]る…補助動詞：(います⇒辭書形)（口語時可省略い）
　* 動詞て形＋います：目前狀態
* から…助詞：表示宣言

用法　告訴對方「我相信你」。對方聽了，應該更加不會背叛感情吧。

這是我們兩個人的祕密喔。

これは二人（ふたり）だけの秘密（ひみつ）ね。

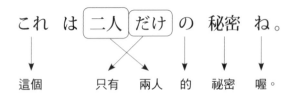

これ　は　二人　だけ　の　秘密　ね。

↓　　　　　　↓　　　↓　　↓　　↓　　↓

這個　　　只有　兩人　的　祕密　喔。

＊これ…名詞：這個

＊は…助詞：表示主題

＊二人…名詞：兩人

＊だけ…助詞：只是～而已、只有

＊の…助詞：表示所屬

＊秘密…名詞：秘密

＊ね…助詞：表示期待同意

用法

將事情當作兩人之間的祕密的說法。

我不可能還有其他喜歡的人吧。

他 (ほか) に好 (す) きな人 (ひと) がいるわけないじゃないか。

他 に 好きな 人 が　いる　わけ[が]ない　じゃないか。

不可能　有　另外　喜歡的　人　　　　　不是嗎？

＊他…名詞：另外

＊に…助詞：表示累加

＊好きな…な形容詞：喜歡（好き⇒名詞接續用法）

＊人…名詞：人

＊が…助詞：表示焦點

＊いる…動詞：有、在（います⇒辭書形）

＊わけ[が]ない…連語：不可能（口語時可省略が）

＊じゃないか…連語：不是～嗎（反問表現）

用法

強烈否認自己還有其他喜歡的人的說法。

下次要不要和我父母親一起吃個飯？

今度うちの　両親と一緒に　食事でも
どうかな？

今度 うちの 両親と一緒に 食事でも どうかな？

下次 和 我家 的 父母親　一起　用餐 之類的 如何 呢　　？

* 今度…名詞：下次
* うち…名詞：我家
* の…助詞：表示所屬
* 両親…名詞：父母親
* と…助詞：表示動作夥伴
* 一緒に…副詞：一起
* 食事…名詞：用餐
* でも…助詞：表示舉例
* どう…副詞（疑問詞）：怎麼樣、如何
* か…助詞：表示疑問
* な…助詞：表示感嘆（自言自語）

用法

想要把對方介紹給自己的父母親認識的說法。

622

下次能不能和我的父母見個面呢？

今度うちの 両 親と会ってくれないかな？

今度 うち の 両親 と ［会って］［くれない］ かな？

下次 和 我家 的 父母親　不願意為我見面　嗎　 ？

* 今度…名詞：下次
* うち…名詞：我家
* の…助詞：表示所屬
* 両親…名詞：父母親
* と…助詞：表示動作夥伴
* 会って…動詞：見面（会います⇒て形）
* くれない…補助動詞：（くれます⇒ない形）
   * 動詞て形＋くれます：別人為我[做]～
* か…助詞：表示疑問
* な…助詞：表示感嘆（自言自語）

用法

希望安排對方和自己的父母親見面的說法。

我希望你差不多該要跟我爸爸見面了。

そろそろ 私 のお父さんに会ってほしいの。

* そろそろ…副詞：差不多
* 私…名詞：我
* の…助詞：表示所屬
* お…接頭辭：表示美化、鄭重
* 父さん…名詞：父親
* に…助詞：表示接觸點
* 会って…動詞：見面（会います⇒て形）
* ほしい…補助い形容詞：希望〜
　　* 動詞て形＋欲しい：希望[做]〜（非自己意志的動作）
* の…形式名詞：（〜んです的口語說法）表示強調

用法

女方要求男方跟自己父親見面的說法。男方要求女方則說「そろそろ私のお父さんに会ってほしいんだ。」

從現在起，請妳跟我在一起好嗎？

これから先、僕と一緒になってくれま
せんか。

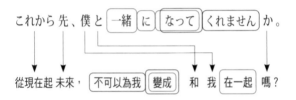

＊ これから…名詞：從現在起
＊ 先…名詞：未來
＊ 僕…名詞：我
＊ と…助詞：表示動作夥伴
＊ 一緒…名詞：一起
＊ に…助詞：表示變化結果
＊ なって…動詞：變成（なります⇒て形）
＊ くれません…補助動詞：（くれます⇒現在否定形）
　＊ 動詞て形＋くれます：別人為我[做]～
＊ か…助詞：表示疑問

用法

意思等於「結婚（けっこん）してください。」（請和
我結婚），是求婚台詞。

（對女友的父母）請您把女兒嫁給我好嗎？

娘 さんと結婚させてください。

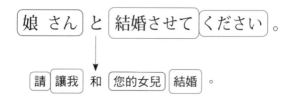

* 娘…名詞：女兒
* さん…接尾辭：敬稱、愛稱
* と…助詞：表示動作夥伴
* 結婚させて…動詞：結婚
  （結婚します⇒使役形[結婚させます]的て形）
* ください…補助動詞：請
  （くださいます⇒命令形[くださいませ]除去[ませ]）
  * 動詞て形＋ください：請[做]～

用法

對女友的父母親表示「請把女兒嫁給我」的說法。如果考慮清楚了，就大膽提出來吧！另一種說法是「娘（むすめ）さんを僕（ぼく）にください。」（請把您的女兒交給我）。

089 談情說愛篇

求婚

愛你一生一世。 あなたを一生（いっしょう）愛（あい）し続（つづ）けます。

あなた　を　一生　愛し続けます。

一輩子　　　持續愛　你。

* あなた…名詞：你
  * 原本只有女性稱呼情人「あなた」，但此句是發誓的感覺，用「あなた」比較正式。
* を…助詞：表示動作作用對象
* 一生…副詞：一輩子　* 愛し続けます…動詞：愛下去

用法 求婚或婚禮上的誓言之一。

---

090 談情說愛篇

求婚

我要當你的老婆！ あなたのお嫁（よめ）さんになる！

あなた　の　お嫁　さん　に　なる　！

（我）要成為　你的太太　！

* あなた…名詞：你　　* の…助詞：表示所屬
* お…接頭辭：表示美化、鄭重　* 嫁…名詞：太太
* さん…接尾辭：敬稱、愛稱　* に…助詞：表示變化結果
* なる…動詞：變成（なります⇒辭書形）

用法 女生告訴男生想要結婚的可愛說法（此為女性用語，只有女性會稱呼情人「あなた」）。

你喜歡哪一種類型的呢？

どんなタイプの<ruby>人<rt>ひと</rt></ruby>が<ruby>好<rt>す</rt></ruby>きなの？

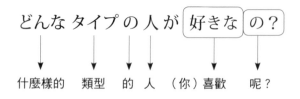

どんな	タイプ	の	人	が	好きな	の？
什麼樣的	類型	的	人		（你）喜歡	呢？

＊ どんな…連體詞（疑問詞）：什麼樣的

＊ タイプ…名詞：類型

＊ の…助詞：表示所屬

＊ 人…名詞：人

＊ が…助詞：表示焦點

＊ 好きな…な形容詞：喜歡（好き⇒名詞接續用法）

＊ の…形式名詞：（〜んですか的口語說法）

　＊ 〜んですか：關心好奇、期待回答

用法

直接詢問對方喜歡的類型的說法。

628

現在有交往的對象嗎？

今、付き合ってる人いるんですか。

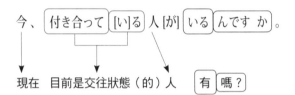

今、 │付き合って│ [い]る │ 人 [が] │ いる │ んです か │。

現在　目前是交往狀態（的）人　　有 嗎？

* 今…名詞：現在
* 付き合って…動詞：交往（付き合います⇒て形）
* [い]る…補助動詞：（います⇒辭書形）（口語時可省略い）
  * 動詞て形＋います：目前狀態
* 人…名詞：人
* [が]…助詞：表示焦點（口語時可省略）
* いる…補助動詞：有、在（います⇒辭書形）
* んです…連語：ん＋です
  * ん…形式名詞（の⇒縮約表現）
  * です…助動詞：表示斷定(現在肯定形)
* か…助詞：表示疑問
  * ～んですか：關心好奇、期待回答

用法
直接詢問對方目前是否有交往對象的說法。

629

你是不是有其他喜歡的人？

他に好きな人がいるの？

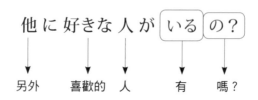

他 に	好きな	人 が	いる	の？
另外	喜歡的	人	有	嗎？

* 他…名詞：另外

* に…助詞：表示累加

* 好きな…な形容詞：喜歡（好き⇒名詞接續用法）

* 人…名詞：人

* が…助詞：表示焦點

* いる…補助動詞：有、在（います⇒辭書形）

* の…形式名詞：（〜んですか的口語說法）

　* 〜んですか：關心好奇、期待回答

用法

直接詢問對方目前是否有喜歡的人的說法。

你喜歡我對不對？

<ruby>私<rt>わたし</rt></ruby>のことが<ruby>好<rt>す</rt></ruby>きなんでしょ？

私 の こと が 好きな んでしょ[う]？

我　的　事情　（你）喜歡　　對不對？

* 私…名詞：我
* の…助詞：表示所屬
* こと…名詞：事情
* が…助詞：表示焦點
* 好きな…形容詞：喜歡（好き⇒名詞接續用法）
* んでしょ[う]…連語：ん＋でしょう：～對不對？
  （強調語氣）
  * ん…形式名詞（の⇒縮約表現）
  * でしょう…助動詞：表示斷定（です⇒意向形）
    （口語時可省略う）

用法

詢問對方是否對自己有好感的說法。萬一是自己會錯意，可是很難為情的。

你喜歡我什麼？

<ruby>私<rt>わたし</rt></ruby> のどこが<ruby>好<rt>す</rt></ruby>き？

私　の　どこ　が　好き？
↓　↓　↓　　↓　↓
我　的　哪裡　（你）喜歡　呢？

＊ 私…名詞：我
＊ の…助詞：表示所屬
＊ どこ…名詞（疑問詞）：哪裡
＊ が…助詞：表示焦點
＊ 好き…な形容詞：喜歡

用法
想知道對方喜歡自己什麼的說法。

632

你記不記得今天是什麼日子？

ねえ、今日は何の日か覚えてる？

ねえ、今日は 何の日 か 覚えて [い]る ？

　↙　　　↙　　　　　　　↓　　　　↓　　　↓

　ㄟ　　今天　　　什麼日子 呢？ 目前是記得的狀態 嗎？

＊ ねえ…感嘆詞：喂
＊ 今日…名詞：今天
＊ は…助詞：表示主題
＊ 何…名詞（疑問詞）：什麼、任何
＊ の…助詞：表示所屬
＊ 日…名詞：日子
＊ か…助詞：表示疑問
＊ 覚えて…動詞：記住（覚えます⇒て形）
＊ [い]る…補助動詞：（います⇒辭書形）（口語時可省い）
　＊ 動詞て形＋います：目前狀態

用法
詢問對方是否記得紀念日的說法。

633

我真的可以把自己託付給你嗎？

本当（ほんとう）にあなたを信（しん）じてもいいの？

本当に あなた を ｜ 信じて ｜ も ｜ いい ｜ の？

真的　即使相信　你　也　可以　　　嗎？

＊本当に…副詞：真的
＊あなた…名詞：你
＊を…助詞：表示動作作用對象
＊信じて…動詞：相信（信じます⇒て形）
＊も…助詞：表示逆接
　＊動詞て形＋も：即使～，也～
＊いい…い形容詞：好、良好
＊の…形式名詞：（～んですか的口語說法）
　＊～んですか：關心好奇、期待回答

用法

相信對方，卻又有點不安時，常會有這樣的疑惑（此為女性用語，只有女性會稱呼情人「あなた」）。

我只是你的備胎嗎？

<ruby>私<rt>わたし</rt></ruby> は<ruby>都合<rt>つごう</rt></ruby>のいい<ruby>女<rt>おんな</rt></ruby>ってわけ？

私は 都合 の いい 女ってわけ？

就是說　我（是）方便的　女人　　　　　　嗎？

* 私…名詞：我
* は…助詞：表示主題
* 都合…名詞：方便
* の…助詞：表示焦點（の＝が）
* いい…い形容詞：好、良好
* 女…名詞：女人
* ってわけ…連語：就是說（＝というわけ）

用法

埋怨對方只是抱著玩玩的心態和自己交往的說法。如果是男生問女生「我只是妳的備胎嗎？」則說「僕（ぼく）は都合（つごう）のいい男（おとこ）ってわけ？」

如果我跟你媽媽一起掉到水裡，你先救哪一個？

もし 私 とあなたのお母さんが溺れてたら、
どっちを先に助けるの？

もし	私	と	あなた	の	お母さん	が
↓	↓	↓	↓	↓	↓	
如果	我	和	你	的	母親	

溺れて	[い]た	ら	、	どっちを
正溺水		的話		↓ 哪一個

先に	助ける	の？
↓	↓	↓
先	救	呢？

* もし…副詞：如果
* 私…名詞：我
* と…助詞：表示並列
* あなた…名詞：你
* の…助詞：表示所屬
* お…接頭辭：表示美化、鄭重
* 母さん…名詞：母親
* が…助詞：表示主格
* 溺れて…動詞：溺水（溺れます⇒て形）
* [い]たら…補助動詞：（います⇒た形＋ら）
   （口語時可省略い）
   * 動詞て形＋います：正在[做]～
* どっち…名詞（疑問詞）：哪一個
* を…助詞：表示動作作用對象
* 先に…副詞：先
* 助ける…動詞：救（助けます⇒辭書形）
* の…形式名詞：（～んですか的口語說法）
   * ～んですか：關心好奇、期待回答

用法

這是男生們不知如何回答的問題之一。不妨問一問，
測試他的反應。

啊～，為什麼我會喜歡上你（妳／他／她）啊…。

ああ、どうして好きになっちゃったんだろう…。

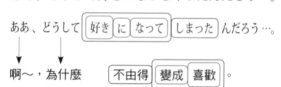

ああ、どうして 好き に なって しまった んだろう…。

啊～，為什麼 不由得 變成 喜歡 。

* ああ…感嘆詞：啊～
* どうして…副詞（疑問詞）：為什麼
* 好き…な形容詞：喜歡
* に…助詞：表示變化結果
* なって…動詞：變成（なります⇒て形）
* しまった…補助動詞：（しまいます⇒た形）
    * 動詞て形＋しまいます：無法抵抗、無法控制
    * 好きになっちゃったんだろう…縮約表現：
      不由得變成喜歡（口語時常使用「縮約表現」）
      （好きになってしまったんだろう⇒縮約表現）
* んだろう…連語：ん＋だろう：到底為什麼～呢？
  （此處＝んでしょうか，因為有「どうして」，
  所以不用加「か」即能表示疑問）
    * ん…形式名詞（の⇒縮約表現）
    * だろう…助動詞：表示斷定（だ⇒意向形）

用法
自己也不明白為什麼會喜歡上對方的說法。

就因為人家很寂寞啊。

だって、寂しかったんだもん。

だって、　寂しかった　んだ　もん　。

因為　　　　　　　寂寞　　　　　　的原因。

＊ だって…接續詞：因為

＊ 寂しかった…い形容詞：寂寞（寂しい⇒た形）

＊ んだ…連語：ん＋だ＝んです的普通體

　＊ ん…形式名詞（の⇒縮約表現）

　＊ だ…助動詞：表示斷定（です⇒普通形-現在肯定形）

＊ もん…形式名詞：表示原因（＝もの）

　＊ ～んだもん：表示因為＋強調

　　（此文型具有「因為～，所以不得不～」的語感。

　　　適用於親密關係。）

用法

表示是因為寂寞才會做了某件事的說法。

因為寂寞所以我打了這個電話…。

寂_{さび}しくて電話_{でん わ}しちゃった…。

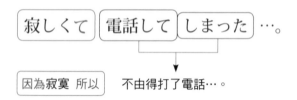

| 寂しくて | 電話して | しまった | …。 |

因為寂寞 所以　　不由得打了電話…。

* 寂しくて…い形容詞：寂寞（寂しい⇒て形）

　（て形表示原因）

* 電話して…動詞：打電話（電話します⇒て形）

* しまった…補助動詞：（しまいます⇒た形）

　* 動詞て形＋しまいます：無法抵抗、無法控制

　* 電話しちゃった…縮約表現：不由得打了電話

　　（電話してしまった⇒縮約表現）

　　（口語時常使用「縮約表現」）

用法

沒有重要的事，只是因為寂寞而打電話過來的說法。

我只是想聽聽你的聲音而已。

こえ　き
声が聞きたかっただけなの。

声 が ｜聞き｜ ｜たかった｜ だけ な ｜の｜ 。

｜因為｜　　　只 是　｜想要｜ ｜聽｜ （你的）聲音。

* 声…名詞：聲音
* が…助詞：表示焦點
* 聞き…動詞：聽、問（聞きます⇒ます形除去[ます]）
* たかった…助動詞：表示希望（たい⇒た形）
  * 動詞ます形除去[ます]＋たい：想要[做]～
* だけ…助詞：只是～而已、只有
* な…助動詞：表示斷定（だ⇒名詞接續用法）
* の…形式名詞：（～んです的口語說法）表示理由

用法
打電話或是其他方法，只是為了聽聽對方聲音的說法。

不要放我一個人好嗎？

私 を一人にしないで。

私を 一人 に しない で [ください]。

[請] 不要 把我 弄成 結果是 一個人 。

* 私…名詞：我
* を…助詞：表示動作作用對象
* 一人…名詞：一個人
* に…助詞：表示決定結果
* しない…動詞：做（します⇒ない形）
* で…助詞：表示樣態
* [ください]…補助動詞：請（口語時可省略）
　（くださいます⇒命令形[くださいませ]除去[ませ]）
　* 動詞ない形＋で＋ください：請不要[做]～

用法
因為寂寞或害怕，希望對方陪在自己身邊的說法。

105 談情說愛篇

那個還沒有來…。　あれがまだ来ないの…。

| あれ | が | まだ | 来ない | の | …。 |

那個（月經）　　還　　　沒有來…。

* あれ…名詞：那個
* が…助詞：表示主格
* まだ…副詞：還、尚未
* 来ない…動詞：來（来ます⇒ない形）
* の…形式名詞：（～んです的口語說法）表示強調

用法 表示生理期還沒來。如果還沒結婚，就令人煩惱了。

---

106 談情說愛篇

你最近對我比較冷淡哦？　最近なんか冷たくない？

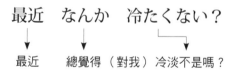

| 最近 | なんか | 冷たくない？ |

最近　　　總覺得　（對我）冷淡不是嗎？

* 最近…名詞：最近
* なんか…副詞：總覺得、好像
* 冷たくない…い形容詞：冷淡（冷たい⇒現在否定形-くない）

用法 抱怨對方最近對自己比較冷淡的說法。

感覺你最近都不打電話給我…。

なんだか最近電話してくれないね…。

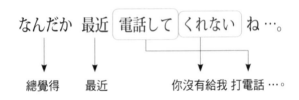

なんだか	最近	電話して	くれない	ね…。
↓	↓	↓	↓	
總覺得	最近	你沒有給我 打電話 …。		

* なんだか…副詞：總覺得、不知道為什麼
* 最近…名詞：最近
* 電話して…動詞：打電話（電話します⇒て形）
* くれない…補助動詞：（くれます⇒ない形）
  ＊動詞て形＋くれます：別人為我[做]～
* ね…助詞：表示留住注意

用法

對方很少來電，表達希望對方經常聯絡的心情。

你為什麼都不接我的電話？

何で電話に出てくれないの？

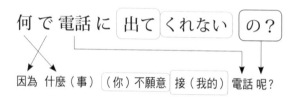

因為 什麼（事）（你）不願意 接（我的）電話 呢？

* 何…名詞（疑問詞）：什麼、任何
* で…助詞：表示原因理由
* 電話…名詞：電話
* に…助詞：表示出現點
* 出て…動詞：接（出ます⇒て形）
* くれない…補助動詞：（くれます⇒ない形）
    * 動詞て形＋くれます：別人為我[做]～
* の…形式名詞：（～んですか的口語說法）
    * ～んですか：關心好奇、期待回答

用法

抱怨對方不接自己電話的不滿情緒。

你為什麼都不老實說？

どうして本当（ほんとう）のことを言（い）ってくれなかったの？

どうして	本当 の こと を	言って　くれなかった	の？
為什麼	真正 的 事情	不說給我聽	呢？

* どうして…副詞（疑問詞）：為什麼
* 本当…名詞：真正
* の…助詞：表示所屬
* こと…名詞：事情
* を…助詞：表示動作作用對象
* 言って…動詞：說（言います⇒て形）
* くれなかった…補助動詞：（くれます⇒なかった形）
  * 動詞て形＋くれます：別人為我[做]～
* の…形式名詞：（～んですか的口語說法）
  * ～んですか：關心好奇、期待回答

用法
生氣對方不為自己著想的說法。

646

為什麼你都不了解我啊？

どうしてわかってくれないんだ。

どうして	わかって	くれない	んだ
為什麼	不懂我		呢？

＊ どうして…副詞（疑問詞）：為什麼
＊ わかって…動詞：懂（わかります⇒て形）
＊ くれない…補助動詞：（くれます⇒ない形）
　＊ 動詞て形＋くれます：別人為我[做]～
＊ んだ…連語：ん＋だ
　（此處＝んですか，因為有「どうして」，
　所以不用加「か」即能表示疑問）
　＊ ん…形式名詞（の⇒縮約表現）
　＊ だ…助動詞：表示斷定（です⇒普通形-現在肯定形）
　＊ ～んですか：關心好奇、期待回答

用法
抱怨對方不了解自己的說法。

你不要找藉口了。

言^いい訳^{わけ}しないでよ。

[請] 不要辯解。

* 言い訳しない…動詞：辯解
  （言い訳します⇒ない形）
* で…助詞：表示樣態
* [ください]…補助動詞：請
  （くださいます⇒命令形[くださいませ]除去[ませ]）
  （口語時可省略）
  * 動詞ない形＋で＋ください：請不要[做]～
* よ…助詞：表示感嘆

用法
對老愛找理由辯解的人說的話。

你不要那麼任性嘛。

そんなわがまま言わ<ruby>言<rt>い</rt></ruby>ないでよ。

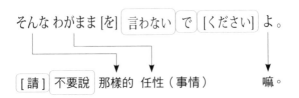

そんな わがまま [を]　言わない　で　[ください]　よ。

[請]　不要說　那樣的　任性（事情）　　　　　嘛。

* そんな…連體詞：那樣的
* わがまま…名詞：任性
* [を]…助詞：表示動作作用對象（口語時可省略）
* 言わない…動詞：說（言います⇒ない形）
* で…助詞：表示樣態
* [ください]…補助動詞：請
  （くださいます⇒命令形[くださいませ]除去[ませ]）
  （口語時可省略）
  * 動詞ない形＋で＋ください：請不要[做]～
* よ…助詞：表示感嘆

用法
抱怨對方言行舉止任性的說法。

工作跟我，哪一個重要？

仕事<ruby>しごと</ruby>と 私<ruby>わたし</ruby>とどっちが大事<ruby>だいじ</ruby>なの？

仕事	と	私	とどっちが	大事な	の？
工作	和	我	哪一個	重要	呢？

* 仕事…名詞：工作
* と…助詞：表示並列
* 私…名詞：我
* と…助詞：表示並列
* どっち…名詞（疑問詞）：哪一個
* が…助詞：表示焦點
* 大事な…な形容詞：重要（大事⇒名詞接續用法）
* の…形式名詞：（～んですか的口語說法）
    * ～んですか：關心好奇、期待回答

用法

對總是工作優先的情人表達抗議的說法。

650

真不想看到你的臉。

あなたなんか顔（かお）も見（み）たくないわ。

あなた なんか 顔 も 見 たくない わ 。

你　　　　　臉　都　　　不想要　看見。

* あなた…名詞：你
* なんか…助詞：表示輕視、輕蔑
* 顔…名詞：臉
* も…助詞：表示全否定
* 見…動詞：看（見ます⇒ます形除去[ます]）
* たくない…助動詞：表示希望
  （たい⇒現在否定形-くない）
  * 動詞ます形除去[ます]＋たい：想要[做]～
* わ…助詞：表示感嘆（女性語氣）

用法

吵架等時候所說的話，是非常嚴厲的說法。

我是不是哪裡讓你不高興了？

<ruby>何<rt>なに</rt></ruby>か<ruby>怒<rt>おこ</rt></ruby>らせちゃったかな？

何　か　怒らせて　しまった　か　な？

什麼　（很遺憾）　讓你生氣　了　　　嗎？

* 何…名詞（疑問詞）：什麼、任何
* か…助詞：表示不特定
* 怒らせて…動詞：生氣
  （怒ります⇒使役形[怒らせます]的て形）
* しまった…補助動詞：（しまいます⇒た形）
  * 動詞て形＋しまいます：（無法挽回的）遺憾
  * 怒らせちゃった…縮約表現：很遺憾讓你生氣了
    （怒らせてしまった⇒縮約表現）
    （口語時常使用「縮約表現」）
* か…助詞：表示疑問
* な…助詞：表示感嘆（自言自語）

用法

察覺自己的言行似乎引起對方不悅的說法。

很抱歉，讓你感到寂寞了。

<ruby>寂<rt>さび</rt></ruby>しい<ruby>思<rt>おも</rt></ruby>いをさせてごめんね。

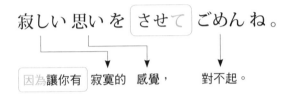

寂しい　思い　を　│ させて │　ごめん　ね。

│因為│讓你有　寂寞的　感覺，　　　對不起。

* 寂しい…い形容詞：寂寞
* 思い…名詞：感覺、感受（動詞[思います]的名詞化）
* を…助詞：表示動作作用對象
* させて…動詞：做
  （します的⇒使役形[させます]的て形）
  （て形表示原因）
* ごめん…招呼用語：對不起、不好意思
* ね…助詞：表示留住注意

用法

對於「無法一直陪伴而讓對方感到寂寞」表示歉意。

653

是我的錯，不要再生氣了嘛。

僕が悪かったから、機嫌を直してくれよ。
（ぼく）（わる）　　　　　　（きげん）（なお）

僕 が 悪かった から 、機嫌 を 直して くれ よ。

因為 我 不好，為我 恢復 心情　　　　嘛。

* 僕…名詞：我
* が…助詞：表示焦點
* 悪かった…い形容詞：不好（悪い⇒た形）
* から…助詞：表示原因理由
* 機嫌…名詞：心情
* を…助詞：表示動作作用對象
* 直して…動詞：恢復、復原（直します⇒て形）
* くれ…補助動詞：（くれます⇒命令形）
   * 動詞て形＋くれ：（命令別人）[做]～
   （男性對同輩或晚輩所使用的）
* よ…助詞：表示感嘆

用法

吵架時主動向生氣中的對方道歉的說法。

我再也不敢外遇了。求求你原諒我。

もう二度と浮気しませんから、許して
ください。

* もう…副詞：再
* 二度と…副詞：再也（不）～
* 浮気しません…動詞：花心、外遇
  （浮気します⇒現在否定形）
* から…助詞：表示原因理由
* 許して…動詞：原諒（許します⇒て形）
* ください…補助動詞：請（口語時可省略）
  （くださいます⇒命令形[くださいませ]除去[ませ]）
  * 動詞て形＋ください：請[做]～

用法

劈腿時向對方道歉，並發誓不會再犯的說法。

你如果有小三的話，我會殺了你。

<ruby>浮気<rt>うわき</rt></ruby>したら<ruby>殺<rt>ころ</rt></ruby>すからね。

| 浮気した | ら | 殺す | から | ね。 |

| 如果 | 花心 | 的話， | 會殺你 | 喔。 |

* 浮気したら…動詞：花心、外遇
 （浮気します⇒た形＋ら）
* 殺す…動詞：殺（殺します⇒辭書形）
* から…助詞：表示宣言
* ね…助詞：表示留住注意

用法
強烈表達絕不容許對方劈腿的說法。

656

我怎麼可能會有小三。

浮気（うわき）？　するわけないじゃん。

浮気？　する　わけ[が]ない　じゃないか。

↓　　↓　　　　　　　　　　　　　↓

花心　？　　　不可能　做　　　　　不是嗎？

* 浮気…名詞：花心
* する…動詞：做（します⇒辭書形）
* わけ[が]ない…連語：不可能（口語時可省略が）
* じゃないか…連語：不是～嗎（反問表現）
  * じゃん…「じゃないか」的「縮約表現」
    （口語時常使用「縮約表現」）

用法

表示「不可能有那種事，自己絕不可能劈腿」的說法。

那，就是說你腳踏兩條船？

じゃあ、二股をかけてたってわけ？

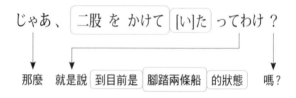

じゃあ、 二股 を かけて [い]た ってわけ？

那麼　就是說 到目前是 腳踏兩條船 的狀態 嗎？

* じゃあ…接續詞：那麼
* 二股をかけて…慣用語：腳踏兩條船
    （二股をかけます⇒て形）
* [い]た…補助動詞：（います⇒た形）
    （口語時可省略い）
    * 動詞て形＋います：目前狀態
* ってわけ…連語：就是說（＝というわけ）

用法

質問對方是否腳踏兩條船的說法。

（我們）還是回到朋友的關係好了…。

やっぱり友達に戻ろうよ…。

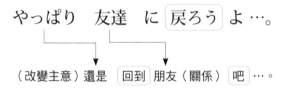

やっぱり　友達　に　戻ろう　よ…。

（改變主意）還是　回到　朋友（關係）　吧…。

* やっぱり…副詞：還是（＝やはり）
* 友達…名詞：朋友
* に…助詞：表示變化結果
* 戻ろう…動詞：返回（戻ります⇒意向形）
* よ…助詞：表示感嘆

用法

想要結束感情，回到普通朋友關係的說法。對方聽了也許會深受打擊。

我們還是分手比較好吧。

別れた方が二人のためだよ。

| 別れた | 方 | が | 二人 | の | ため | だよ。 |

| 分手（的那一個選擇）比較 | 為了兩個人好 | 。 |

* 別れた⋯動詞：分手（別れます⇒た形）
* 方⋯名詞：～的那一個
* が⋯助詞：表示焦點
* 二人⋯名詞：兩人
* の⋯助詞：表示所屬（屬於文型上的用法）
* ため⋯形式名詞：為了～
* だ⋯助動詞：表示斷定（です⇒普通形-現在肯定形）
* よ⋯助詞：表示感嘆

用法

告訴對方，分手對雙方都好的說法。

突然說要分手，你要不要再重新考慮一下？

突然、別れるだなんて…。もう一度
考え直してくれない？

突然、別れる だ なんて…。もう 一度 考え直して くれない ？

突然 要分手　　　　　再 一次 不為我 重新考慮 嗎？

* 突然…副詞：突然
* 別れる…動詞：分手（別れます⇒辭書形）
* だ…助動詞：表示斷定（です⇒普通形-現在肯定形）
　（前面的「突然、別れる」可視為「名詞節」的內
　　容，所以後面可接「だ」）
* なんて…助詞：表示驚訝
* もう…副詞：再
* 一度…數量詞：一次
* 考え直して…動詞：重新考慮（考え直します⇒て形）
* くれない…補助動詞：（くれます⇒ない形）
　* 動詞て形＋くれます：別人為我[做]〜

用法
對方提出要分手，希望對方再考慮一下的說法。

能不能跟我復合呢…？

なんとか、よりを戻せないかなあ…。

なんとか 、 よりを戻せない か なあ …。

　想想辦法　　　　不可以和好　嗎？

* なんとか…副詞：設法～、想辦法～
* よりを戻せない…慣用語：和好
  （よりを戻します⇒可能形[よりを戻せます]的ない形）
* か…助詞：表示疑問
* なあ…助詞：表示感嘆（自言自語）

用法

希望回復到原本的戀人關係的說法。

下次還能見面吧…。

またいつか会えるよね…。

また　いつか　会える　よ　ね　…。

總有一天　還　　可以見面　　對吧…。

* また…副詞：再
* いつか…副詞：總有一天
* 会える…動詞：見面
  （会います⇒可能形[会えます]的辭書形）
* よ…助詞：表示提醒
* ね…助詞：表示再確認

用法
對於可能無法再見面的人，表達期望再見的說法。

我永遠都不會把你忘記。

あなたのこと、いつまでも<ruby>忘<rt>わす</rt></ruby>れないよ。

あな た の こと 、 いつまでも 忘れない よ 。

你　　的　事情　　　永遠　　　不會忘記　　喔。

* あなた…名詞：你
* の…助詞：表示所屬
* こと…名詞：事情
* いつまでも…副詞：永遠
* 忘れない…動詞：忘記（忘れます⇒ない形）
* よ…助詞：表示提醒

用法

情侶分手時的台詞之一。通常出現於好聚好散時。

對不起，我已經有對象了。

ごめんなさい、他<ruby>他<rt>ほか</rt></ruby>に付<ruby>付<rt>つ</rt></ruby>き合<ruby>合<rt>あ</rt></ruby>ってる人<ruby>人<rt>ひと</rt></ruby>が
いるんです。

* ごめんなさい…招呼用語：對不起、不好意思
* 他…名詞：另外
* に…助詞：表示存在位置
* 付き合って…動詞：交往（付き合います⇒て形）
* [い]る…補助動詞：（います⇒辭書形）（口語時可省略い）
　* 動詞て形＋います：目前狀態
* 人…名詞：人
* が…助詞：表示焦點
* いる…動詞：有、在（います⇒辭書形）
* んです…連語：ん＋です的普通體：表示理由
　* ん…形式名詞（の⇒縮約表現）
　* です…助動詞：表示斷定（現在肯定形）

用法
被某人告白，表示自己已有對象無法和對方交往。

我那麼的喜歡你（妳／他／她），卻…。

こんなに好^すきなのに…。

こんなに　好きな　のに　…。

這麼　　　喜歡　　卻…。

* こんなに…副詞：這麼
* 好きな…な形容詞：喜歡
* のに…助詞：表示逆接

用法

喜歡對方的心情，無法獲得對方同等回應的說法。

因為如果不早點回家，會被爸媽罵。

早く帰らないと親に怒られちゃうから。

* 早く…い形容詞：早（早い⇒副詞用法）
* 帰らない…動詞：回去（帰ります⇒ない形）
* と…助詞：表示條件表現
* 親…名詞：父母親
* に…助詞：表示動作的對方
* 怒られて…動詞：責罵（怒ります⇒受身形[怒られます]的て形）
* しまう…補助動詞：（しまいます⇒辭書形）
  * 動詞て形＋しまいます：（無法挽回的）遺憾
  * 怒られちゃう…縮約表現：很遺憾會被責罵
    （怒られてしまう⇒縮約表現）（口語時常使用「縮約表現」）
* から…助詞：表示原因理由

用法

因為擔心父母親生氣，所以今天要早點回家的說法。
也可以作為藉口使用。

667

請給我一點時間冷靜想一想。

ちょっと冷静（れいせい）になって 考（かんが）える時間（じかん）を
ちょうだい。

ちょっと 冷静 に なって 考える 時間 を ちょうだい 。

稍微 給我 變 冷靜 ，且 思考（的）時間。

* ちょっと…副詞：一下、有點、稍微
* 冷静…な形容詞：冷靜
* に…助詞：表示變化結果
* なって…動詞：變成（なります⇒て形）
　（て形表示附帶狀況）
* 考える…動詞：考慮、思考（考えます⇒辭書形）
* 時間…名詞：時間
* を…助詞：表示動作作用對象
* ちょうだい…動作性名詞：領受、給我

用法

發現對方的背叛行為，希望彼此暫時保持距離的說法。

如果你對我沒有感覺的話，就不要對我那麼好。

好^すきじゃないなら、そんな優^{やさ}しくしないで。

* 好きじゃない…な形容詞：喜歡
  （好き⇒普通形-現在否定形）
* なら…助動詞：表示斷定（だ⇒條件形）
* そんな[に]…副詞：那麼（口語時可省略に）
* 優しく…い形容詞：溫柔（優しい⇒副詞用法）
* しない…動詞：做（します⇒ない形）
* て…助詞：表示樣態
* [ください]…補助動詞：請（口語時可省略）
  （くださいます⇒命令形[くださいませ]除去[ませ]）
  * 動詞て形＋ください：請[做]～

用法

對方表現關心呵護，卻不願明白表示「喜歡」時，可以這樣回應。

669

我啊～，現在還不想談戀愛啦。

<ruby>俺<rt>おれ</rt></ruby>、<ruby>今<rt>いま</rt></ruby><ruby>恋愛<rt>れんあい</rt></ruby>とかに <ruby>興味<rt>きょうみ</rt></ruby>ないから…。

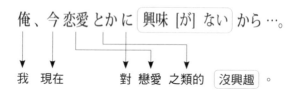

俺、今恋愛 とかに 興味 [が] ない から…。

我　現在　　　對　戀愛　之類的　沒興趣 。

* 俺…名詞：我
* 今…名詞：現在
* 恋愛…名詞：戀愛
* とか…助詞：表示舉例
* に…助詞：表示方面
* 興味…名詞：興趣
* [が]…助詞：表示焦點（口語時可省略）
* ない…い形容詞：沒有（ない⇒普通形-現在肯定形）
　　動詞：有（あります⇒ない形）
* から…助詞：表示宣言

用法

表示現階段沒興趣談戀愛。聽起來會讓人覺得有點冷漠。

結婚？還早吧～。

けっこん
結婚？　まだ<ruby>早<rt>はや</rt></ruby>いよ～。

＊ 結婚…名詞：結婚

＊ まだ…副詞：還、尚未

＊ 早い…い形容詞：早

＊ よ…助詞：表示看淡

用法

被詢問婚姻大事，表示還沒想過的說法。

你不要口是心非了啦。

すなお
素直になりなよ。

* 素直…な形容詞：坦率
* に…助詞：表示變化結果
* なり…動詞：變成（なります⇒ます形除去[ます]）
* な[さい]…補助動詞「なさい」（表示命令）省略[さい]
  * 動詞ます形除去[ます]＋なさい…命令表現
    （命令、輔導晚輩的語氣）
* よ…助詞：表示看淡

用法

對鬧彆扭，不願意真實表達心情的人說的話。

Part 5

生氣吐槽篇

真是的！要說幾次你才懂啊！？

まったくもう！　何度言ったらわかるの!?

まったくもう！何度 言った ら わかる の!? 。

真是 氣人！ 說 幾次 的話 （你）會懂 呢!?

* まったく…副詞：真是
* もう…感嘆詞：真是的、真氣人
* 何度…名詞（疑問詞）：幾次
* 言ったら…動詞：說（言います⇒た形＋ら）
* わかる…動詞：懂（わかります⇒辭書形）
* の…形式名詞：（～んですか的口語說法）
　* ～んですか：關心好奇、期待回答

用法

同一件事明明說了好幾次，對方卻都沒聽進去，所以氣呼呼的這樣說。

不要再提那件事了。

もうその事^{こと}はいいって。

もう	その	事	は	いい	って。
↓	↓	↓		↓	↓
已經	那件	事		好了	啦。

* もう…副詞：已經
* その…連體詞：那個
* 事…名詞：事情
* は…助詞：表示主題
* いい…い形容詞：好、良好
* って…助詞：表示不耐煩
  ＝と言っているでしょう？（我有說吧）

用法

不想被提及的往事，卻被拿來當作話題時，可以這樣回應。

啊～，你很煩耶！　ああ、うっとうしい！

あ あ 、 う っ と う し い ！

啊～，　　　　厭煩（你）！

* ああ…感嘆詞：啊～
* うっとうしい…い形容詞：厭煩

用法 想要專心做事時，對造成干擾的人事物表達憤怒。

你又來了。　またその 話？

また　その　話　？

又（是）那個　話題　？

* また…副詞：又、再
* その…連體詞：那個
* 話…名詞：話題

用法 表示對方又在舊事重提的說法。

你到底想怎麼樣呢！？

^{いったい}
一体どういうつもりだ！？

一体　どう　いう　つもり　だ！？

到底　　是　怎麼樣的　打算　！？

* 一体…副詞：到底
* どう…副詞（疑問詞）：怎麼樣、如何
* いう…動詞：為了接名詞放的（いいます⇒辭書形）
* つもり…形式名詞：心思、打算
* だ…助動詞：表示斷定（です⇒普通形-現在肯定形）

用法

不知道對方到底想怎麼樣、作何打算，提出質問。

別慢吞吞的！

ぐずぐずすんな！

| ぐずぐずする | な | ！ |

不准　　磨磨蹭蹭！

＊ ぐずぐずする…動詞：磨磨蹭蹭

　（ぐずぐずします⇒辭書形）

　＊ ぐずぐずすんな…縮約表現：不要磨磨蹭蹭

　　　（ぐずぐずするな⇒縮約表現）

　　　（口語時常使用「縮約表現」）

＊ な…辭書形＋な⇒禁止形

用法

眼看某人在前置作業之類的事情上實在耗費太多時間，催促他加快動作趕緊著手的說法。

關我屁事！

知(し)ったこっちゃないよ。

知った 　ことじゃない　 よ 。

不是　（我）知道的　事情 。

* 知った…動詞：知道（知ります⇒た形）
* ことじゃない…名詞：事情
  （こと⇒普通形-現在否定形）
  * こっちゃない…縮約表現：不是事情
    （ことじゃない⇒縮約表現）
    （此屬於過度的「縮約表現」，不是經常使用）
* よ…助詞：表示看淡

用法

事情明明和自己無關，卻無端被扯入時，用這句話來
表達怒氣。

不要把我當成跟那種人一樣。

あんな奴と一緒にしないでよ。

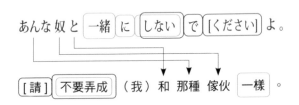

あんな奴と ─ 一緒 に しない で [ください] よ。

[請] 不要弄成 （我） 和 那種 傢伙 一樣 。

* あんな…連體詞：那樣的
* 奴…名詞：傢伙
* と…助詞：表示比較基準
* 一緒…名詞：混同
* に…助詞：表示決定結果
* しない…動詞：做（します⇒ない形）
* で…助詞：表示樣態
* [ください]…補助動詞：請（口語時可省略）
  （くださいます⇒命令形[くださいませ除去[ませ])
  * 動詞ない形＋で＋ください：請不要[做]～
* よ…助詞：表示看淡

用法
表示無視對方的存在，不想與對方為伍的說法。

你可不可以給我安靜一點？

ちょっと黙（だま）っててくれる？

* ちょっと…副詞：一下、有點、稍微
* 黙って…動詞：沉默、不說話（黙ります⇒て形）
* [い]て…補助動詞：（います⇒て形）（口語時可省略い）
   * 動詞て形＋います：目前狀態
* くれる…補助動詞：（くれます⇒辭書形）
   * 動詞て形＋くれます：別人為我[做]～

用法

（此句語氣尖銳，要謹慎使用！）嫌對方太吵，讓人無法專心的說法。「動詞て形＋くれます」原為「別人為我付出恩惠」，但此句的「恩惠」卻是「希望對方不要講話」，會讓聽的人覺得尖銳無禮，可能破壞彼此感情，要特別注意謹慎使用。

拜託，現在幾點了。

何時だと思ってんだ！

何時 だ	と	思って	いる	んだ ！

| 目前 | 以為 | 是幾點 | ！|

* 何時…名詞（疑問詞）：幾點
* だ…助動詞：表示斷定（です⇒普通形-現在肯定形）
* と…助詞：表示提示內容
* 思って…動詞：以為（思います⇒て形）
* いる…補助動詞：（います⇒辭書形）
  * 口語時，「ている」的後面如果是「んだ」，可以省略「いる」。
  * 動詞て形+います：目前狀態
* んだ…連語：ん+だ
  （此處＝んですか，因為有「何時」，所以不用加「か」即能表示「疑問」）
  * ん…形式名詞（の⇒縮約表現）
  * だ…助動詞：表示斷定（です⇒普通形-現在肯定形）
  * 〜んですか：關心好奇、期待回答

用法

對深夜仍在喧鬧，造成別人困擾的人表達不滿。

你以為你是誰啊。　何<ruby>様<rt>なにさま</rt></ruby>のつもり？

何様　の　つもり？

什麼大人物　的　　心思 ？

* 何様…名詞：什麼大人物
* の…助詞：表示所屬
* つもり…形式名詞：心思、打算

用法　（此句語氣尖銳，要謹慎使用！）對自我中心的人表達不滿。

超火大的。　<ruby>超<rt>ちょう</rt></ruby> むかつくー。

超　むかつく　ー。

超級　　生氣。

* 超…副詞：超級、非常
* むかつく…動詞：發怒（むかつきます⇒辭書形）
* ー…句尾長音沒有特別意思，只是表達厭煩情緒

用法　年輕人表示「我很生氣」的說法。

幹嘛啦！

<ruby>何<rt>なに</rt></ruby>すんだよ！

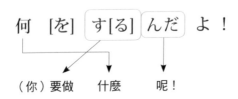

何　[を]　す[る]　んだ　よ！

（你）要做　　　什麼　　　呢！

* 何…名詞（疑問詞）：什麼、任何
* [を]…助詞：表示動作作用對象（口語時可省略）
* す[る]…動詞：做（します⇒辭書形）（口語時可省略る）
* んだ…連語：ん＋だ
  （此處＝んですか，因為有「何」，所以不用加
  「か」即能表示「疑問」）
  * ん…形式名詞（の⇒縮約表現）
  * だ…助動詞：表示斷定（です⇒普通形-現在肯定形）
  * ～んですか：關心好奇、期待回答
* よ…助詞：表示感嘆
  * すんだよ…「するんだよ」的「縮約表現」。
    （口語時常使用「縮約表現」）

用法
對方突然對自己做出讓人不高興的事情時的反應。

沒這種事。

んなこたあないよ。

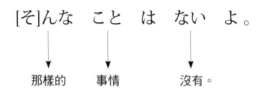

[そ]んな　こと　は　ない　よ。

那樣的　　事情　　　　沒有。

* [そ]んな…連體詞：那樣的（口語時可省略そ）
* こと…名詞：事情
* は…助詞：表示主題
* ない…い形容詞：沒有（ない⇒普通形-現在肯定形）
　　　　　動詞：有（あります⇒ない形）
　　* んなこたあない…「そんなことはない」的「縮約表現」。屬於過度的「縮約表現」，不是經常使用。
* よ…助詞：表示看淡

用法
強烈否認對方說法的用語。

無所謂啦，又沒什麼。

どうでもいいよ、そんなこと。

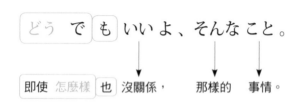

即使 怎麼樣 也 沒關係，　　那樣的　事情。

* どう…副詞（疑問詞）：怎麼樣、如何
* で…助動詞：表示斷定（だ⇒て形）
* も…助詞：表示逆接
* いい…い形容詞：好、良好
* よ…助詞：表示看淡
* そんな…連體詞：那樣的
* こと…名詞：事情

用法

表示對某事完全沒興趣，也不覺得重要。此為倒裝句，原本的語順是「そんなことはどうでもいいよ。」。

真不像話。

はなし
話 にならないよ。

話 に ならない よ 。

沒有變成 （像樣的）話 。

* 話…名詞：話語
* に…助詞：表示變化結果
* ならない…動詞：變成（なります⇒ない形）
* よ…助詞：表示看淡

用法

完全無法贊同或接受對方言論的說法。

真是太誇張（離譜）了吧！

どうかしてるよ！

目前是不正常的狀態！

* どうかして…動詞（連語）：不正常
（どうかします⇒て形）

* [い]る…補助動詞：（います⇒辭書形）
（口語時可省略い）

　* 動詞て形＋います：目前狀態

* よ…助詞：表示感嘆

用法

表示行為超出容許與理解範圍的說法。

太扯了吧！　冗 談じゃない！
じょうだん

冗談じゃない　！

↓

太扯了吧 ！

＊ 冗談じゃない…慣用語：即使開玩笑也不應該講那樣

用法　聽到、看到莫名其妙的事情時的反應。

這個太離譜了…。　これはひどい…。

これ　は　ひどい　…。

↓　　　　　　↓

這個　　　　　離譜…。

＊ これ…名詞：這個
＊ は…助詞：表示主題
＊ ひどい…い形容詞：太過份、離譜

用法　看到離譜狀況時的反應。

你剛剛講的話，我沒辦法聽聽就算了。

今の言葉は聞き捨てならないな。

今 の 言葉 は 聞き捨て ならない な。

現在 的 話 不能 聽完不理會　　　　　啊。

* 今…名詞：現在
* の…助詞：表示所屬
* 言葉…名詞：話
* は…助詞：表示主題
* 聞き捨て…名詞：聽完不理會
* ならない…連語：不能
* な…助詞：表示感嘆

用法

聽到自己無法接受的言論時的反應。

跟你無關吧。

<ruby>関係<rt>かんけい</rt></ruby>ないでしょ。

関係　[が]　ない　でしょ[う]。

沒有　　關係　　對不對？

* 関係…名詞：關係
* [が]…助詞：表示焦點（口語時可省略）
* ない…い形容詞：沒有（ない⇒普通形-現在肯定形）
　　　　動詞：有（あります⇒ない形）
* でしょ[う]…助動詞：表示斷定（です⇒意向形）
　（口語時可省略う）
　* ～でしょう：～對不對？

用法

無法認同某人「總愛干涉別人作為」，或是「打探別人隱私」的說法。

怎麼可以這樣？

そんなのあり？

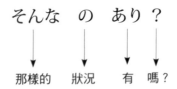

そんな	の	あり	？
↓	↓	↓	↓
那樣的	狀況	有	嗎？

＊ そんな…連體詞：那樣的

＊ の…形式名詞：代替名詞（＝出来事）

＊ あり…名詞：有（動詞[あります]的名詞化）

用法

發生意想不到的事，或是遭受某人惡意陷害的說法。

023 生氣吐槽篇

有什麼屁用。

そんなの糞の役にも立たないよ。
<ruby>くそ</ruby> <ruby>やく</ruby> <ruby>た</ruby>

そんな の [は] 糞 の 役にも立たない よ。

那樣的 事情　　　 也沒什麼屁用 。

* そんな…連體詞：那樣的
* の…形式名詞：代替名詞
* [は]…助詞：表示主題（口語時可省略）
* 糞…名詞：糞便
* の…助詞：表示所屬
* 役にも立たない…連語：有幫助（役に立ちます⇒ない形）
    * も…助詞：表示全否定
* よ…助詞：表示看淡

用法

斷言「毫無益處」的說法。「糞の役にも立たない」
屬於粗魯的說法，要小心使用。較一般的說法是「何
（なん）の役（やく）にも立（た）たない。」（沒什
麼用）。

無法信任。

しんよう
信用できないね。

信用できない　ね。

↓

不能信任。

＊信用できない…動詞：信任

（信用します⇒可能形[信用できます]的ない形）

＊ね…助詞：表示主張

用法

表示不相信對方所說的。

我已經不想再看到你（他）的臉了。

もう顔も見たくない！

もう	顔	も	見	たくない	！
↓	↓	↓		↓	↓
已經	臉	都		不想要	看見！

* もう…副詞：已經
* 顔…名詞：臉
* も…助詞：表示全否定
* 見…動詞：看（見ます⇒ます形除去[ます]）
* たくない…助動詞：表示希望

　（たい⇒現在否定形-くない）

　　＊ 動詞ます形除去[ます]＋たい：想要[做]～

用法

（此句語氣尖銳，要謹慎使用！）表示「連看都不想看到對方」的討厭程度。有完全拒絕對方的語感，可能破壞彼此感情，要特別注意謹慎使用。

我再也不去了。

に ど い
二度と行くもんか。

| 二度と | 行く | ものか |。

↓

| 再也不 | 　　去！

* 二度と…副詞：(後面接否定或「ものか」)再也不～
* 行く…動詞：去 (行きます⇒辭書形)
* ものか…連語：表示強烈否定 (反問表現：怎麼會)
  * もんか…「ものか」的「縮約表現」
    (口語時常使用「縮約表現」)

用法
下定決心不再前往某個地方的說法。

696

我真的受夠了。

もう、うんざりだよ。

もう、	うんざり	だ	よ。
已經	是	厭煩。	

* もう…副詞：已經
* うんざり…副詞：厭煩
* だ…助動詞：表示斷定（です⇒普通形-現在肯定形）
* よ…助詞：表示看淡

用法

對某些活動、環境、狀況、對方的言行舉止等深感厭煩的說法。

你真的很丟人現眼！　この恥^{はじ}さらし！

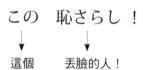

この　　恥さらし！

↓　　　　　↓

這個　　　丟臉的人！

＊ この…連體詞：這個
＊ 恥さらし…名詞、な形容詞：丟臉的人、活活丟死人

用法　（此句語氣尖銳，要謹慎使用！）家人、同校或同國籍的人犯下重大罪行或過失時深感憤怒的說法。「恥さらし」（丟臉的人）是很強烈的罵人詞彙，可能破壞彼此感情，要特別注意謹慎使用。

哼，好無聊。　ふん、馬鹿馬鹿^{ばかばか}しい。

ふん、　　馬鹿馬鹿しい。

↓　　　　　↓

哼，　　　好無聊。

＊ ふん…感嘆詞：哼！
＊ 馬鹿馬鹿しい…い形容詞：無聊、愚蠢

用法　對於對方的作為或言論表示輕蔑。

698

膽小鬼！　　意気地無し！

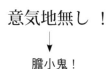

意気地無し ！

↓

膽小鬼！

＊ 意気地無し…名詞：沒志氣、膽小鬼

用法 批評別人沒有勇氣。

你很菜耶。　　下手くそ。

下手くそ。

↓

非常拙劣。

＊ 下手くそ…な形容詞：非常拙劣

用法 表示對方做事技巧貧乏、笨拙。

我才不要。

やなこった。

[い]や
嫌な　こと　だ。

↓

真是討厭啊。

＊ 嫌な…な形容詞：討厭（嫌⇒名詞接續用法）
＊ こと…形式名詞：表示感嘆
＊ だ…助動詞：表示斷定（です⇒普通形-現在肯定形）
　＊ やなこった…「嫌なことだ」的「縮約表現」
　　　（「嫌」的發音為[いや]，縮約表現時常省略[い]）
　　　（屬於過度的「縮約表現」，不是經常使用）

用法
被有所要求或拜託時，冷淡且斷然拒絕的說法。

我死也不想。

死(し)んでもやだね。

死んで　も　嫌(いや)　だ　ね。

即使死　也　　　　不願意。

* 死んで…動詞：死亡（死にます⇒て形）
* も…助詞：表示逆接
  * 動詞て形＋も：即使～，也～
* 嫌…な形容詞：不願意
* だ…な形容詞語尾：表示斷定（現在肯定形）
* ね…助詞：表示主張
  * やだね…「嫌だね」的「縮約表現」
    （「嫌」的發音為[いや]，縮約表現時常省略[い]）
    （口語時常使用「縮約表現」）

用法

「如果要做那種事，寧願死掉」的強烈拒絕說法。

我現在沒空理你。（現在很忙或心情不好）

<ruby>今<rt>いま</rt></ruby>、ちょっとそれどころじゃないんだよ。

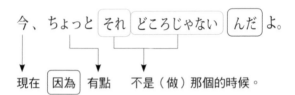

今、ちょっと それ どころじゃない んだ よ。

現在 因為 有點　不是（做）那個的時候。

* 今…名詞：現在
* ちょっと…副詞：一下、有點、稍微
* それ…名詞：那個
* どころじゃない…形式名詞：不是～的時候
　（どころ⇒普通形-現在否定形）
* んだ…連語：ん＋だ＝んです的普通體：表示理由
　* ん…形式名詞：（の⇒縮約表現）
　* だ…助動詞：表示斷定（です⇒普通形-現在肯定形）
* よ…助詞：表示感嘆

用法

表示「目前忙碌中，沒空理其他事」的說法。

702

不要那麼煩！（死纏爛打）

しつこい！

しつこい　！

↓

糾纏不休！

＊ しつこい…い形容詞：執拗、糾纏不休

用法

回絕「一再被拒絕卻仍不放棄的人」。

那種人，不要理他就好了。

あんな奴、ほっとけばいいんだよ。

あんな奴、　ほ[う]って　おけば　いい　んだ　よ。

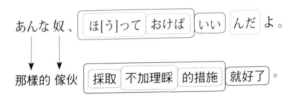

那樣的　傢伙　採取　不加理睬　的措施　就好了。

* あんな…連體詞：那樣的
* 奴…名詞：傢伙
* ほ[う]って…動詞：不加理睬（放ります⇒て形）
  （口語時可省略う）
* おけば…補助動詞：（おきます⇒條件形）
  * 動詞て形＋おきます：善後措施（為了以後方便）
  * ほっとけば…縮約表現：採取不加理睬的措施的話
    （ほうっておけば⇒縮約表現）（口語時常使用「縮約表現」）
* いい…い形容詞：好、良好
* んだ…連語：ん＋だ＝んです的普通體：表示強調
  * ん…形式名詞（の⇒縮約表現）
  * だ…助動詞：表示斷定（です⇒普通形-現在肯定形）
* よ…助詞：表示看淡

用法
表示不需要理會、無視對方的存在就好的說法。

對對對，都是我的錯。

はいはい、 私（わたし）が悪（わる）うございました。

はいはい 、 私 が 悪 う ご ざ い ま し た 。

是是，　　我　　　　不好。

* はいはい…感嘆詞：是是（表示不耐煩）
* 私…名詞：我
* が…助詞：表示焦點
* 悪うございました…い形容詞：不好
  （悪い⇒過去肯定形[悪うございました]）
  （此為「悪かったです」的古早說法，具有鄭重語氣，
  日語有時候會故意用鄭重語氣來諷刺對方。）

用法
回應對方的不斷抱怨的說法。

所以我要你聽我說嘛。

だから、話を聞けって。

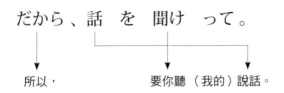

だから、話　を　聞け　って。

所以，　　　　　　要你聽（我的）說話。

* だから…接續詞：所以
* 話…名詞：說話
* を…助詞：表示動作作用對象
* 聞け…動詞：聽、問（聞きます⇒命令形）
* って…助詞：表示不耐煩＝と言っているでしょう？
（我有說吧）

用法
對方完全不想聽，強烈要求對方好好聽自己說的說法。

你聽我講完好嗎？

ちょっと最後（さいご）まで話（はなし）を聞（き）いてよ。

ちょっと 最後まで 話を ［聞いて］［ください］よ。

稍微 到 最後 ［請］ 聽 （我的）說話 嘛。

* ちょっと…副詞：一下、有點、稍微
* 最後…名詞：最後
* まで…助詞：表示界限
* 話…名詞：說話
* を…助詞：表示動作作用對象
* 聞いて…動詞：聽、問（聞きます⇒て形）
* ［ください］…補助動詞：請（口語時可省略）
  （くださいます⇒命令形［くださいませ］除去［ませ]）
  * 動詞て形＋ください：請［做］〜
* よ…助詞：表示感嘆

用法
要求對方好好把話聽完的說法。

へ？之前都沒聽說耶。

ええー、聞_きいてないよ。

ええー、| 聞いて | [い]ない | よ。

↓　　　　　↓　　　　　　　　↓

啊？　　目前是沒聽過的狀態　耶。

＊ ええー…感嘆詞：啊（表示驚訝）

＊ 聞いて…動詞：聽、問（聞きます⇒て形）

＊ [い]ない…補助動詞：（います⇒ない形）

（口語時可省略い）

　＊動詞て形＋います：目前狀態

＊ よ…助詞：表示感嘆

用法

有一點抱怨對方沒有事先告知的說法。

你怎麼可以這樣說！？

それを言っちゃあ、おしまいよ！

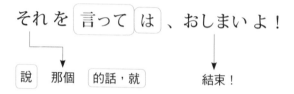

それを｜言って｜は｜、おしまいよ！

説　那個　的話，就　　　　　　結束！

* それ…名詞：那個
* を…助詞：表示動作作用對象
* 言って…動詞：說（言います⇒て形）
* は…助詞：表示對比（區別）
   * 言っちゃあ…縮約表現：說～的話，就～
      （言っては⇒縮約表現）
      （口語時常使用「縮約表現」）
* おしまい…名詞：結束
* よ…助詞：表示感嘆

用法
聽到對方說出自己完全不想聽到的話的反應。

709

你很雞婆耶。

余計_{よけい}なお世話_{せわ}だよ。

余計な　　お　　世話　だ　よ。

是　多餘的　　　關照。

* 余計な…な形容詞：多餘（余計⇒名詞接續用法）

* お…接頭辭：表示美化、鄭重

* 世話…名詞：關照

* だ…助動詞：表示斷定（です⇒普通形-現在肯定形）

* よ…助詞：表示看淡

用法

抱怨對方任意干涉的說法。

我已經受不了了。

もうやってらんないよ。

もう　やって　いられない　よ。

↓　　　　　　　↓

已經　　　　處於無法做的狀態。

* もう…副詞：已經
* やって…動詞：做（やります⇒て形）
* いられない…補助動詞：
  （います⇒可能形[いられます]的ない形）
  * 動詞て形＋います：目前狀態
  * やってらんない…縮約表現：處於無法做的狀態
    （やっていられない⇒縮約表現）
    （口語時常使用「縮約表現」）
* よ…助詞：表示看淡

用法

再也無法忍受某種狀況，或是對方的行為、發言的說法。

真不值得。（做得很悶。）

やってらんねー。

無法做的狀態。

* やって…動詞：做（やります⇒て形）
* いられない…補助動詞：
  （います⇒可能形[いられます]的ない形）
  * 動詞て形＋います：目前狀態
  * やってらんねー…「やってらんない」的另一種
    「縮約表現」，屬於過度的「縮約表現」，不是
    經常使用。

用法
覺得正在做愚蠢的事情的說法。

你也站在我的立場想一想嘛！

こっちの身にもなってみろよ！

| こっち | の | 身 | に | も | なって | みろ | よ！ |

也　變成　我這邊 的 立場　看看吧　！

* こっち…名詞：這邊
* の…助詞：表示所屬
* 身…名詞：立場
* に…助詞：表示變化結果
* も…助詞：表示同列
* なって…動詞：變成（なります⇒て形）
* みろ…補助動詞：[做]～看看（みます⇒命令形）
　* 動詞て形＋みます：[做]～看看
* よ…助詞：表示感嘆

用法

（此句語氣尖銳，要謹慎使用！）抱怨對方只顧自己，不替他人著想。此為尖銳的、可能破壞感情的話，要特別注意謹慎使用。句尾的「なってみろよ」改變成「なってみてよ」口氣較為緩和。

為什麼不懂我！？

どうしてわかってくれないの！？

どうして	わかって	くれない	の！？
↓		↓	↓
為什麼		不懂（我）	呢！？

* どうして…副詞（疑問詞）：為什麼
* わかって…動詞：懂（わかります⇒て形）
* くれない…補助動詞：（くれます⇒ない形）
   * 動詞て形＋くれます：別人為我[做]～
* の…形式名詞：（～んですか的口語說法）
   * ～んですか：關心好奇、期待回答

用法
抱怨對方不了解自己的說法。

你都不懂人家的感受…。

ひと　き　し
人の気も知らないで…。

人	の	気	も	知らない で	…。
人家	的	心情	也	不知道的狀態下	…。

* 人…名詞：人
* の…助詞：表示所屬
* 気…名詞：心思、心情
* も…助詞：表示同列
* 知らない…動詞：知道（知ります⇒ない形）
* で…助詞：表示樣態

用法
抱怨對方不懂他人感受、任性妄為。

到底是怎麼一回事啊！

<ruby>一体<rt>いったい</rt></ruby>どうなってんだよ！

一体　どう　なって　いる　んだ　よ！

到底　目前　變成　怎麼樣的　狀態　　　　　啊！

* 一体…副詞：到底
* どう…副詞（疑問詞）：怎麼樣、如何
* なって…動詞：變成（なります⇒て形）
* いる…補助動詞：（います⇒辭書形）
  * 動詞て形＋います：目前狀態
  * 口語時，「ている」的後面如果是「んだ」，可省略「いる」。
* んだ…連語：ん＋だ
  （此處＝んですか，因為有「どう」，所以不用加「か」即能表示「疑問」）
  * ん…形式名詞（の⇒縮約表現）
  * だ…助動詞：表示斷定（です⇒普通形-現在肯定形）
  * ～んですか：關心好奇、期待回答
* よ…助詞：表示感嘆

用法

遭遇無法掌控的嚴重狀況時的說法。

716

偶爾我也想要一個人。

たまには一人（ひとり）にさせてよ。

たまには [一人] に [させて] [ください] よ！

↓

偶爾　　[請] [讓（我）] [一個人] 。

* たまに…副詞：偶爾
* は…助詞：表示對比（區別）
* 一人…名詞：一個人
* に…助詞：表示決定結果
* させて…動詞：做、弄
　（します⇒使役形[させます]的て形）
* [ください]…補助動詞：請（口語時可省略）
　（くださいます⇒命令形[くださいませ]除去[ませ]）
　* 動詞て形＋ください：請[做]～
* よ…助詞：表示看淡

用法

表示不希望別人打擾，想要一個人獨處的說法。

沒血沒淚！

血も 涙もないのか！

血	も	涙	も	ない	の	か	！
↓	↓	↓	↓				
血	也	涙	也	沒有嗎？			

* 血…名詞：血
* も…助詞：表示同列
* 涙…名詞：涙
* も…助詞：表示同列
* ない…い形容詞：沒有（ない⇒普通形-現在肯定形）

　　　　動詞：有（あります⇒ない形）
* の…形式名詞：（～んです的口語說法）
* か…助詞：表示疑問

　* ～んですか：關心好奇、期待回答

用法

抱怨對方行為冷酷。

你不用管我！

もう、ほっといてよ！

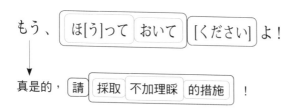

もう、　[ほ[う]って]　[おいて]　[ください]　よ！

↓

真是的，　[請]　[採取]　[不加理睬]　[的措施]　！

* もう…感嘆詞：真是的、真氣人
* ほ[う]って…動詞：不加理睬（放ります⇒て形）
　（口語時可省略う）
* おいて…補助動詞：（おきます⇒て形）
　＊ 動詞て形＋おきます：善後措施（為了以後方便）
　＊ ほっといて…縮約表現：採取不加理睬的措施
　　（ほうっておいて⇒縮約表現）（口語時常使用「縮約表現」）
* [ください]…補助動詞：請（口語時可省略）
　（くださいます⇒命令形[くださいませ]除去[ませ]）
　＊ 動詞て形＋ください：請[做]～
* よ…助詞：表示看淡

用法

回應對方想要獨處，不希望別人干涉的說法。

這是人家的自由吧。

ひと　かって
人の勝手でしょ。

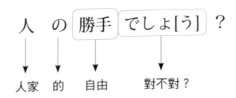

人	の	勝手	でしょ[う]	？
人家	的	自由	對不對？	

* 人…名詞：人
* の…助詞：表示所屬
* 勝手…名詞：自由
* でしょ[う]…助動詞：表示斷定（です⇒意向形）
  （口語時可省略う）
  * ～でしょう：～對不對？

用法
不希望別人插嘴自己的決定或行為的說法。

720

有什麼關係。讓我照我自己的想法嘛。

いいじゃん、好_すきにさせてよ。

* いい…い形容詞：好、良好
* じゃない…連語：不是～嗎（反問表現）
　* じゃん…「じゃない」的「縮約表現」
　　（口語時常使用「縮約表現」）
* 好きに…な形容詞：任意（好き⇒副詞用法）
* させて…動詞：做（します⇒使役形[させます]的て形）
* [ください]…補助動詞：請（口語時可省略）
　（くださいます⇒命令形[くださいませ]除去[ませ]）
　* 動詞て形＋ください：請[做]～
* よ…助詞：表示看淡

用法
希望對方不要擅自發號施令、插嘴管事的說法。

那又怎樣？

だから <ruby>何<rt>なん</rt></ruby>なの？

だから　何な　の？

↓　　　↓　　↓

所以　什麼　呢？

* だから…接續詞：所以
* 何な…名詞（疑問詞）：什麼、任何
  （何⇒名詞接續用法）
* の…形式名詞：（～んですか的口語說法）
  * ～んですか：關心好奇、期待回答

用法

對方的發言內容讓人感到憤怒，加以反擊的說法。

我要把你講的話通通還給你！

その言葉、そっくりあなたに返します！

その　言葉、　そっくり　あなた　に　返します！

那個　話　　　全部　　　　　　　　　還　你　！

* その…連體詞：那個
* 言葉…名詞：話
* そっくり…副詞：全部
* あなた…名詞：你
* に…助詞：表示動作的對方
* 返します…動詞：歸還

用法

利用對方批判自己的話反擊批評對方的說法。

你根本沒有資格講我。

あんたに言^いわれる筋合^{すじあ}いはないよ。

あんた に 言われる	筋合い は ない よ。

沒有　　被你說　（的）　理由。

* あんた…名詞：你（粗魯的說法）
* に…助詞：表示動作的對方
* 言われる…動詞：說
　（言います⇒受身形[言われます]的辭書形）
* 筋合い…名詞：理由、原因
* は…助詞：表示對比（區別）
* ない…い形容詞：沒有（ない⇒普通形-現在肯定形）
　　　　　動詞：有（あります⇒ない形）
* よ…助詞：表示看淡

用法

「不想被你那樣說」、「你沒有資格那樣說」的說法。

你有什麼資格說我。

とやかく言<ruby>い</ruby>われる筋<ruby>すじ</ruby>合<ruby>あ</ruby>いはないね。

| とやかく | 言われる | 筋合い | は | ない | ね | 。 |

這個那個地　被（你）說（的）　理由　沒有。

* とやかく…副詞：這個那個地
* 言われる…動詞：說

　（言います⇒受身形[言われます]的辭書形）
* 筋合い…名詞：理由、原因
* は…助詞：表示對比（區別）
* ない…い形容詞：沒有（ない⇒普通形-現在肯定形）

　　　動詞：有（あります⇒ない形）
* ね…助詞：表示主張

用法

對方對自己的言行舉止表示意見，回應拒絕接受。

你憑什麼這樣講？

人のこと言えんの？

人	の	こと	[を]	言える	の？
別人	的	事情		能夠說	嗎？

* 人…名詞：別人
* の…助詞：表示所屬
* こと…名詞：事情
* [を]…助詞：表示動作作用對象（口語時可省略）
* 言える…動詞：說
  （言います⇒可能形[言えます]的辭書形）
* の…形式名詞：（～んですか的口語說法）
  * 言えんの…縮約表現：能夠說嗎
    （言えるの⇒縮約表現）（口語時常使用「縮約表現」）
  * ～んですか：關心好奇、期待回答

用法

反擊對方是否有立場批判別人的說法。

你不是也一樣嗎？

お互いさまでしょ！？

お互いさま	でしょ[う] ！？
↓	↓
彼此一樣	對不對？

* お互いさま…名詞：彼此一樣
* でしょ[う]…助動詞：表示斷定（です⇒意向形）
  （口語時可省略う）
  * ～でしょう：～對不對？

用法

強烈指責批判自己的人，作為也和自己一樣。

727

那應該是我要跟你講的話吧。

それはこっちの台詞だ。

それ　は　こっち　の　台詞　だ。

那個　是　我這邊　的　台詞。

* それ…名詞：那個
* は…助詞：表示主題
* こっち…名詞：這邊
* の…助詞：表示所屬
* 台詞…名詞：台詞
* だ…助動詞：表示斷定（です⇒普通形-現在肯定形）

用法

聽到對方批判自己，反過來指責對方「你所說的正是我要對你說的」。

你才是啦！

そっちこそ！

＊ そっち…名詞：那邊
＊ こそ…助詞：表示強調

用法

對於某人的批評，回擊「你也一樣」的說法。

我才想問耶。

こっちが聞^ききたいぐらいだ。

こっち　が　聞き　たい　ぐらい　だ。

我這邊　　是　想要　問　（的）程度。

＊ こっち…名詞：這邊

＊ が…助詞：表示主格

＊ 聞き…動詞：聽、問

（聞きます⇒ます形除去[ます]）

＊ たい…助動詞：表示希望

＊ 動詞ます形除去[ます]＋たい：想要[做]～

＊ ぐらい…助詞：表示程度

＊ だ…助動詞：表示斷定（です⇒普通形-現在肯定形）

用法

被質問某事，回應自己也想找人問清楚的說法。

你要講成那樣嗎？

そこまで言<ruby>言<rt>い</rt></ruby>う？

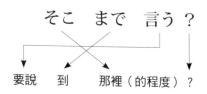

* そこ…名詞：那裡
* まで…助詞：表示程度
* 言う…動詞：說（言います⇒辭書形）

用法

質問對方「你難道不會說得太過分了嗎？」。語氣中包含輕微抗議。

還敢說情人節哦！

なに
何がバレンタインデーだよ！

何が　バレンタインデー　だ　よ！

還（說）什麼　　情人節　　　　　啊！

* 何が…連語：怎麼、還什麼
* バレンタインデー…名詞：情人節
* だ…助動詞：表示斷定（です⇒普通形-現在肯定形）
* よ…助詞：表示看淡

用法
對某事物表達強烈反感的說法。句中的「バレンタインデー」（情人節）可以替換成其他事物。

你自己捫心自問吧。

自分の胸に手を当てて 考えてみろ。

自分の胸に手を ｜当てて｜ ｜考えて｜ ｜みろ｜。

在 自己 的 胸口（把）手 放著的狀態下 思考看看吧。

* 自分…名詞：自己
* の…助詞：表示所屬
* 胸…名詞：胸口
* に…助詞：表示動作歸著點
* 手…名詞：手
* を…助詞：表示動作作用對象
* 当てて…動詞：碰觸（当てる⇒て形）
  （て形表示附帶狀況）
* 考えて…動詞：考慮、思考（考えます⇒て形）
* みろ…補助動詞：[做]～看看（みます⇒命令形）
  * 動詞て形＋みます：[做]～看看

用法

要求對方自己想想看是不是做錯了什麼的說法。

不要以自我為中心。

あなたを 中心に世界が回ってるわけ
じゃないよ。

* あなた…名詞：你
* を…助詞：表示動作作用對象
* 中心…名詞：中心
* に…助詞：表示決定結果
* 世界…名詞：世界
* が…助詞：表示主格
* 回って…動詞：轉動（回ります⇒て形）
* [い]る…補助動詞：(います⇒辭書形)(口語時可省略い)
  * 動詞て形＋います：正在[做]〜
* わけじゃない…連語：並不是
* よ…助詞：表示感嘆

用法
以「世界不是因為你而轉動」諷刺、挖苦自我中心的人。

既然這樣，我也忍了很多話要說，…

この際 言わせてもらうけどね、…

この際 | 言わせて | もらう | けど ね、…

↓

在這種情況下 | 請你 | 讓我說 | ，…

* この際…名詞：在這種情況下
* 言わせて…動詞：說

  （言います⇒使役形[言わせます]的て形）
* もらう…補助動詞：（もらいます⇒辭書形）

  * 動詞使役て形＋もらいます：請你讓我[做]～
* けど…助詞：表示前言
* ね…助詞：表示主張

用法

不甘示弱，表示「之前自己也忍耐很多事不說，現在要全部說出來了」。

道歉就沒事了，那還需要警察幹嘛。

謝 って 済むなら 警察 は 要らないよ。
あやま　　す　　　　けいさつ　　い

謝って 済む なら 警察 は 要らないよ。

要是 道歉 就解決 的話，警察 不需要。

* 謝って…動詞：道歉（謝ります⇒て形）
  （て形表示手段、方法）
* 済む…動詞：解決（済みます⇒辭書形）
* なら…助動詞：表示斷定（だ⇒條件形）
* 警察…名詞：警察
* は…助詞：表示對比（區別）
* 要らない…動詞：需要（要ります⇒ない形）
* よ…助詞：表示看淡

用法

（此句語氣尖銳，要謹慎使用！）斥責對方犯下嚴重
錯誤，道歉不足以原諒。這句話有「絕對不會原諒對
方」的語感，屬於尖銳的、可能破壞感情的話，要特
別注意謹慎使用。

拜託你不要這樣隨便破壞我的名聲。

やめてよ、人聞_{ひとぎ}きが悪_{わる}い。

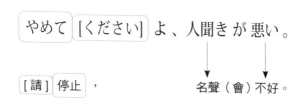

やめて [ください] よ、人聞き が 悪い。

[請] 停止 ，　　　　　　　　　　名聲（會）不好。

* やめて…動詞：停止（やめます⇒て形）
* [ください]…補助動詞：請（口語時可省略）
  （くださいます⇒命令形[くださいませ]除去[ませ]）
  ＊動詞て形＋ください：請[做]〜
* よ…助詞：表示感嘆
* 人聞き…名詞：名聲
* が…助詞：表示焦點
* 悪い…い形容詞：不好、壞

用法
對方的言論讓自己的名譽受損，提出反擊。

你要怎麼負責！？

どうしてくれるんだ！

＊どう…副詞（疑問詞）：怎麼樣、如何
＊して…動詞：做（します⇒て形）
＊くれる…補助動詞：（くれます⇒辭書形）
　＊動詞て形＋くれます：別人為我[做]～
＊んだ…連語：ん＋だ
　（此處＝んですか，因為有「どう」，所以不用加
　「か」即能表示「疑問」）
　＊ん…形式名詞（の⇒縮約表現）
　＊だ…助動詞：表示斷定（です⇒普通形-現在肯定形）
　＊～んですか：關心好奇、期待回答

用法
責備造成重大傷害的人要如何負責的說法。

不要把我看扁！

なめんな！

なめる　な　！

↓　　↓

不要　小看（我）！

＊ なめる…動詞：小看（なめます⇒辭書形）

＊ な…動詞辭書形＋な⇒禁止形：別 [做]～、不准
　　[做]～（表示禁止）

　＊ なめんな…「なめるな」的「縮約表現」
　　　（口語時常使用「縮約表現」）

用法

（此句語氣尖銳，要謹慎使用！）憤怒自己被看扁、
被當成傻瓜的說法。「なめます」（小看）接續「禁
止形」屬於尖銳的、可能破壞感情的用法，要特別注
意謹慎使用。

739

我才不稀罕咧！

こっちから願い下げだ！

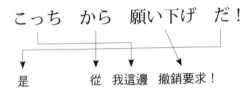

こっち	から		願い下げ	だ！
是		從	我這邊	撤銷要求！

* こっち…名詞：這邊
* から…助詞：表示起點
* 願い下げ…名詞：撤銷要求
* だ…助動詞：表示斷定（です⇒普通形-現在肯定形）

用法

在對方拒絕之前，自己先拒絕的強烈說法。

饒了我啦。　もう勘弁してくれよ。

もう　勘弁して　くれ　よ　。

↓

已經　要別人　饒恕　。

* もう…副詞：已經
* 勘弁して…動詞：原諒、饒恕（勘弁します⇒て形）
* くれ…補助動詞：（くれます⇒命令形）
  * 動詞て形＋くれます：別人為我[做]～
* よ…助詞：表示感嘆

用法　一直忍耐各種要求，終於到達忍耐極限的說法。

趕快睡覺！　さっさと寝ろ！

さっさと　寝ろ　！

↓　　　　↓

趕快　　去睡覺！

* さっさと…副詞：趕快地
* 寝ろ…動詞：睡覺（寝ます⇒命令形）

用法　怒斥對方趕快去睡覺的說法。

不要耍賴了！

甘<ruby>甘<rt>あま</rt></ruby>ったれんな！

不要　過於撒嬌！

* 甘ったれる…動詞：過於撒嬌

　（甘ったれます⇒辭書形）

* な…動詞辭書形＋な⇒禁止形：別［做］〜、不准

　［做］〜（表示禁止）

　* 甘ったれんな…「甘ったれるな」的「縮約表現」

　　（口語時常使用「縮約表現」）

用法

（此句語氣尖銳，要謹慎使用！）斥責愛撒嬌、習慣
依賴的人。「甘（あま）ったれます」（過於撒嬌）
接續「禁止形」屬於尖銳的、可能破壞感情的用法，
要特別注意謹慎使用。

不要那麼白目！
くうきよ
空気読め！

空気　[を]　読め！

命令你讀　氣氛！

* 空気…名詞：空氣
* [を]…助詞：表示動作作用對象（口語時可省略）
* 読め…動詞：讀（読みます⇒命令形）

用法

斥責無視現場氣氛，言行舉止失當的人。

不要偷懶，認真一點！

<ruby>怠<rt>なま</rt></ruby>けないで、まじめにやってよ！

* 怠けない…動詞：偷懶（怠けます⇒ない形）
* で…助詞：表示樣態
* まじめに…な形容詞：認真（まじめ⇒副詞用法）
* やって…動詞：做（やります⇒て形）
* [ください]…補助動詞：請（口語時可省略）
   （くださいます⇒命令形[くださいませ]除去[ませ]）
   ＊動詞て形＋ください：請[做]〜
* よ…助詞：表示感嘆

用法
斥責不肯努力做事的人。

廢話少說！

よけい　ことい
余計な事言うな！

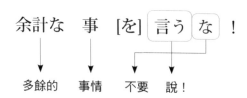

余計な　事　[を]　言う　な　！

↓　　　↓　　　↓　　↓

多餘的　事情　不要　說！

* 余計な…な形容詞：多餘（余計⇒名詞接續用法）
* 事…名詞：事情
* [を]…助詞：表示動作作用對象（口語時可省略）
* 言う…動詞：說（言います⇒辭書形）
* な…動詞辭書形＋な⇒禁止形：別[做]～、不准
  [做]～（表示禁止）

用法

不想讓人知道的事卻被對方不小心說出來了，怒斥對方不要再多嘴。

搞什麼啊～。

<ruby>何<rt>なに</rt></ruby>やってんだよ～。

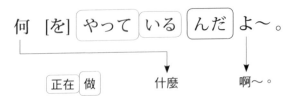

* 何…名詞（疑問詞）：什麼、任何
* [を]…助詞：表示動作作用對象（口語時可省略）
* やって…動詞：做（やります⇒て形）
* いる…補助動詞：（います⇒辭書形）
  * 動詞て形＋います：正在[做]～
  * 口語時，「ている」的後面如果是「んだ」，可以省略「いる」
* んだ…連語：ん＋だ
  （此處＝んですか，因為有「何」，所以不用加「か」即能表示「疑問」）
  * ん…形式名詞（の⇒縮約表現）
  * だ…助動詞：表示斷定（です⇒普通形-現在肯定形）
  * ～んですか：關心好奇、期待回答
* よ…助詞：表示感嘆

用法

對方犯錯或搞砸某件事，發飆怒斥的說法。

へへへ！（制止）

ちょっちょっちょっちょ！

ちょっと　ちょっと　ちょっと　ちょっと！

↓　　　　　↓　　　　　↓　　　　　↓

稍微　　　稍微　　　稍微　　　稍微　！

＊ ちょっと…副詞：一下、有點、稍微
　＊ ちょっ…「ちょっと」的「縮約表現」
　　　（口語時常使用「縮約表現」）

用法

發覺對方正要做什麼，焦急地出言制止的說法。是
「ちょっと待（ま）ってください。」（請等等）在急
促情況下的省略說法。

走開走開！

<ruby>邪魔邪魔<rt>じゃまじゃま</rt></ruby>、どいてどいて！

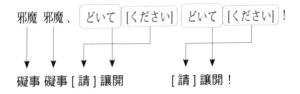

邪魔 邪魔、 どいて [ください] どいて [ください]！

礙事 礙事 [請] 讓開 [請] 讓開！

* 邪魔…な形容詞：障礙、礙事
* どいて…動詞：讓開（どきます⇒て形）
* [ください]…補助動詞：請（口語時可省略）
 　（くださいます⇒命令形[くださいませ]除去[ませ]）
 　* 動詞て形＋ください：請[做]～

用法
行進間或做事時，要驅離擋路或造成妨礙的人的說法。

748

吵死了！給我閉嘴！

うるさい！　黙れ！

うるさい ！　　黙れ ！

↓　　　　　　↓

很吵！　　命令你閉嘴！

＊ うるさい…い形容詞：吵

＊ 黙れ…動詞：沉默、不說話（黙ります⇒命令形）

用法

（此句語氣尖銳，要謹慎使用！）強烈要求不斷批評、
或是吵鬧不休的人安靜的說法。使用「黙ります」（不
說話）的「命令形」屬於尖銳的、可能破壞感情的用
法，要特別注意謹慎使用。

你真的是講不聽！　わからず屋^や！

わからず屋 ！

↓

不懂事的人！

＊ わからず屋…名詞：不懂事的人

用法 斥責講了好幾次卻都沒把話聽進去的人。

我看錯人了！　見^み損^{そこ}なったよ！

見損なった　よ ！

↓

看錯了人！

＊ 見損なった…動詞：看錯人了、估計錯誤
　（見損ないます⇒た形）

＊ よ…助詞：表示感嘆

用法 憤怒表示識人不清，視對方為善類，對方竟做出惡事。

騙子！　嘘<ruby>つ<rt>うそ</rt></ruby>き！

嘘つき！
↓
騙子！

＊ 嘘つき…名詞：騙子

用法 斥責說謊的人。

你這個傢伙！　こんにゃろう！

この　野郎！
↓　　　↓
（你）這個　傢伙！

＊ この…連體詞：這個
＊ 野郎…名詞：傢伙
　＊ こんにゃろう…「この野郎<rt>やろう</rt>」的「縮約表現」，
　　屬於過度的「縮約表現」，不是經常使用。

用法 憎惡對方時不自覺說出的話。

751

你這個忘恩負義的人！　　この恩知らず！

この　　恩知らず！

↓　　　　↓

這個　　　忘恩負義（的人）！

* この…連體詞：這個
* 恩知らず…名詞：忘恩負義（的人）

用法 數落接受恩惠卻不知感謝或報恩的人。

你這個孽障！　　この罰当りめ！

この　　罰当り　め！

↓　　　　↓

這個　　遭報應的人！

* この…連體詞：這個
* 罰当り…名詞：遭報應的人
* め…接尾辭：表示輕蔑

用法 譴責對神佛做出不尊重行為的人。

呸呸呸！烏鴉嘴。

やめてよ、縁起（えんぎ）でもない。

やめて	[ください]	よ、縁起でもない。
[請] 停止		啊！　　　不吉利。

* やめて…動詞：停止（やめます⇒て形）
* [ください]…補助動詞：請（口語時可省略）
  （くださいます⇒命令形[くださいませ]除去[ませ]）
    * 動詞て形＋ください：請[做]〜
* よ…助詞：表示感嘆
* 縁起でもない…連語：不吉利

用法
斥責對方不該說出不吉利的話。

不管怎麼樣，你都說的太超過了。

いくらなんでもそれは言^いいすぎでしょ。

| いくら | なんで | も | それは | 言い | すぎ | でしょ[う] |
| 即使 | 無論 什麼 | 也 | 那個 | 應該 | 說太超過 | 吧 |

* いくら…副詞：無論
* なん…名詞（疑問詞）：什麼、任何
* で…助動詞：表示斷定（だ⇒て形）
* も…助詞：表示逆接
* それ…名詞：那個
* は…助詞：表示對比（強調）
* 言い…動詞：說（言います⇒ます形除去[ます]）
* すぎ…後項動詞：太～、過於～（すぎます⇒名詞化：すぎ）
* でしょ[う]…助動詞：表示斷定（です⇒意向形）
  （口語時可省略う）
  * ～でしょう：應該～吧（推斷）

用法
譴責對方的批評太過分的說法。

都是你的錯！

お<ruby>前<rt>まえ</rt></ruby>のせいだ！

* お前…名詞：你（屬於粗魯的說法）
* の…助詞：表示所屬
* せい…名詞：表示原因
* だ…助動詞：表示斷定（です⇒普通形-現在肯定形）

用法

（此句語氣尖銳，要謹慎使用！）追究責任歸屬的說法。女性用語是「あなたのせいよ！」（都是你的錯啦！）。「お前」是非常粗魯的話，親密的人之間才會使用，否則可能破壞感情，要特別注意。

755

你要殺我啊！？

殺す気か！？

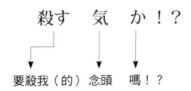

殺す　　気　　か！？

要殺我（的）念頭　　嗎！？

* 殺す…動詞：殺（殺します⇒辭書形）

* 気…名詞：心思、念頭

* か…助詞：表示疑問

用法

斥責做出危險行為，或威脅到自己生命安全的人。

我早就跟你說了啊。

だから言わんこっちゃない。

だから　言わない　ことじゃない。

所以　　不是　　不說（的）　事情。

* だから…接續詞：所以
* 言わない…動詞：說（言います⇒ない形）
* ことじゃない…名詞：事情
  （こと⇒普通形-現在否定形）
  * 言わんこっちゃない…「言わないことじゃない」
    的「縮約表現」，屬於過度的「縮約表現」，不
    是經常使用。

用法
表示「誰叫你之前不聽我的勸告」的說法。

757

那你說要怎麼辦呢！？

じゃ、どうすればいいわけ！？

じゃ、 どう すれば いい わけ !?

那麼 就是說 怎麼樣 做的話 就好 呢!?

* じゃ…接續詞：那麼
* どう…副詞（疑問詞）：怎麼樣、如何
* すれば…動詞：做（します⇒條件形）
* いい…い形容詞：好、良好
* わけ…形式名詞：就是說

用法

對方說了一堆，卻完全不知道該怎麼做才好，讓人一肚子火時的回應。

事到如今你才這麼說，都太遲了。

<ruby>今更<rt>いまさら</rt></ruby>そんなこと<ruby>言<rt>い</rt></ruby>ったって、もう<ruby>遅<rt>おそ</rt></ruby>いよ。

今更 そんな こと [を] 言っ たって 、もう 遅い よ。

即使　現在才　說　那樣的　事情　也　　已經　來不及。

* 今更…副詞：現在才
* そんな…連體詞：那樣的
* こと…名詞：事情
* [を]…助詞：表示動作作用對象（口語時可省略）
* 言っ…動詞：說（言います⇒た形除去[た]）
* たって…助詞：表示逆接假定條件
* もう…副詞：已經
* 遅い…い形容詞：晚、來不及
* よ…助詞：表示看淡

用法
表示「在目前的狀況下說什麼都來不及了」。

你很敢說耶。

よく言うよ。

よく　言う　よ。

（你）很敢　　說。

* よく…副詞：～得好、很敢～
* 言う…動詞：說（言います⇒辭書形）
* よ…助詞：表示看淡

用法

批評對方明明不該說、或沒有資格說，卻講得光明正大。

不要一直吹牛（說些無中生有、無聊的話、夢話）！

バカも<ruby>休<rt>やす</rt></ruby>み<ruby>休<rt>やす</rt></ruby>み<ruby>言<rt>い</rt></ruby>え！

バカ	も	休み休み	言え！
↓	↓	↓	↓
無聊的話	也	做一會兒休息一會兒地	說吧！

* バカ…名詞：無聊的話

* も…助詞：表示並列

* 休み休み…副詞：做一會兒休息一會兒

* 言え…動詞：說（言います⇒命令形）

用法

（此句語氣尖銳，要謹慎使用！）斥責對方盡說些隨便、荒唐無稽的事。「バカ」（無聊的話）原本就是罵人的詞彙，後面又使用了「言います」（說）的「命令形」，屬於尖銳的、可能破壞感情的用法，要特別注意謹慎使用。

痴人說夢話！

寝言は寝て言え！

寝言　は　寝て　言え　！

夢話　　睡覺的狀態下 說吧！

* 寝言…名詞：夢話
* は…助詞：表示對比（區別）
* 寝て…動詞：睡覺（寝ます⇒て形）
  （て形表示附帶狀況）
* 言え…動詞：說（言います⇒命令形）

用法

（此句語氣尖銳，要謹慎使用！）批評對方所說的根本不自量力。對方實際上說的並不是夢話，卻用這種說法批評對方，而且後面又使用了「言います」（說）的「命令形」，屬於尖銳的、可能破壞感情的用法，要特別注意謹慎使用。

你在痴人說夢話。

なに ね　　　い
何寝ぼけたこと言ってんだ。

何 寝ぼけた こと [を] 言って いる んだ 。

（你）　正在 說　　什麼　剛睡醒（的）　事。

* 何…名詞（疑問詞）：什麼、任何
* 寝ぼけた…動詞：剛睡醒頭腦不清楚（寝ぼけます⇒た形）
* こと…名詞：事情
* |を|…助詞：表示動作作用對象（口語時可省略）
* 言って…動詞：說（言います⇒て形）
* いる…補助動詞：（います⇒辭書形）
  * 動詞て形＋います：正在[做]～
  * 口語時，「ている」後面如果是「んだ」，可以省略「いる」。
* んだ…連語：ん＋だ（此處＝んですか，因為有「何」，所以不用加「か」即能表示「疑問」）
  * ん…形式名詞（の⇒縮約表現）
  * だ…助動詞：表示斷定（です⇒普通形-現在肯定形）
  * ～んですか：關心好奇、期待回答

用法

吐槽對方說些不可能實現、誇張、想法錯誤的事。

不要廢話一堆，做你該做的！

つべこべ言わずにやることやれ！

つべこべ 言わ ず に やること [を] やれ！

不要說 說三道四（的狀態下）去做 要做（的）事情！

* つべこべ…副詞：說三道四
* 言わ…動詞：說（言います⇒ない形除去[ない]）
* ず…助詞：文語否定形
* に…助詞：表示動作方式
  * 動詞ない形除去[ない]+ずに、～：附帶狀況（＝ないで）
* やる…動詞：做（やります⇒辭書形）
* こと…名詞：事情
* [を]…助詞：表示動作作用對象（口語時可省略）
* やれ…動詞：做（やります⇒命令形）

用法

（此句語氣尖銳，要謹慎使用！）吐槽對方藉口一堆卻沒有實際。「つべこべ」（說三道四）屬於負面的詞彙，後面又使用「やります」（做）的「命令形」，屬於尖銳的、可能破壞感情的用法，要特別注意謹慎使用。

又在說些有的沒的了。

また口<ruby>口<rt>くち</rt></ruby>から出<ruby>出<rt>で</rt></ruby>まかせを…。

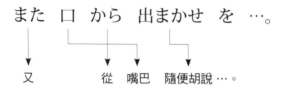

また　口　から　出まかせ　を　…。

又　　　　　　從　嘴巴　隨便胡說…。

* また…副詞：又、再
* 口…名詞：嘴巴
* から…助詞：表示起點
* 出まかせ…名詞：隨便胡說
* を…助詞：表示動作作用對象

用法

吐槽對方滿口謊言、胡說八道。

不要牽拖啦！

言い訳すんな！

言い訳する　な　！

↓　　↓

不要　辯解！

* 言い訳する…動詞：辯解（言い訳します⇒辭書形）
* な…動詞辭書形＋な⇒禁止形：別 [做]～、不准 [做]～（表示禁止）
  * 言い訳すんな…「言い訳するな」的「縮約表現」（口語時常使用「縮約表現」）

用法
吐槽對方找藉口辯解企圖規避責任。

你不要裝傻！

しらばっくれんな！

不要　假裝不知道！

* しらばっくれる…動詞：假裝不知道

　（しらばっくれます⇒辭書形）

* な…動詞辭書形＋な⇒禁止形：別 [做]～、不准

　　　[做]～（表示禁止）

　* しらばっくれんな…「しらばっくれるな」的

　　「縮約表現」（口語時常使用「縮約表現」）

用法

（此句語氣尖銳，要謹慎使用！）指責對方佯裝不知
情，企圖矇混。「しらばっくれます」（假裝不知道）
接續「禁止形」屬於尖銳的、可能破壞感情的用法，
要特別注意謹慎使用。

你的表情好像在說謊。

かお　うそ　　か
顔に嘘って書いてあるよ。

顔 に 嘘 って 書いて ある よ。

在　臉上　　　　有寫著　　說謊　　　喔。

* 顔…名詞：臉

* に…助詞：表示動作歸著點

* 嘘…名詞：說謊

* って…助詞：提示內容

* 書いて…動詞：寫（書きます⇒て形）

* ある…補助動詞：（あります⇒辭書形）

　* 動詞て形＋あります：目前狀態（有目的・強調意圖的）

* よ…助詞：表示提醒

用法

指責對方說謊的說法。

768

我才不會上你的當。

その手には乗らないよ。

その　　手　　に　　は　　乗らない　　よ。

↓　　　↓　　↓　　　　　　↓　　　　　↓

那個　　圈套　方面　　　　　不上當　　喔。

* その…連體詞：那個
* 手…名詞：圈套
* に…助詞：表示方面
* は…助詞：表示對比（區別）
* 乗らない…動詞：上當（乗ります⇒ない形）
* よ…助詞：表示感嘆

用法

吐槽對方別想用巧妙話術騙人。

你很優柔寡斷耶！

に　き
煮え切らないなあ、もう！

煮え切らない	なあ、	もう！

（你）猶豫不定　　耶，　　真是的！

* 煮え切らない…慣用語：曖昧不明、猶豫不定
* なあ…助詞：表示感嘆
* もう…感嘆詞：真是的、真氣人

用法

指責對方優柔寡斷，遲遲無法做決定。

107 生氣吐槽篇

你很會差遣人耶。 人<ruby>づかい<rt>ひと</rt></ruby>荒<rt>あら</rt>いなあ。

人づかい　[が]　荒い　なあ。

差遣人的方法　　　很粗暴　　　耶。

* 人づかい…名詞：差遣人的方法
* [が]…助詞：表示焦點（口語時可省略）
* 荒い…い形容詞：粗暴
* なあ…助詞：表示感嘆

用法 指責對方將人當成牛馬般使喚。

---

108 生氣吐槽篇

幫倒忙。（倒添麻煩） ありがた迷惑<rt>めいわく</rt>だ。

ありがた迷惑　だ。

是　倒添麻煩。

* ありがた迷惑…な形容詞：倒添麻煩的好意
* だ…な形容詞語尾：表示斷定（現在肯定形）

用法 表示對方的好意反而造成自己的麻煩。

只顧自己享受，好自私哦。

自分<ruby>じ<rt></rt>ぶん</ruby>だけずるいよ。

自分	だけ	ずるい	よ。
只有	自己	真狡猾	啊。

* 自分…名詞：自己
* だけ…助詞：只是～而已、只有
  * 「だけ」的後面省略了自己獨享的好事，例如「いい思いをして」（享受），或「おいしい物を食べて」（吃好吃的東西）等等。
* ずるい…い形容詞：狡猾、不公平
* よ…助詞：表示感嘆

用法

抗議好事被對方獨佔的說法。

110 生氣吐槽篇

有嘴說別人，沒嘴說自己，你很敢講喔。

自分のことは棚に上げて、よく言うよ。

* 自分…名詞：自己
* の…助詞：表示所屬
* こと…名詞：事情
* は…助詞：表示對比（區別）
* 棚に上げて…連語：置之不理
  （棚に上げます的て形）（て形表示附帶狀況）
* よく…副詞：～得好、很敢～
* 言う…動詞：說（言います⇒辭書形）
* よ…助詞：表示看淡

用法

諷刺對方寬待自己，卻嚴格要求別人。

想看一看你的爸媽。（＝真不知道你爸媽怎麼教的。）

親の顔が見てみたい。

| 親 の 顔 | が | 見て み | たい | 。 |

| 想要 | 看見 看看 | （你）父母親 的臉 | 。 |

* 親…名詞：父母親
* の…助詞：表示所屬
* 顔…名詞：臉
* が…助詞：表示焦點
* 見て…動詞：看（見ます⇒て形）
* み…補助動詞：（みます⇒ます形除去[ます]）
  * 動詞て形＋みます：[做]～看看
* たい…助動詞：表示希望
  * 動詞ます形除去[ます]＋たい：想要[做]～

用法

（此句語氣尖銳，要謹慎使用！）諷刺的說法，表示「怎麼樣才能教育出這麼過分的人」。意指對方的父母親沒有好好教導，屬於尖銳的、可能破壞感情的話，要特別注意謹慎使用。

112 生氣吐槽篇

色狼！　スケベ！

スケベ！

↓

色狼！

* スケベ…名詞：色狼

用法 怒斥任意碰觸自己身體的男性。

---

113 生氣吐槽篇

叛徒！　裏切り者！
　　　　うら ぎ　　もの

裏切り者！

↓

叛徒！

* 裏切り者…名詞：叛徒

用法 （此句語氣尖銳，要謹慎使用！）怒斥背叛約定者
的說法。「裏切り者」（叛徒）是很強烈的罵人詞
彙，可能破壞彼此感情，要特別注意謹慎使用。

可惡！　チクショー！

チクショー！

↓

畜生！

＊ チクショー…名詞：畜生

用法　生氣時咒罵的話。也常用於自言自語。

滾出去！　　<ruby>出<rt>で</rt></ruby>てけ！

（你）給我滾出去！

＊ 出て…動詞：出去（出ます⇒て形）
＊ [い]け…補助動詞：（行きます⇒命令形）
　（口語時可省略い）
　＊ 動詞て形＋いきます：動作和移動（做〜，再去）

用法　（此句語氣尖銳，要謹慎使用！）希望對方離開、
　　　　出去的說法。使用「出ていきます」（出去）的
　　　　「命令形」屬於尖銳的、可能破壞感情的用法，要
　　　　特別注意謹慎使用。

活該。

ざまあみろ。

さま　[を]　みろ。

命令你看　　（你的）樣子。

* さま…名詞：樣子
* [を]…助詞：表示動作作用對象（此句通常省略を）
* みろ…動詞：看（見ます⇒命令形）
  * ざまみろ…「さまをみろ」的「縮約表現」
    （口語時常使用「縮約表現」）
  * 「ざま」變成長音的「ざまあ」是「加強語氣」
    的用法。

用法
討厭的人遭遇不幸事件時，幸災樂禍的說法。

117 生氣吐槽篇

現世報了，活該。

罰が当たったんだよ。ざまあ見ろ。

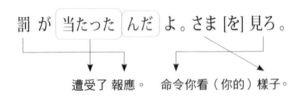

罰 が │当たった│ んだ │よ。さま [を] 見ろ。

遭受了 報應。　命令你看（你的）樣子。

* 罰…名詞：報應
* が…助詞：表示焦點
* 当たった…動詞：遭受（当たります⇒た形）
* んだ…連語：ん＋だ＝んです的普通體：表示強調
  * ん…形式名詞（の⇒縮約表現）
  * だ…助動詞：表示斷定（です⇒普通形-現在肯定形）
* よ…助詞：表示感嘆
* さま…名詞：樣子
* |を|…助詞：表示動作作用對象（此句通常省略を）
* みろ…動詞：看（見ます⇒命令形）
  * ざまみろ…「さまをみろ」的「縮約表現」
    （口語時常使用「縮約表現」）
  * 「ざま」變成長音的「ざまあ」是「加強語氣」的用法。

用法

表示是對方以往所做壞事的報應。

你真的是泯滅人性！

この、人<ruby>ひと</ruby>でなし！

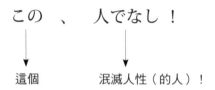

この　　、　　人でなし！

↓　　　　　　　　　↓

這個　　　　　泯滅人性（的人）！

＊ この…連體詞：這個

＊ 人でなし…名詞：泯滅人性（的人）

用法

（此句語氣尖銳，要謹慎使用！）斥責對方做出身為人的最下流可惡的行為。句中的「人でなし」（泯滅人性）是很強烈的罵人詞彙，可能破壞彼此感情，要特別注意謹慎使用。

你會不得好死。

畳　の上で死ねると思うなよ！
（たたみ　うえ　し　　　おも）

畳　の　上　で　死ねる　と　思う　な　よ！

不要　以為　可以死 在 榻榻米 的上面 ！

* 畳…名詞：榻榻米
* の…助詞：表示所在
* 上…名詞：上面
* で…助詞：表示動作進行地點
* 死ねる…動詞：死
　（死にます⇒可能形[死ねます]的辭書形）
* と…助詞：表示提示內容
* 思う…動詞：以為（思います⇒辭書形）
* な…動詞辭書形＋な⇒禁止形：別[做]～、不准[做]～
　　（表示禁止）
* よ…助詞：表示提醒

用法

（此句語氣尖銳，要謹慎使用！）咒罵對方不會壽終
正寢的說法。這是強烈詛咒對方的用語，要特別注意
謹慎使用。

780

你活著不覺得可恥嗎？

生<ruby>い</ruby>きてて<ruby>恥</ruby>ずかしくないの？

生きて [い]て 恥ずかしくない の？

目前是 存活 的狀態　　　不害臊　　　　嗎？

* 生きて…動詞：活（生きます⇒て形）
* [い]て…補助動詞：（います⇒て形）
  （口語時可省略い）
  * 動詞て形＋います：目前狀態
* 恥ずかしくない…い形容詞：害臊
  （恥ずかしい⇒現在否定形-くない）
* の…形式名詞：（～んですか的口語說法）
  * ～んですか：關心好奇、期待回答

用法

（此句語氣尖銳，要謹慎使用！）怒斥別人要懂得羞恥的說法。這句話甚至連對方活著這件事都加以批評，可能破壞感情，要特別注意謹慎使用。

你給我差不多一點！

いい加減にしろ！

禁止弄成　馬馬虎虎！

＊ いい加減に…な形容詞：馬馬虎虎

　　（いい加減⇒副詞用法）

＊ しろ…動詞：做（します⇒命令形）

　　（此處為「命令形」，但表示「禁止」）

　＊「命令形」除了要求對方做某個動作，有時候也

　　可以用來表示「禁止」。

用法

再也無法忍受對方的言行舉止時的說法。

122 生氣吐槽篇

你給我記住！

<ruby>覚<rt>おぼ</rt></ruby>えてろよ！

覚えて [い]ろ よ！

↓

（你）給我記著！

* 覚えて…動詞：記住（覚えます⇒て形）

* [い]ろ…補助動詞：（います⇒命令形）

（口語時可省略い）

　* 動詞て形＋います：目前狀態

* よ…助詞：表示提醒

用法

出現讓自己不開心、不滿意的結果，向對方發飆挑釁
的說法。

你剛剛講的話，再給我說一次試試看！

今の言葉、もういっぺん言ってみろ！

* 今…名詞：現在
* の…助詞：表示所屬
* 言葉…名詞：話
* もう…副詞：再
* いっぺん…名詞（數量詞）：一次
* 言って…動詞：說（言います⇒て形）
* みろ…補助動詞：（みます⇒命令形）

　（此處為「命令形」，但表示「禁止」）

　＊「命令形」除了要求對方做某個動作，有時候也
　　可以用來表示「禁止」。

　＊ 動詞て形＋みます：[做]～看看

用法

（此句語氣尖銳，要謹慎使用！）表示對方的發言讓
人無法忍受，非常憤怒。此為吵架時的最後通牒，講
完這句之後大概就是打架，要特別注意謹慎使用。

有種你試試看啊！

やれるもんならやってみろ！

| やれる | ものなら | やって | みろ | ！

如果能做的話　給 做 看看 ！

* やれる…動詞：做
　（やります⇒可能形[やれます]的辭書形）
* ものなら…連語：若能～的話
　* 動詞辭書形＋ものなら：如果能[做]～的話
　　（「ものなら」前面大多接續「動詞可能形的辭書形」）
　* もん…「もの」的「縮約表現」
　　（口語時常使用「縮約表現」）
* やって…動詞：做（やります⇒て形）
* みろ…補助動詞：（みます⇒命令形）
　* 動詞て形＋みます：[做]～看看

用法

挑釁說大話、虛張聲勢的人的說法。

你要跟我打架嗎？

やんのか？コラァ。

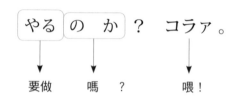

* やる…動詞：做（やります⇒辭書形）
* の…形式名詞：（～んです的口語說法）
* か…助詞：表示疑問
  * ～んですか：關心好奇、期待回答
  * やんのか…「やるのか」的「縮約表現」
  （口語時常使用「縮約表現」）
* コラァ…感嘆詞：喂！

用法

（此句語氣尖銳，要謹慎使用！）這是雙方從口角爭執即將拳腳相向時經常出現的一句話。句中的「コラァ」較為粗魯。當然，最好沒有機會使用這句話。

這世上可沒那麼容易。

世の中そんなに甘くないよ。

世の中　そんなに　甘くない　よ。

世間　　不是　那麼　容易　　　　　喔。

* 世の中…名詞：世間
* そんなに…副詞：那麼
* 甘くない…い形容詞：容易、簡單
  （甘い⇒現在否定形-くない）
* よ…助詞：表示提醒

用法
警告對方別以為事情會簡單地依照自身的想法運作。

到時候你可不要哭。

あとで吠え面<ruby>吠<rt>ほ</rt></ruby>え<ruby>面<rt>づら</rt></ruby>かくなよ。

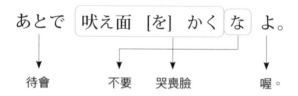

あとで　吠え面 [を]　かく　な　よ。

待會　　　　不要　哭喪臉　　　　喔。

* あとで…副詞：待會、等一下
* 吠え面[を] かく…慣用語：哭喪臉
  （吠え面をかきます⇒辭書形）
  （口語時可省略を）
* な…動詞辭書形＋な⇒禁止形：別 [做]～、不准 [做]～
  （表示禁止）
* よ…助詞：表示提醒

用法

挑釁對方「到時候可不要流淚後悔」的說法。常用於競賽前的挑釁。

128 生氣吐槽篇

你一定會後悔！

<ruby>後悔<rt>こうかい</rt></ruby>するよ！　<ruby>絶対<rt>ぜったい</rt></ruby>に。

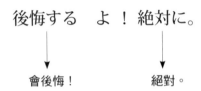

後悔する　よ！　絶対に。

會後悔！　　　　　　　絕對。

* 後悔する…動詞：後悔（後悔します⇒辭書形）
* よ…助詞：表示提醒
* 絶対に…な形容詞：絕對（絶対⇒副詞用法）
  * 此為「倒裝句」，原本為「絶対に後悔するよ」。

用法

警告對方「你一定會後悔」的說法。

我要告你！

<ruby>訴<rt>うった</rt></ruby>えてやる！

我要控告你！

＊訴えて…動詞：控告（訴えます⇒て形）

＊やる…補助動詞：（やります⇒辭書形）

　＊動詞て形＋やります：為輩分較低的人[做]～

用法

表示要訴諸法律訴訟的說法。

130 生氣吐槽篇

隨你便！

かって
勝手にすれば！

勝手に	すれば	[どうですか]
隨便	（你）做的話	[如何？]

* 勝手に…な形容詞：隨便（勝手⇒副詞用法）
* すれば…動詞：做（します⇒條件形）
* [どうですか]…名詞：如何（口語時可省略）
  * 動詞條件形（〜ば）＋どうですか：
    [做]〜的話，如何？

用法

對於對方已經不抱任何期待，或是對方根本不聽自己的話，最終向對方撂狠話的說法。

絕交好了！

もう絶交(ぜっこう)だ！

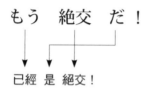

もう　　絶交　だ！

已經　是　絕交！

* もう…副詞：已經

* 絕交…名詞：絕交

* だ…助動詞：表示斷定（です⇒普通形-現在肯定形）

用法

要和對方完全斷絕朋友關係的強烈說法。

好！出去打架啊！

よし！　表 出ろ！

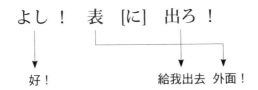

よし！　表　[に]　出ろ！

好！　　　　　　　　給我出去 外面！

＊ よし…感嘆詞：好！

＊ 表…名詞：外面

＊ [に]…助詞：表示出現點（口語時可省略）

＊ 出ろ…動詞：出去（出ます⇒命令形）

用法

（此句語氣尖銳，要謹慎使用！）氣憤難耐，撂狠話叫對方到屋外，打算用武力解決的說法。具有挑釁的語感，可能破壞彼此感情，要特別注意謹慎使用。

133 生氣吐槽篇

會變成怎樣，我可不知道喔。

もう、どうなっても知らないよ。

もう、 どう なって も 知らない よ。

真是的 即使 變成 怎麼樣 也 不知道 喔。

* もう…感嘆詞：真是的、真氣人
* どう…副詞（疑問詞）：怎麼樣、如何
* なって…動詞：變成（なります⇒て形）
* も…助詞：表示逆接
    * 動詞て形＋も：即使～，也～
* 知らない…動詞：知道（知ります⇒ない形）
* よ…助詞：表示提醒

用法
眼見對方漠視自己的關心或勸告，丟下這句話給對方。

794

你前天再來。（＝你不要再來了）

おととい<ruby>来<rt>き</rt></ruby>やがれ。

おととい　来　やがれ　。

前天　　　來吧。

* おととい…名詞：前天
* 来…動詞：來（来ます⇒ます形除去[ます]）
* やがれ…助動詞：表示輕蔑（やがります⇒命令形）
  * 動詞ます形除去[ます]＋やがります：輕卑表現
    （表示輕蔑對方、或對方的動作）

用法

（此句語氣尖銳，要謹慎使用！）「二度（にど）と来（く）るな！」（你不要再來了！）的特殊說法。句中的「やがります」帶有輕蔑的語感，而且又使用「命令形」，屬於可能破壞感情的用法，要特別注意謹慎使用。

你乾脆去死算了。

いっぺん死んでみる？

いっぺん　死んで　みる　？

（要不要）死　一次　看看　？

* いっぺん…名詞（數量詞）：一次
* 死んで…動詞：死亡（死にます⇒て形）
* みる…補助動詞：（みます⇒辭書形）
  * 動詞て形＋みます：[做]～看看

用法

（此句語氣尖銳，要謹慎使用！）對方的言行舉止讓人感到憤怒，毫不留情地回應對方的話。雖然有時候可以拿來開玩笑，但是此為尖銳的、可能破壞感情的話，要特別注意謹慎使用。

136 生氣吐槽篇

去死算了…。

死ねばいいのに…。

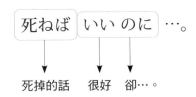

死ねば　いい のに　…。

　↓　　　↓　　↓

死掉的話　很好　卻…。

* 死ねば…動詞：死亡（死にます⇒條件形）
* いい…い形容詞：好、良好
* のに…助詞：表示逆接

用法

（此句語氣尖銳，要謹慎使用！）厭惡某人的存在，希望對方消失的說法。此為尖銳的、可能破壞感情的話，要特別注意謹慎使用。除了開玩笑，還是避免使用比較好。

檸檬樹

大家學日語系列 12

大家學標準日本語【每日一句】全集
（附出口仁老師親錄下載版MP3）

初版 1 刷 2016 年 8 月 19 日
初版 10 刷 2023 年 11 月 8 日

作者	出口仁
封面設計・版型設計	陳文德・洪素貞
責任編輯	方靖淳
社長・總編輯	何聖心

發行人	江媛珍
出版發行	檸檬樹國際書版有限公司
	lemontree@treebooks.com.tw
	電話：02-29271121　傳真：02-29272336
	地址：新北市235中和區中安街80號3樓
法律顧問	第一國際法律事務所 余淑杏律師
	北辰著作權事務所 蕭雄淋律師

全球總經銷	知遠文化事業有限公司
	電話：02-26648800　傳真：02-26648801
	地址：新北市222深坑區北深路三段155巷25號5樓

港澳地區經銷	和平圖書有限公司
	電話：852-28046687　傳真：850-28046409
	地址：香港柴灣嘉業街12號百樂門大廈17樓

定價	台幣450元/港幣150元
劃撥帳號	戶名：19726702・檸檬樹國際書版有限公司
	・單次購書金額未達400元，請另付60元郵資
	・ATM・劃撥購書需7-10個工作天

大家學標準日本語【每日一句】全集 / 出口
仁著. -- 初版.-- 新北市：檸檬樹，2016.08
面；　公分. --（大家學日語系列；12）
ISBN 978-986-92774-1-9（精裝）

1.日語　2.會話

803.188　　　　　　　　　　105007862

類別──日語學習

00450

9 789869 277419

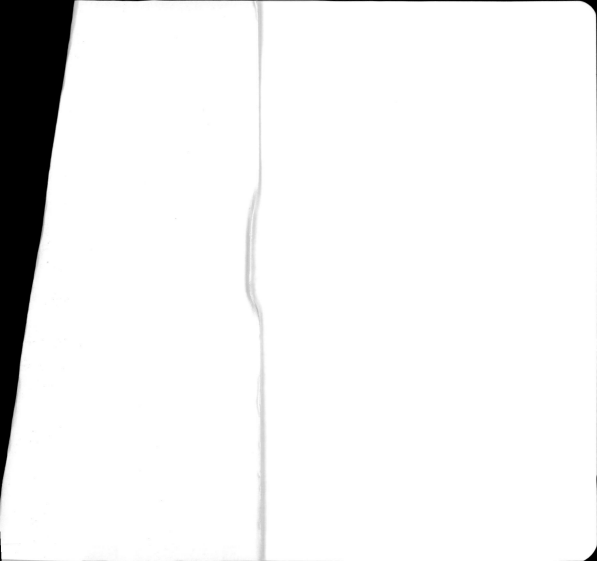